Nicole Boyle Rødtnes

Schicksalstanz

Die Töchter der Elfe

Nicole Boyle Rødtnes

Schicksals-tanz

Die Töchter der Elfe

Aus dem Dänischen von
Christel Hildebrandt

GULLIVER
von BELTZ & Gelberg

Dieses Buch ist auch als E-Book erhältlich
(ISBN 978-3-407-74604-7)

FSC
www.fsc.org
MIX
Papier aus verantwortungsvollen Quellen
FSC® C089473

www.beltz.de

in der Verlagsgruppe Beltz · Weinheim Basel
Werderstr. 10, 69469 Weinheim

Neue Rechtschreibung

Die Originalausgabe erschien 2013 unter dem Titel
Elverskud 1. Skæbnedans bei Forlaget Alvilda, Kopenhagen
Aus dem Dänischen von Christel Hildebrandt
Lektorat: Isabelle Ickrath
Einbandgestaltung: © Carolin Liepins, München, unter Verwendung
von Motiven von shutterstock.com (Blätter © Tamara Kulikova,
Mädchen © Aleshyn Andrei, Rahmen © Kompaniets Taras)
Satz: Elisabeth Werner
Gesamtherstellung: Beltz Bad Langensalza GmbH,
Bad Langensalza
Printed in Germany
ISBN 978-3-407-74595-8
1 2 3 4 18 17 16 15

Inhalt

Sie fingen an zu tanzen und sie tanzten
wild, immer in Elfenmanier …
Volkslied »Elverhøj«

Bis zu unserem zehnten Geburtstag tanzten meine Schwestern und ich jeden Samstag für unseren Vater. Aber immer nur eine allein. Nie alle zusammen. Das war zu gefährlich.

An meinem zehnten Geburtstag tanzte ich durchs Wohnzimmer auf Füßen, die kaum die Erde berührten. Vater lächelte, während ich durch den Raum glitt. Zuerst langsam, dann immer schneller. Die Musik riss mich mit und ich ließ den Körper bestimmen. Fühlte den Rhythmus, der das Blut wogen ließ. Je schneller ich tanzte, umso mehr kitzelte es im Körper. Es bebte. Glühte. Meine Füße zeichneten lange Streifen auf dem weichen Teppich, während Vaters Blick voller Wärme und Zärtlichkeit auf mir ruhte. Die Töne der Musik strichen über meine Haut, und während die Intensität stieg, tanzte ich schneller, als ich mir je hätte vorstellen können.

Dann fiel Vater vom Stuhl.

Gerade noch saß er wie verzaubert von meinem Tanz da. Im nächsten Moment lag er reglos auf dem Boden.

Ich schrie.

Meine Schwestern, Azalea und Rose, kamen ins Wohnzimmer gelaufen. Wir schüttelten Vater, doch er reagierte nicht.

Im Krankenhaus sagten sie uns, er liege im Koma. Es dauerte fast drei Tage, bis er wieder aufwachte.

Das war das letzte Mal, dass wir für Vater tanzten.

Die Tanzshow

»Hey Birke. Was meinst du, kann ich das nachher bei der Show anziehen?« Rose rauscht in mein Zimmer.

Sie trägt ein dünnes, goldenes Kleid mit langen Fransen, das ihr bis kurz über die Knie reicht. Es schmiegt sich eng an den Körper und betont ihre schlanke, zarte Figur. Vorn ist es tief ausgeschnitten. Sie dreht sich um, und ich sehe, was das Problem ist. Es ist auch am Rücken ausgeschnitten. So tief, dass man fast die Spitzen ihrer Schulterblätter erkennen kann.

»Ich glaube nicht, dass man es sehen kann. Oder?«, fährt sie fort und schiebt ihr rotes, welliges Haar zur Seite.

Vorsichtig ziehe ich das Kleid ein wenig runter. Der kleine Hautstreifen zwischen den Schulterblättern hört auf und ich kann durch sie hindurch auf die braunen Furnierbretter der Wand blicken.

»Wenn es nur einen Zentimeter runterruscht, ist es sichtbar.« Ich habe Gänsehaut auf den Armen. Die bekomme ich immer, wenn ich das Loch sehe. Obwohl das schon hundertmal passiert ist. Obwohl wir alle drei so ein Loch haben.

»Man kann aber auch nie etwas wirklich Schickes anziehen!«, seufzt Rose. »Mach mir mal den Reißverschluss auf, ich werde mir ein anderes aussuchen.«

Ich öffne den Reißverschluss und sie zieht das Kleid aus. Jetzt ist das ganze Loch zu erkennen. Es erstreckt sich vom Anfang der Schulterblätter hinunter bis zum unteren Rückenbereich. Lang, ellipsenförmig. Es wird nur durch den beigefarbenen BH unterbrochen.

Es heißt, Elfen hätten ein Loch im Rücken, weil sie keine Seele haben. Daran können sie die Helden in den Märchen erkennen.

Diese Worte meines Dänischlehrers habe ich nie vergessen.

Rose huscht zurück in ihr Zimmer.

Ich starre in den Spiegel. Spüre, wie die Unruhe mich langsam überfällt. Das tut sie immer, wenn wir auftreten sollen. Obwohl ich es nicht will, wandern meine Gedanken in die Vergangenheit zurück ... und ich muss immer wieder mit anschauen, wie Vater vom Stuhl fällt.

Schnell fahre ich mir mit der Bürste durch mein langes Haar. Mit der Unruhe kommt auch die Vorfreude. Obwohl ich mir wünschen würde, dass ich nicht tanzen müsste, es einfach bleiben lassen könnte, so freue ich mich gleichzeitig darauf.

Kurze Zeit später kommt Rose zurück. Jetzt trägt sie ein blaues Kleid.

»Und wie ist es mit dem hier?« Sie dreht sich um die eigene Achse, der Stoff wiegt sich sanft.

»Das ist in Ordnung«, murmle ich und streiche mit den Händen über mein eigenes Kleid.

»Aber langweilig«, seufzt sie. »Das fällt doch niemandem auf.«

»Ganz egal, was du anhast, du wirst allen auffallen, du bist einfach fantastisch.«

»Ja, schon, aber ich möchte für Benjamin besonders gut aussehen.« Sie fährt sich mit der Hand durch ihre Locken.

»Bist du wieder verliebt?«

»Mmm ...«, sie nickt. »Ach, verliebt zu sein ist das Schönste auf der Welt! Du solltest es auch mal versuchen.«

»Vater sagt ...«, setze ich an, während ich die Haare aus der Bürste zupfe. Mein Haar ist hell, fast weiß, als wäre jede Farbe aus ihm herausgespült worden.

»Vater malt immer den Teufel an die Wand. Ich bin doch nicht dumm! Und seit wann redest du denn wie Azalea?«

»Ich rede nicht wie Azalea!«

Azalea ist die Älteste von uns dreien. Das heißt, sie ist viereinhalb Minuten älter als ich und acht Minuten älter als Rose. So ist das bei Elfen; wir werden zusammen in einem Wurf geboren.

»Woher kennst du diesen Benjamin denn?«, frage ich.

»Wir sind uns in der Stadt begegnet.« Sie dreht eine Locke um den Finger. »Benjamin Skjoldbæk, ist das nicht ein fantastischer Name?«

Wir sind alle vier auf dem Weg zur Tanzhalle. Vater, Azalea, Rose und ich. Der Schnee knirscht unter unseren Füßen, während wir den kurzen Weg durch den Wald nehmen und auf den Ort Tørveby zugehen. Die Bäume sind kahl, die Büsche nur noch Geäst. Ein Hase läuft an uns vorbei und hinterlässt kleine Pfotenabdrücke im Schnee.

Am Eingang der Tanzhalle hängen große Plakate, sie versprechen eine atemberaubende Show. Ich starre das Foto von uns dreien an, von einem unserer letzten Auftritte. Ich spüre wieder die Unruhe von vorhin.

»Seid ihr bereit, Mädchen?«, fragt Vater und haucht Wärme auf seine Hände.

Azalea und ich nicken, während Rose zum Umkleideraum eilt. Sicher will sie wieder ihre Frisur richten, sie könnte ja auf dem kurzen Weg zerzaust worden sein.

»Ich zähle die Vorbestellungen«, sagt Vater zu uns und verschwindet im Büro. Er zählt die reservierten Eintrittskarten immer zweimal. Es müssen mindestens hundert Zuschauer sein, sonst ist es nicht sicher. In der Regel ist er erst zufrieden bei 120, falls einige nicht erscheinen.

»Du wirkst so nervös.« Azaleas grüne Augen bohren sich in meine, als wir die Tür zum Umkleideraum öffnen. Sie merkt so etwas immer sofort.

»Es ist nichts«, sage ich schnell.

Das Licht flackert auf, und die leeren Bänke und Hakenleisten kommen zum Vorschein. Hier ist Platz für eine ganze Schulklasse. Aber nur wir drei benutzen diesen Raum und das nur einmal im Monat.

Rose macht Dehnübungen an den Bänken. Nicht dass sie das braucht. Wir üben nicht einmal unseren Tanz. Sprechen nichts vorher ab. Wir tanzen einfach, sobald die Musik einsetzt, und auch wenn nichts geplant ist, passen unsere Tanzschritte wie selbstverständlich zusammen. Selbst mit geschlossenen Augen gleiten wir unbeschwert aneinander vorbei.

»Ich laufe nur schnell hoch und schaue, ob Benjamin schon gekommen ist.« Rose ist bereits die Treppe hoch. Sie ist in allem besonders eifrig. Besonders energiegeladen und rastlos vor unserem Auftritt. Aber damit ist sie nicht allein: Wir alle können es spüren. Die letzten vier Nächte habe ich davon geträumt. Jede Nacht hat mein Körper vibriert. Die Lust ... nein, der Drang zu tanzen.

»Bist du dir sicher, dass du okay bist?« Azaleas Blick haftet an mir.

Ach, ich wünschte, ich könnte meine Gefühle besser verbergen.

»Ja, es ist nur schon so lange her«, erwidere ich.

Was nicht stimmt.

Es ist nicht länger her als letztes Mal. Oder das Mal davor. Es liegt immer ein Monat dazwischen; so lange können wir warten. So ist das schon seit vielen Jahren. Seit Vater einsehen musste, dass es zu gefährlich ist, wenn wir nur für ihn tanzen.

»Oje, er ist da!« Rose kommt uns aufgeregt entgegen. Azalea und ich gehen nun auch die Treppe hoch. Jetzt dauert es nicht mehr lange.

Ich kann das Rascheln des Bühnenvorhangs hören, der zur Seite gezogen wird, und Vater kommt zu uns.

»Seid ihr bereit?«

»Allzeit bereit«, sagt Rose und gibt ihm einen Kuss auf die Wange.

Azalea und ich nicken, während wir unsere Haare mit einem Haargummi zusammenbinden.

Es rumort im Bauch. Das unsichere Gefühl von vorhin ist nun vollkommen verschwunden. Es ist nur noch reine Freude zu spüren.

Wir betreten die Bühne und ein Begrüßungsapplaus empfängt uns. Mein Blick huscht schnell über die Zuschauer. Es gibt eine große zusammengehörige Gruppe, sie muss aus Næstbæk stammen, oder aus einem anderen Ort. Sie sind daran zu erkennen, dass sie ein Programm in der Hand halten. Der Rest ist hier aus der Stadt. Obwohl sie uns schon hundertmal gesehen haben, kommen sie jedes Mal wieder.

Die Scheinwerfer werden eingeschaltet, das Publikum verschwindet hinter dem grellen Licht. Verwandelt sich in eine dunkle Masse.

Vater sitzt am Klavier, das zwischen den Zuschauerstühlen steht, deshalb ist er nach unten gegangen.

Seine langen Finger huschen über die Tasten. Langsam entsteht die Musik. Sie bringt mein Blut zum Kochen. Lässt die Haut erzittern. Setzt den Körper in Bewegung. Ich schließe die Augen, alles außer der Musik verschwindet. Ich gleite über die glänzende Bühne, während ich mir vorstelle, es wäre der Waldboden an einem heißen Sommertag. Fast kann ich die winzigen Grashalme zwischen den Zehen spüren. Die Feuchtigkeit der Erde und den Duft des Mooses. Wie sehr ich mich doch aufs Frühjahr freue.

Auch wenn ich Rose und Azalea nicht bewusst sehe, fühle ich sie. Immer dicht bei mir. Sie funkeln in der gleichen Art und Weise wie ich, während die Energie aus dem Publikum uns entgegenströmt.

Ich öffne die Augen und sehe sie. Mustere die vielen Menschen, die uns wie verhext zuschauen. Ihr Lächeln und ihre Begeisterung, ja Verzückung.

Ich sauge ihre Energie in mir auf. Lasse sie in meine Adern fließen, im Blut durch den Körper strömen. Mein Herz schlägt immer schneller. Es folgt dem Rhythmus der Musik.

Ich wirble herum. Schneller und immer schneller. Sauge immer mehr Energie auf. Drehe eine Pirouette nach der anderen und könnte für immer und ewig so weitertanzen. Ich wünschte, das würde nie aufhören. Die Energie hüllt mich ein. Erfüllt mich. Und dann ...

Die Musik verstummt. Ohne Vorwarnung oder Ausklang, wie Vater es sonst immer macht. Sie hört einfach auf. Ich bin so erschrocken, dass ich fast stolpere.

Die Scheinwerfer erlöschen und ich kann die Zuschauermenge wieder sehen. Viele sind zu einer Stelle gelaufen, starren alle auf eine schmächtige Person auf dem Boden. Ein kleines Mädchen ist zu Boden gefallen.

Vater hockt neben ihr. Er hat das Handy ans Ohr gepresst, während er ihren Puls überprüft.

Ich schaue Azalea und Rose an. Sie zittern, genau wie ich.

Und nicht nur, weil die Energie unter unserer Haut knistert, sondern weil wir alle drei wissen, was das bedeutet.

Dann ergreift Azalea meine Hand und zieht mich von der Bühne weg. Zurück in den Umkleideraum.

Vor meinen Augen blitzt es rot und schwarz auf. Die Angst pumpt das Blut durch den Körper. Immer wieder habe ich das gleiche Bild vor Augen: wie Vater umfällt, wieder und wieder. Das darf nicht noch einmal passieren. Das darf es einfach nicht!

Ich sinke auf dem kühlen Fliesenboden zusammen. Lehne mich gegen die Wand und verberge mein Gesicht in den Händen.

Kurze Zeit später zerreißt die Sirene eines Krankenwagens die Stille.

Rose rennt aus dem Umkleideraum hinaus, ich folge ihr. Sie schlägt die Tür zum Parkplatz auf und wir sehen, wie der Krankenwagen am Haupteingang hält.

Zwei Sanitäter in gelben reflektierenden Jacken schieben eine Trage ins Gebäude. Rose packt meinen Arm. Ihre langen Fingernägel drücken in meine Haut, während alle Geräusche verschwinden. Das Einzige, was ich noch hören kann, ist mein heftig pochendes Herz.

Dann geht die Tür wieder auf. Das Mädchen liegt auf der Trage. Ihr braunes Haar ist ganz zerzaust von der Atemmaske, die sie ihr übers Gesicht gezogen haben.

Eine Frau läuft neben ihr. Drückt die Hand des kleinen Mädchens. Tränen rinnen ihr über die Wangen. Sie weicht keine Sekunde von der Trage.

Dahinter kommt Vater. Ich kann sehen, wie sich sein Mund bewegt. Entschuldigungen formuliert, während er Leute beiseiteschiebt.

Er fängt unseren Blick in der Tür auf, ohne ein Wort befiehlt er uns, wieder hineinzugehen.

Während die Tür hinter uns ins Schloss fällt, heult die Krankenwagensirene wieder auf.

Erst lange Zeit später kommt Vater zu uns. Die Falten auf seiner Stirn scheinen tiefer geworden zu sein, das Lächeln von vorhin ist vollkommen verschwunden.

»Geht es dem Mädchen besser?« Azalea stellt diese Frage. Ihre gebrochene Stimme ist in dem großen Umkleideraum kaum zu verstehen.

»Sie haben sie in die Notaufnahme von Næstbæk gefahren. Morgen werden wir mehr wissen.«

Es folgt ein bedrücktes Schweigen.

»Was ist passiert?«, fragt Vater. Sein Blick springt zwischen uns hin und her.

»Ich weiß es nicht. Ich habe nichts anders gemacht als sonst«, sagt Azalea.

»Ich auch nicht«, stimmt Rose zu.

Ich zögere. Versuche, mich zu erinnern. An den Tanz. Suche nach einem Schritt, der die Katastrophe erklären kann.

»Birke?«, fragt Vater.

Ich schüttle den Kopf. »Genau wie immer.« Meine Stimme klingt belegt. Als klebten die Worte zusammen und wollten nicht heraus.

Vater seufzt.

»Wir müssen die Mindestanzahl höher setzen.«

»Aber es fällt uns ja schon schwer …«, setzt Azalea an.

»Das muss sein«, unterbricht Vater sie.

»Aber vielleicht waren das gar nicht wir; vielleicht lag es an etwas anderem …«, flüstere ich. Es darf nicht sein, dass wir schuld sind. Dass ich schuld bin.

»Wir setzen die Zuschauerzahl auf 250 hoch.« Vaters Stimme klingt weit entfernt, wahrscheinlich spricht er eher zu sich selbst als zu uns.

»Aber du weißt doch nicht einmal, ob es an uns …«, versucht Rose einzuwerfen, doch Vater unterbricht sie.

»Ihr werdet stärker«, sagt er. »Ich merke das auch.«

Ich beiße mir auf die Lippe. Weiß, dass er recht hat. Ich selbst habe es spüren können, dass nur ein Tanz pro Monat bald nicht mehr ausreicht.

»250«, flüstere ich.

Wir haben alle den gleichen Gedanken. Dass die Stadt nicht groß genug ist. Auch wenn sie sich alle bemühen zu kommen, so kann jede Familie nur zu einer begrenzten Zahl von Tanzshows im Jahr kommen, und selbst wenn Vater Touristen aus anderen Städten herbeilockt, sind 250 Zuschauer richtig viele Menschen. Aber wir haben keine andere Wahl.

Ein Neuer

Am nächsten Morgen wache ich mit einem Gefühl der Kälte im Bauch auf, als hätte ich einen riesigen Eisklumpen geschluckt. Gern hätte ich weitergeschlafen. Ich habe geträumt, dass ich tanze, und dieses Mal wurden wir nicht von der abrupt endenden Musik gestoppt oder von einem Mädchen, das in Ohnmacht fiel. Wir tanzten nur immer weiter, bis jede einzelne Zelle in meinem Körper brannte.

Ich fühle mich ... *hungrig*. Nein, das ist das verkehrte Wort. Das klingt nach Vampiren und so ein Gefühl ist es nicht. Das glaube ich zumindest nicht. Es ist ein Riesenunterschied, ob man die Eckzähne in den Hals eines anderen Menschen bohrt oder ob man einfach nur tanzt. Genau betrachtet, ist der Unterschied so groß, dass ich mindestens tausend gute Gründe aufführen könnte, warum sich das unterscheidet. Doch das alles ändert nichts an dem Gefühl: Ich bin *hungrig*.

Ich spüre es wie eine leichte Erschöpfung im Körper, eine Müdigkeit und ein leichter Druck über dem linken Auge.

Der Tanz gestern Abend hat einfach nicht gereicht.

Ich habe immer gewusst, dass ich anders bin. Seit wir geboren wurden, hat man durch unseren Rücken hindurchsehen können.

Das geht bei Vater nicht. Er hat mir erzählt, dass ich schon danach gefragt habe, als ich noch ganz klein war, gerade angefangen hatte zu sprechen. Ich fragte, warum sein Rücken anders war als meiner.

Und damals begriff ich zum ersten Mal, dass es nicht Vater war, der anders war, sondern ich. Meine Schwestern und ich.

Das wurde sehr viel klarer, als wir in die Schule kamen.

Wir durften uns nie dort umziehen. Nie mit den anderen im See baden. Nie irgendwo mitmachen, wo man eventuell die Bluse ausziehen musste.

Mein Handy piepst, und mir wird klar, dass ich zu früh aufgewacht bin. Ich schalte den Wecker aus und setze mich im Bett auf. Montag. Ich schaue auf meine Schultasche. Geschichte, Dänisch, Bildende Kunst und Englisch. Ich muss wieder auf Alltagsmodus umstellen, alle Grübeleien und Sorgen beiseiteschieben.

Aus Sommers Käfig ist ein Kratzen zu hören, ich ziehe die Decke ab. Der gelbe Wellensittich springt von der Schaukel auf die Stange und beißt ins Türchen, um mir zu sagen, dass er gern rausmöchte.

Ich öffne die Tür und sofort fliegt er hoch und landet auf dem Rand meines Spiegels. Seinem Lieblingsplatz.

Ich gehe nach unten. Vater und Azalea sitzen in der Küche. Ihre dunklen Augenringe sagen mir, dass beide letzte Nacht nicht viel geschlafen haben. Vor Vater liegen Ausdrucke von einer Immobilienseite.

»Guten Morgen, Birke.« Azalea entdeckt mich als Erste.

»Guten Morgen«, erwidere ich, während ich mir eine extragroße Schale heraussuche. Kippe reichlich Joghurt hinein, obwohl ich selbst weiß, dass das nicht gegen den Hunger hilft.

»Guten Morgen, mein Schatz«, sagt Vater müde, während er etwas auf den Seiten unterstreicht.

»Geht es dem Mädchen gut?«, frage ich.

Er löst seinen Blick von den Papieren. »Ja, ich habe heute Morgen im Krankenhaus angerufen. Sie gehen davon aus, dass es einfach Flüssigkeitsmangel war. Sie wird heute noch aus dem Krankenhaus entlassen.«

Erleichtert lasse ich mich auf den Stuhl fallen. Azalea schenkt mir ein Lächeln.

Ich schaue genauer auf die Papiere.

Tanzstudio zu vermieten.

»Das ist ja in Næstbæk«, sage ich.

Vater nickt.

»Die kleinen Orte haben keine Hallen, die groß genug sind.«

Ich zupfe an einem kaputten Fingernagel. Næstbæk ist eine halbe Autostunde entfernt. Das wird etwas anderes sein als jetzt, da wir in wenigen Minuten zu Fuß vor Ort sein konnten.

»Es sieht ziemlich heruntergekommen aus«, sage ich, während ich mir die Fotos ansehe.

»Wir können es uns nicht leisten, besonders anspruchsvoll zu sein«, erwidert Vater. »Ich werde mir das Tanzstudio im Laufe des Tages mal anschauen.«

Ein lautes Gähnen von der Treppe her sagt uns, dass Rose auf dem Weg hinunter ist. Schweigend und mit halb geschlossenen Augen plumpst sie neben mir auf einen Stuhl. Sie sitzt da mit dem Löffel in der Hand, während sie den Joghurt ansieht, als würde es übermenschliche Kräfte erfordern, nach ihm die Hand auszustrecken und sich davon zu nehmen.

»Guten Morgen, mein Schatz«, sagt Vater auch zu ihr und lächelt Rose an. Sie brummt nur als Antwort, aber ihre Laune scheint sich zu bessern, als Vater ihr erzählt, dass das Mädchen von gestern auf dem Weg der Genesung ist und heute aus dem Krankenhaus entlassen wird.

Der Rest des Frühstücks verläuft in ungewöhnlicher Stille. Die Anzeige des Tanzstudios und das Mädchen, das in Ohnmacht fiel, wirbeln mir durch den Kopf. Am liebsten würde ich das Leben stoppen und es um zwei Tage zurückspulen, bis zu dem Moment, als alles noch ganz einfach war.

Als wir mit unserer Mahlzeit fertig sind, legt Vater die Papiere beiseite.

»Falls jemand in der Schule nach dem Vorfall gestern fragt …« Vaters Stimme zittert vor Ernst.

»Dehydrierung«, sagt Rose. »We've got it.«

»Gut«, sagt Vater, doch seine Miene bleibt ernst.

Ich gehe mit Azalea in die Schule. Als wir klein waren, gingen wir immer zu dritt, aber jetzt nicht mehr. Rose zieht es vor, erst in letzter Minute zu kommen – oder zehn Minuten zu spät –, während ich immer schon eine halbe Stunde eher da bin. Azalea kommt auch lieber früher als zu spät. Außerdem muss sie sowieso zeitiger aufbrechen, weil sie das Gymnasium besucht, das am anderen Ende des Ortes liegt.

Azalea besucht die 11g. Auch wenn wir gleichaltrig sind und deshalb in die gleiche Klassenstufe gehen sollten, tun wir das nicht. Drillinge würden zu viel Aufsehen erregen, und das erst recht, weil wir einander überhaupt nicht ähneln. Deshalb »spielt« Azalea die Sechzehnjährige, während Rose die Vierzehnjährige »spielt«. Nur ich habe mein richtiges Alter: fünfzehn Jahre.

Der Schnee knirscht unter unseren Füßen. Zwanzig Minuten sind es bis zur Schule. Wir wohnen ein Stück in den Wald hinein, also müssen wir erst einmal den Waldrand erreichen. Tørveby ist ein kleiner Ort mit nur viertausend Einwohnern und es werden immer weniger. Die meisten ziehen in die größeren Städte. Ich kann das nicht verstehen. Es gefällt mir, dass wir im Wald, so nahe am Moor und am Bach wohnen. Ich glaube, ich könnte nie an einem anderen Ort leben.

»Hast du dir schon ein Gymnasium ausgesucht?«, fragt Azalea.

»Noch nicht wirklich«, antworte ich kurz.

»Es ist ja nur noch ein halbes Jahr hin. Am besten, du machst dir schon mal Gedanken darüber.«

»Ich glaube, ich werde auch in das hier im Ort gehen«, erkläre ich ihr also. »Dir gefällt es doch auch, oder?«

»Nun ja, aber in Næstbæk könntest du einen Leistungskurs in Bildender Kunst belegen, und das ist doch dein Lieblingsfach, oder?«

Ich sage nichts dazu. Eigentlich erscheint es mir ziemlich egal, wofür ich mich letztendlich entscheide. Ich weiß ja genau, dass es sowieso keinen Unterschied machen wird. Wir werden immer Tänzerinnen sein, und wenn Vaters Theorie stimmt, dann werden wir immer mehr Energie benötigen, je älter wir werden, und somit wird es ein Fulltimejob werden, Säle zu finden, die groß genug sind – und Zuschauer, um sie zu füllen.

An der Hauptstraße trennen sich unsere Wege. Azalea geht weiter geradeaus, während ich um die Ecke biege und schon bei meiner Schule bin. Das Tor scheppert, während der Hausmeister das Gitter zur Seite schiebt.

»Guten Morgen«, grüßt er, und ich erwidere seinen Gruß, während ich auf den Schulhof husche und zu dem Holztisch und den Bänken laufe, die unter dem Vordach stehen. Ich setze mich an den Tisch und lasse die Beine baumeln. Schaue auf meine schneebedeckten Stiefel hinunter und freue mich auf den Frühling, denn dann werden Tisch und Bänke in die Sonne gezogen. Ich lasse meine Tasche auf die Bank fallen und fische meinen Zeichenblock und die Federtasche heraus. Höre den Hausmeister pfeifen, während er die Milchtüten für die jüngeren Klassen in den Keller trägt.

Auf dem Klettergerüst entdecke ich einen Spatz und beschließe: Das wird das Motiv des Tages. Suche ein Stück Zeichenkohle heraus und skizziere schnell den ellipsenförmigen Körper, dann den kleinen, runden Kopf, den spitzen Schnabel und die Schwanzfedern. Die Krallen hebe ich mir bis zum Schluss auf. Aus irgendeinem Grund sind sie am schwierigsten zu zeichnen.

Der Vogel hüpft auf dem Kletternetz ein Stückchen weiter. Er wippt jedes Mal leicht mit den Beinen, bevor er landet. Ich betrachte die vielen kleinen Federn am Körper und versuche, sie abzuzeichnen. Dann schaue ich mir genau das dunkle Muster auf dem Kopf und die kleinen schwarzen Augen an.

»Hi«, sagte eine Stimme hinter mir, im gleichen Moment fliegt der Vogel davon. Ich drehe mich um, ich bin es nicht gewohnt, dass andere so früh schon hier sind. Normalerweise gehört der Schulhof bis mindestens zwanzig vor acht ganz allein mir. Das ist einer der Gründe, warum ich so früh komme.

»Hi«, erwidere ich den Gruß eines jungen Typen hinter mir. Braune Locken, eine Art Windjacke zu einer Jeans. Er kommt mir in keiner Weise bekannt vor, und auch wenn vierhundert Schüler hier auf die Schule gehen, dachte ich doch, dass ich die meisten kenne.

Zumindest denke ich, dass er mir aufgefallen wäre, denn er sieht, wie Rose sagen würde, »richtig süß« aus.

»Störe ich?«, fragt er und nickt zum Zeichenblock. Ich schaue den halb fertigen Spatz an.

»Das macht nichts.« Schnell klappe ich den Block zu und schiebe ihn in die Tasche.

»Ich heiße Malte«, sagt er und streckt mir die Hand entgegen.

»Birke«, sage ich und ergreife seine Hand.

»Weißt du, wo das Klassenzimmer der 10u ist?«, fragt er.

»Ja, Aufgang A, erster Stock. Aber da wird erst in zehn Minuten geöffnet«, antworte ich. »Bist du neu?«

Er nickt. »Mein erster Schultag heute.«

10u, das ist eine Klasse über mir. Merkwürdigerweise spüre ich ein Gefühl der Enttäuschung, als hätte ich gehofft, er würde in meine Klasse gehen. Aber das ist ja albern, ich hätte es besser wissen müssen. So etwas würden die Lehrer doch immer ein paar Tage vorher schon groß verkünden.

Sein Blick flackert, und ich spüre, dass es meine Pflicht ist, das Gespräch weiterzuführen, da wir nun einmal ganz allein hier auf dem Hof sind.

»Warum hast du die Schule gewechselt?«, frage ich. »Seid ihr umgezogen?«

»Ich bin rausgeschmissen worden.«

Seine Worte bringen mich vollkommen aus der Fassung. Ich muss ziemlich verblüfft aussehen, denn schnell fügt er hinzu: »Keine Sorge, ich habe niemanden umgebracht oder so.« Das sagt er mit einem Grinsen. Und ich grinse auch, weiß dabei aber nicht so recht, was ich sagen soll. Es ist ein kleiner Ort, in dem wir leben, nur selten passiert hier mal was. Und ich habe noch nie von jemandem gehört, der von der Schule geflogen ist. Das Schlimmste war angeblich, als ein paar Jungs Graffiti auf die Schulwand gesprüht haben und deshalb einen Monat nicht zur Schule kommen durften.

»Ich hoffe, es wird dir hier gefallen«, sage ich nur, denn es wäre ja wohl absolut unhöflich, zu fragen, warum er rausgeschmissen wurde. Mein Gehirn kann sich nur zwei Gründe vorstellen, die schlimm genug wären: Prügelei oder Drogen – und er sieht nicht aus wie einer, der etwas damit zu tun haben könnte.

»Na, Schule ist ja wohl gleich Schule.« Er wühlt in seiner Hosentasche. »Sag mal, kennst du das?«, fragt er und reicht mir eine zerknitterte Broschüre.

Ich falte sie auseinander und sehe ... mich. Oder genauer gesagt, Azalea, Rose und mich. Es ist ein Flyer von unserer Show. Ich glaube nicht, dass er mich wiedererkannt hat, ich stehe hinter den beiden und schaue nicht in die Kamera.

»Alle, die ich bis jetzt hier getroffen habe, sind ganz heiß darauf«, sagt er. »Und meine Mutter will unbedingt, dass ich Karten für die Show kaufe. Weißt du, wo man die bekommt?«

Ich spüre, wie mir die Hitze in die Wangen steigt, und bringe es einfach nicht über mich, locker zu sagen, ja, das weiß ich, das bin ich mit meinen Schwestern, die da tanzen. Stattdessen sage ich nur: »Die gibt es in der Bibliothek.«

»Okay, danke.« Er löst seinen Blick von meinem und hebt ihn. »Dein Vogel ist wieder da.«

Dann schlendert er zur anderen Seite des Schulhofs. Ich schaue zu meinem Block, der halb aus meiner Tasche hervorlugt. Zögere einen Moment, dann hole ich ihn doch heraus und schlage ihn auf.

Ich konzentriere mich, nehme die Flügel in Angriff. Betrachte den Vogel, aber irgendwie ist meine Konzentration verflogen, und als ich kurz aufblicke, merke ich, wie Malte mich quer über den Hof hinweg anschaut.

Die steingrauen Augen lassen ein prickelndes Gefühl in mir aufblitzen, bevor ich schnell den Blickkontakt abbreche und zusehe, dass meine Zeichnung fertig wird.

Kurz darauf kommt Elexa. Der Wind wirft ihre Zöpfe hin und her.

»Ich hasse Montage!«, seufzt sie und lässt sich neben mir auf die Bank plumpsen. Sie ist meine beste und eigentlich auch einzige Freundin in der Klasse.

»Ganz deiner Meinung«, stimme ich zu, während ich den Block einpacke.

»Sag mal, was sollten wir uns in Geschichte anschauen?«, fragt sie.

»Die Kubakrise«, antworte ich.

»Hast du das gelesen?«, fragt sie weiter, während sie müde ihren Kopf an meine Schulter lehnt.

»Überflogen.«

»Kannst du mir das nicht eben kurz zusammenfassen. Nur in Stichworten.«

Ich muss schmunzeln, versuche es aber, auch wenn es nicht so leicht ist, mal eben all die Texte zusammenzufassen, die wir lesen sollten.

Verbotenes Terrain

Der Vormittag will nicht enden. Zuerst Geschichte, dann Dänisch. Normalerweise passe ich immer ziemlich gut auf, aber heute kann ich mich einfach nicht auf den Lehrstoff konzentrieren. Es endet damit, dass ich *Galgenmännchen* mit Elexa spiele.

Nach der Mittagspause sind die Wahlfächer dran. Die haben wir zusammen mit den 10. Klassen, damit es genügend Angebote für uns gibt. Elexa und ich gehen zu den Kunsträumen.

Es riecht nach frischer Farbe, und im Materialraum kann ich sehen, dass eine der jüngeren Klassen Acrylbilder zum Trocknen ausgelegt hat.

Wir gehen in den Zeichenraum. Und da ist er wieder. Der Neue. Malte. Offensichtlich hat er auch Bildende Kunst als Wahlfach. Er sitzt auf dem Tisch und redet mit Søren. Sein schwarzes T-Shirt betont seine muskulösen Arme. Er dreht den Kopf und fängt meinen Blick ein. Es fühlt sich wie ein

Funke an, der im Körper auflodert. Ich schaue weg, versuche, den Funken in meinem Inneren zu löschen.

Elexa zieht mich mit sich zu dem hintersten Tisch. Kurz darauf kommt unsere Lehrerin herein. Anita. Wir haben sie in Dänisch und in Bildender Kunst, aber es ist offensichtlich, dass es der Kunstunterricht ist, für den ihr Herz schlägt. Sie strahlt immer auf eine ganz spezielle Art und Weise, wenn sie hier unterrichtet.

Auf dem Lehrerpult sind verschiedene Materialien aufgestapelt. Da gibt es alles von Zeichenkohle über Aquarellfarben bis zu Fotoapparaten.

»Gut, dann wollen wir loslegen«, sagt Anita und macht energisch die Tür zum Flur zu.

Langsam verschwinden die Handys in den Taschen und die Leute setzen sich auf ihre Plätze.

»Heute wollen wir mit einem Projekt beginnen, das sich über die nächsten drei Wochen hinziehen wird«, erklärt Anita.

Ich warte gespannt, brenne darauf, loslegen zu können. Am liebsten zeichne ich. Besonders gern mit Kohle. Es ist fantastisch, das Gehirn auszuschalten und zuzusehen, wie die Striche auf dem Papier Gestalt annehmen. Dabei bin ich nicht mal besonders gut darin. Es sind nie meine Zeichnungen, die wegen der Perspektive oder des Schattenspiels hochgehalten werden, aber trotzdem zeichne ich für mein Leben gern. Bildende Kunst ist eines der Unterrichtsfächer, bei denen ich die Welt vergessen kann und mich nur von meinen Gefühlen lenken lasse.

»Die Schulleiterin hat mich gefragt, ob wir nicht aus Anlass des 50. Geburtstags der Schule Kunstwerke zum Thema ›Schule‹ anfertigen können.«

»Wie langweilig!« Kim seufzt laut.

»Es ist euer Job, es spannend zu machen!«, entgegnet Anita und dreht sich zu dem Whiteboard hinter ihr um.

»Die Schulleitung möchte gern möglichst verschiedene Kunstwerke haben, deshalb sollt ihr alle etwas entwerfen.«

»Darf man auch etwas machen, das zeigt, wie langweilig die Schule ist?«, fragt Hassan.

»Wenn du es künstlerisch darstellen kannst, ja«, antwortet Anita in einem Ton, der deutlich verrät, dass sie der Meinung ist, er könne das nicht.

»Ich finde, wir sollten es ein bisschen spannend machen und das Los entscheiden lassen, mit welchen Materialien ihr arbeiten werdet.«

Anita holt eine Tüte mit vielen kleinen Zettelchen heraus. Das sieht ihr ähnlich – sie benutzt immer irgendwelche Tricks, von denen sie glaubt, sie würden den Unterricht interessanter machen.

»Ich lasse die Tüte herumgehen«, verkündet sie. »Jeder nimmt sich einen Zettel. Und Tauschen gibt es nicht. Das ist für euch eine Möglichkeit, Materialien auszuprobieren, mit denen ihr sonst nicht so häufig arbeitet.«

Die Tüte geht von Hand zu Hand. Einige sehen enttäuscht aus, andere freuen sich, und dem größten Teil ist es sowieso egal. Ich schaue zum Lehrerpult. Hoffe natürlich, Kohle oder Aquarell zu ziehen.

Die Tüte erreicht mich und ich angle in ihr. Schließe die Finger um einen kleinen Zettel und entfalte ihn schnell.

Foto.

Ich starre auf die Digitalkamera auf dem Pult. Denke nur: Ach du Scheiße. Fotos sind nicht gerade mein Ding. Das ist mir viel zu technisch.

Elexa zeigt mir ihren Zettel. *Kohle*, steht drauf.

Wollen wir tauschen? Sie formt die Worte lautlos mit den Lippen.

Ich schüttle den Kopf. Das wäre geschummelt und ich will nicht schummeln.

»Die notwendigen Materialien stehen hier«, sagt Anita, als die Tüte ihre Runde gemacht hat. »Ihr könnt einfach loslegen. Und geht ruhig in der Schule und auf dem Schulgelände herum, wenn ihr wollt, nur achtet darauf, dass ihr die anderen Schüler nicht stört.«

Elexa und ich stehen auf. Elexa holt sich die Zeichenkohle aus dem Stapel an Kunstmaterial und lässt dabei ein leises Seufzen hören. Mir fällt wieder ein, wie sehr sie es gehasst hat, als wir einmal eine ganze Stunde lang eine Obstschale gezeichnet haben und mit den Schatten arbeiteten. Vielleicht hätte ich ihr zuliebe doch tauschen sollen.

Ich nehme den Fotoapparat in die Hand.

»Ach, hast du *Foto* gezogen?«, fragt Anita. »Du darfst die Kamera auch gern mit nach Hause nehmen, dann kannst du sie im Laufe der Wochen immer wieder benutzen, wenn du willst.« Sie sagt das mit funkelnden Augen, als hätte sie schon jetzt viel zu große Erwartungen.

»Danke«, sage ich nur. Plötzlich ist mir schwindlig. Um mich herum haben die anderen angefangen, miteinander zu reden, während einige möglichst unbemerkt Zettel von einer Hand in die andere wandern lassen.

Ich brauche Luft, gehe hinaus auf den Hof.

Dort bleibe ich stehen und lehne mich an die Mauer, während das Schwindelgefühl langsam nachlässt. Schon merkwürdig; normalerweise wird mir nie schwindlig. Wir sind niemals krank. Das ist eines der guten Dinge an unseren Elfengenen: Wir schaffen so ziemlich alles. Das Schwindelgefühl stellt sich eigentlich nur in der Woche ein, bevor wir tanzen sollen. Wenn unser Körper wirklich lange gewartet hat und wir es *brauchen*, aber heute ... Es ist ja nicht einmal ein Tag vergangen, seit wir getanzt haben. Ich wünschte, es gäbe jemanden, den ich danach fragen könnte, aber es gibt niemanden. Wir sind allein.

Ich höre hinter mir die Tür ins Schloss fallen und richte mich auf. Starre auf den Fotoapparat und versuche, so auszusehen, als würde ich arbeiten.

Hinter mir höre ich eine Kamera klicken. Offenbar bin ich nicht die Einzige, auf deren Zettel *Foto* stand. Ich drehe mich um, damit ich sehen kann, wer mein Leidensgenosse ist.

Malte steht mit gezücktem Fotoapparat da und macht Aufnahmen vom Schulhof.

Es herrscht Tauwetter. Überall hängen kleine Tropfen: an den Fahrradlenkern, den Zweigen, den Spielhäusern für die jüngeren Schüler und den Vordächern.

Malte justiert die Linse und knipst los. Er fotografiert alles, macht Nahaufnahmen der Tropfen und schießt Panoramabilder vom Hof und vom Schulgebäude.

Ich stehe einfach nur da. Wieder spüre ich den Hunger in meinem Körper nagen. Hole das Handy aus der Tasche. Eine SMS von Rose. Ob sie es auch spürt? Ich öffne sie.

Habe die süßeste SMS der Welt von Benjamin bekommen!!

»Na, was ist los? Fehlt dir die Inspiration, oder was?« Plötzlich steht Malte direkt vor mir.

Der Fotoapparat liegt ruhig in seiner Hand, er hat sicher schon Hunderte von Fotos geschossen. Im Gegensatz zu mir, die nur vor sich hinstarrt und nichts macht.

»Nein, nein«, erwidere ich eilig und beeile mich, die Kamera zu heben, um meine Unentschlossenheit zu tarnen. Ohne zu überlegen, möchte ich ein Foto schießen von ... ja, eigentlich von nichts.

»Du scheinst nicht richtig angebissen zu haben«, sagt er daraufhin.

»Fotografieren ist nicht so mein Ding«, erwidere ich.

»Warum nicht?«

»Ich finde das nicht besonders kreativ. Da gibt es irgendwie nur eine einzige Möglichkeit, etwas zu machen«, sage ich.

»Nur eine Möglichkeit?« Er schüttelt leicht den Kopf. »Da irrst du dich aber.« Und dann richtet er seine Kamera auf mich. Schießt ein Foto von mir, bevor ich überhaupt protestieren kann.

»Sieh her.« Schnell dreht er den Apparat um und zeigt

mir das Display. »Jetzt ist es nur ein Porträt«, sagt er, und ich sehe, wie mein Gesicht sich auf dem Bildschirm abzeichnet. Kann es aber nur kurz ansehen, dann zieht er die Kamera wieder weg. Er geht ein wenig in die Knie und schießt noch ein Foto. Geht dann drei Schritte nach rechts und drückt wieder ab.

Schnell klickt er die Bilderserie durch, ich erscheine in allen verschiedenen Winkeln.

»Mit Fotos kannst du alles Mögliche machen. Und hier sind es ja nur unterschiedliche Winkel. Stell dir vor, wie kreativ man außerdem mit Beleuchtung und unterschiedlichen Bildausschnitten sein kann.«

»Na, du bist wohl ein richtiger Fotofreak«, grinse ich.

»Mein Vater hat mir das beigebracht«, sagt er.

»Ist er Fotograf?«

»War«, erwidert er.

Ich beiße mir auf die Lippe. *War* wie in: Er hat seinen Job gewechselt, oder wie in ...

Malte liest von meiner Stirn die unausgesprochene Frage ab.

»Er ist tot«, sagt er. Das Wort hört sich fast wie ein Quaken an. Auf diese Ich-halte-die-Tränen-zurück-Art, die man nur hat, wenn es noch ganz frisch ist.

»Das tut mir leid«, sage ich. Die Worte klingen dumm.

Malte vermeidet meinen Blick. Er geht noch einmal die Fotos durch.

»Meine Mutter ist auch tot«, füge ich schnell hinzu. »Sie ist gestorben, als ich noch klein war.«

Sein Blick streift mich. Eine Weile stehen wir schweigend da. Er klickt zwischen den Fotos von mir hin und her.

»Bitte lösche sie«, flüstere ich und nicke zur Kamera.

»Muss ich alle löschen?« Er sieht mich wieder an. »Ich möchte gern eine Collage machen und sie würden gut reinpassen.«

»Ja.« Ich nicke und strecke die Hand nach seinem Apparat aus. »Ich möchte nicht vor der ganzen Schule zur Schau gestellt werden.«

»Okay.« Abwehrend hebt er die Hände. »Ich werde sie löschen.« Dann schaut er sich auf dem Hof um.

»Hier fehlen wirklich Menschen«, sagt er.

»Anita hat mir gesagt, dass wir die Fotoapparate für die ganze Woche ausleihen können«, sage ich. »Wir können ja Schüler fotografieren, wenn Pause ist oder so.«

»Ja«, stimmt er zu, klingt dabei aber, als würde er in Gedanken ganz woanders sein, und sieht mich dann an. »Komm, ich weiß, wohin wir gehen müssen, um ein wirklich geiles Bild zu kriegen.«

»Wohin?«

»Komm hier rauf.« Er läuft auf den Hof, klettert aufs Dach eines Spielhauses.

»Was hast du vor?«, frage ich.

»Komm mit, du wirst schon sehen ...«

»Ich weiß nicht, von welcher Schule du kommst, aber hier dürfen wir nicht auf die Spielhäuser klettern«, ärgere ich ihn.

Gleichgültig zuckt er mit den Schultern.

»Komm einfach mit. Ich verspreche dir, es ist die Sache wert.«

In seinen Augen blitzt es herausfordernd, und auch wenn ich, die seit 15 Jahren Rose zur Schwester hat, immun derartigen Blicken gegenüber sein sollte, klettere ich trotzdem hinterher. Was nicht ganz einfach ist mit der dicken Winterjacke und dem rutschigen nassen Holz, also bin ich lieber vorsichtig.

Malte streckt mir seine Hand entgegen, die ich jedoch übersehe. Ich will es allein schaffen. Und kurz darauf stehe ich neben ihm auf dem Dach des Spielhauses.

Zum Glück sind alle im Unterricht, sonst hätte sich bestimmt schon jemand über unsere Eskapaden aufgeregt.

Ich schaue auf den Hof hinunter.

Malte macht ein paar Fotos.

»Wir müssen höher rauf«, sagt er und zieht sich an dem Rand des Vordachs hoch.

»Bist du dir sicher, dass das eine gute Idee ist?«, frage ich.

Wenn es nicht erlaubt ist, auf dem Dach des Spielhauses zu stehen – wobei wir garantiert nicht die Ersten sind, die hier stehen –, so ist das Vordach des Schulgebäudes *absolut* verbotenes Terrain. Höchstens wenn die Jungs ihren Fußball dort raufschießen, dürfen sie ihn holen.

Doch Malte ist bereits oben.

»Der Blick ist fantastisch! Nun komm schon!«, ruft er.

Ich zögere, reiße mich dann aber zusammen. Was kann mir schon Schlimmes passieren?

»Ich komme«, sage ich und stemme mich vorsichtig die

Dachkante hoch. Sie ist feucht und glatt, und meine Hose wird ganz nass, als ich erst das eine Knie und dann das andere daraufsetze.

Langsam und etwas wacklig stehe ich auf.

Ja, der Blick ist wirklich gut von hier aus. Man kann den ganzen Schulhof sehen, und wenn man sich auf die Zehenspitzen stellt, kann man noch über die Schulmauer bis in den Wald hineingucken.

Malte fängt an zu fotografieren. Ich halte den Kopf starr nach oben. Will nicht nach unten schauen. Ich habe Höhenangst. Nicht sehr schlimm, aber in Situationen wie dieser kann mir leicht übel werden, und wenn ich auf den grauen Asphalt hinuntersehen würde, könnte mein Körper zu zittern anfangen.

»Und wieder macht sie keine Fotos«, neckt mich Malte.

»Jaja, ich mach schon«, sage ich und hole den Fotoapparat heraus. »Ich kann ja damit anfangen, eins von dir zu machen«, fahre ich fort, um mich für die Bilderserie zu rächen, die er von mir gemacht hat.

»Schieß nur los!«, sagt er und streckt die Arme aus.

Ich mache ein paar Fotos. Sie werden tatsächlich ziemlich gut. Der blaue Himmel hinter ihm, das Dach unter seinen Füßen und die Sonne, die hinter seinen braunen Locken hervorlugt, ergeben ein tolles Bild.

Ich drehe die Kamera ein Stück und mache Fotos vom Schulhof.

Stelle die Linse scharf. Richte sie auf eine Amsel, die auf dem Dach herumspaziert. Zoome sie heran, damit ihr kleiner orangefarbener Schnabel deutlich zu erkennen ist, und drücke ab.

Dann richte ich den Apparat auf ein Fenster. Wieder benutze ich den Zoom. Ich kann damit sogar in das Klassenzimmer der 6. Klasse sehen.

»Was zum Teufel macht ihr da oben?!« Eine wütende Stimme vom Schulhof. Ich zucke vor Schreck zusammen, sodass ich fast hinunterrutsche, aber zum Glück packt Malte mich schnell am Arm.

»Wir machen Fotos für ein Projekt im Kunstunterricht!«, ruft Malte.

»Das könnt ihr ganz schnell vergessen. Kommt da runter, und zwar sofort!«, tönt es uns von unten entgegen. Es ist Stig. Wir hatten ihn ein paarmal als Vertretung.

»Mist«, sagt Malte.

Ich bewege mich vorsichtig auf den Rand zu und klettere nach unten. Malte ist dicht hinter mir.

»Seid ihr vollkommen verrückt geworden?«, schimpft Stig. »Los zur Schulleitung, und zwar sofort!«

Alles für die Kunst

Ich bin noch nie bei der Schulleitung gewesen. Ja gut, jetzt klinge ich wie eine Musterschülerin und ich muss zugeben ... das bin ich auch. Nicht, weil ich das unbedingt sein will. Ich habe einfach nie einen Grund gehabt, etwas zu tun, was Probleme mit sich bringen würde.

Eigentlich müsste ich nervös sein, aber seltsamerweise bin ich das nicht. Jetzt erscheint mir die Schulleiterin in der 9. Klasse, mit dem Gedanken, dass ich in einem halben Jahr abgehen werde, nicht mehr so bedrohlich.

Wir sitzen auf dem Flur vor ihrem Büro und warten, dass sie Zeit hat, mit uns zu sprechen.

»Entschuldige«, sagt Malte, »ich habe dich da mit reingezogen.«

»Schon in Ordnung«, erwidere ich. Ich will nicht total spießig und beleidigt erscheinen, schließlich war ich diejenige, die sich entschieden hat, mitzumachen.

Während wir noch warten, klingelt die Pausenglocke, die

Kunststunde ist zu Ende, jetzt steht Englisch auf dem Plan, aber wir sitzen immer noch hier und warten auf die Schulleiterin.

Kurz darauf öffnet sich die Tür. Ein Schüler aus der 5. Klasse kommt heraus. Er sieht ziemlich betreten drein. Sicher hat er eine gehörige Strafpredigt über sich ergehen lassen müssen.

Unsere Schulleiterin, Ingerlise Jensen, schaut uns mit strengem Blick an und ruft uns mit einer Handbewegung herein. »Setzt euch«, sagt sie, und wir setzen uns nebeneinander auf die weichen Stühle.

»Malte Jeppesen und Birke Bisgård.« Ihre Stimme zittert vor Ernst. »Stig hat mir erzählt, dass ihr auf dem Vordach herumgeturnt seid.«

»Das stimmt, wir waren da oben«, sagt Malte, und ich nicke.

»Und warum um alles in der Welt habt ihr das gemacht?«

»Im Kunstunterricht arbeiten wir an einem Projekt über die Schule«, setze ich an.

»Wir wollten besonders tolle Fotos zeigen können«, fügt Malte hinzu. »Wissen Sie, solche, bei denen man wirklich *Wow* sagt, und darum bin ich auf die Idee gekommen, dass wir von dem Schuldach aus bestimmt eine super Aussicht haben.«

»Und du hast dabei nicht daran gedacht, dass es streng verboten ist, aufs Dach zu klettern?«

Malte lächelt schief.

»Was tut man nicht alles für die Kunst?«

Ich kann sehen, dass irgendwo hinter Ingerlises strengem Blick ein amüsiertes Lächeln aufblitzt.

Eine ganze Weile bleibt sie still und schaut mich dann scharf an.

»Malte ist neu hier. Aber du hättest es besser wissen müssen, Birke.«

»Ja«, gebe ich zu. »Aber ich habe mich von der Idee mitreißen lassen. Und wir haben wirklich ein paar schöne Fotos hingekriegt«, sage ich und fahre mit den Fingern über den Fotoapparat.

»Na gut, dann lasst mich mal diese fantastischen Bilder sehen.«

Zuerst nimmt sie meinen Apparat, um die Fotos durchzuscrollen, dann ist Maltes Kamera dran.

Ein kurzes Aufschnauben.

»Ich kann sehen, dass du deine Inspiration auch unten auf der Erde findest«, sagt sie und dreht die Kamera um, sodass wir eines der vielen Fotos von mir sehen können.

Ich spüre, wie mir das Blut in die Wangen schießt. Es sollte eine Pille gegen Rotwerden geben, denke ich, während Ingerlise uns in dem raumfüllenden peinlichen Schweigen schmoren lässt.

»Jetzt hört mal her«, sagt sie schließlich, »ich weiß sehr gut, dass euch in eurem Alter die Hormone durcheinanderbringen ...«

Als sie das Wort Hormone sagt, stellt mein Gehirn auf Durchzug. Wenn das jetzt in einem Gesäusel über Bienen und Blumen endet, dann wäre es fast besser gewesen, ich wäre vom Dach gerutscht und zerschmettert worden.

»Was ich euch sagen will: Es ist mir vollkommen egal, ob ihr da oben wart, um Fotos zu machen, euch zu küssen, oder was immer ihr dort veranstaltet habt. Ihr habt nichts oben auf dem Dach zu suchen. Absolut nichts.«

Ich nicke leicht, in der Hoffnung, so davonzukommen.

»Ich werde eure Eltern anrufen und ihnen erzählen, was passiert ist«, sagt sie und ich muss schlucken. Vater wird nicht gerade begeistert sein. Bisher wurde er nur ein einziges Mal von der Schulleitung angerufen und das war, als Rose in der dritten Klasse geschminkt in der Schule auftauchte.

Ingerlise fängt unsere Blicke ein letztes Mal auf.

»Geht zurück in eure Klassen. Und ab sofort keinen Ärger mehr, okay?«, fragt sie.

»Okay«, nickt Malte schnell.

»Gut. Ihr versprecht mir also, zukünftig auf der Erde zu bleiben?«

»Ja«, sagen wir im Chor.

»Schön, und macht auch ein paar Fotos, auf denen etwas anderes drauf ist als ihr beide.«

Wieder nicken wir.

Dann stehen wir draußen auf dem Flur und Malte kann ein Grinsen nicht unterdrücken. Ich finde, das Ganze war doch ziemlich peinlich.

»Und ich dachte schon, die fängt jetzt noch an, über Sex zu reden, als sie mit den Hormonen kam.«

Schnell werfe ich einen Blick auf meine Uhr. »Ich muss

zum Englischunterricht.« Unsere Blicke begegnen sich, und da ist es wieder, dieses prickelnde, kitzelnde Gefühl im Körper, das ich einfach nicht einordnen kann. Ich gehe zur Treppe.

»Ach, Birke«, ruft Malte mir nach. »Sag Bescheid, wenn du weitere Lektionen brauchst, ja?«

Die grauen Augen blinzeln flirtend und sagen mir, dass es bei dem Angebot um mehr als Fototipps geht.

Ich schlucke. Immer wieder habe ich mitansehen müssen, wie Rose zusammenbrach, weil Verlieben und die Elfengene nicht zusammenpassen.

Sein Blick bohrt sich in meinen. Er will eine Antwort.

»Danke, aber ich glaube, ich komme schon zurecht«, erwidere ich und hake Malte neben tausend anderen Dingen ab, die ich niemals werde erleben können.

Weil ich zwanzig Minuten zu spät zum Englischunterricht komme, starren mich alle an. Ich sage nichts, gehe nur auf meinen Platz und schlage Kapitel 10 im Buch auf. Elexa wirft mir fragende Blicke zu und bombardiert mich mit kleinen Zettelchen, aber ich schreibe nur *später* als Antwort. Ich will nicht noch mehr Ärger haben, also schaue ich zur Tafel und höre zu.

Als es zur Mittagspause läutet, verschwinden Elexa und ich hinter dem Spielhaus auf dem Hof.

»Also – was ist passiert?«, fragt sie und zieht sich dabei die schwarze Kapuze über die Ohren.

Schnell und knapp erzähle ich ihr alles.

»Du bist aufs Vordach geklettert?«

Ich nicke.

»Aber du machst doch sonst nie so etwas«, wundert sie sich.

Ich seufze. Nein, mache ich nicht, und ab jetzt werde ich es auch nicht wieder machen.

»Was denkst du, was dein Vater sagen wird, wenn Ingerlise ihn anruft?«, fragt Elexa.

»Bestimmt nicht so viel.«

»Nicht? Meine Mutter würde ausflippen und sie ist nicht halb so streng wie dein Vater.«

Darauf antworte ich nichts. Die meisten in der Schule glauben, dass unser Vater zu streng ist. In erster Linie, weil wir das Tanztraining als Ausrede benutzen, um all das nicht mitzumachen, was gefährlich für uns sein könnte, wie zum Beispiel Sport, Übernachtungen und Schwimmausflüge.

Eine Gestalt kommt auf uns zugelaufen, das rote Haar zerzaust vom Wind, und kurz darauf steht Rose vor mir.

»Komm mit ...«

Sie zerrt mich weg von Elexa, in die hinterste Ecke des Schulhofs, zum Eingang der Krankenstation, und schaut mich mit ernstem Blick an.

»Stimmt das, bist du bei der Schulleitung gewesen?«, fragt sie. In ihrem Haar glänzen viele kleine Regentropfen.

Ich nicke.

»Weil du auf dem Hausdach warst?«, fragt sie weiter mit hochgezogenen Augenbrauen.

Wieder nicke ich, und sie sieht noch schockierter aus, wenn das überhaupt möglich ist.

»Zusammen mit dem Neuen?«

Noch ein Nicken.

Sie macht große Augen.

»Alle reden darüber, aber ich habe gedacht, das sei gelogen.« Sie kaut auf ihrer Lippe. »Und stimmt es auch, dass ihr da oben geknutscht habt?«

»Nein!«

»Wirklich nicht? Das hat Katinka nämlich behauptet.«

»Dann lügt Katinka.«

»Aber du bist auf dem Dach gewesen?«, fragt sie noch einmal nach. »Und du warst da zusammen mit ... Malte heißt er, oder?«

»Ja, wir sollen in Kunst so ein Projekt machen, und wir wollten Fotos machen und ...«

Rose verdreht die Augen, während ein Fußball an uns vorbeifliegt.

»Nun mal ganz ehrlich, Birke, das klingt wie die schlechteste Ausrede der Welt.«

»Aber das stimmt«, empöre ich mich, worauf Rose nur schnaubt.

»Ach, hör auf«, meint sie und muss grinsen.

»Aber warte mal«, werfe ich ein. »Ich wollte dich was ganz Wichtiges fragen.«

»Na gut«, sagt sie, auch wenn ich sehen kann, dass sie kurz vorm Losprusten ist. »Dann frag.«

»Hattest du heute auch so ein komisches Gefühl?«

»Was meinst du mit komisch?«

»Als hätten wir gestern gar nicht getanzt«, erkläre ich.

»Ich habe nie genug getanzt«, erwidert sie und macht eine kleine Pirouette, um ihre Worte zu unterstreichen.

»Nein ... schon klar ... aber du hast nicht ... äh, irgendwie ein anderes Gefühl dieses Mal?«

»Nein, warum?«, fragt sie zurück.

»Ach, ich dachte nur so.«

Sie schaut mich an. Die Art, wie sie die Augenbrauen zusammenzieht, sagt mir, dass sie genau sehen kann, dass ich lüge, aber Rose ist keine, die einen bedrängt. Zumindest nicht bei solchen Dingen. Stattdessen fängt sie an, mir lang und breit von Benjamin zu erzählen.

Und während ich zuhöre, wie Rose minutiös ihr letztes Gespräch auseinanderpflückt, um auch ja alle verborgenen – oder nicht existierenden – Zeichen aufzudecken, die darauf hindeuten, dass er in Wirklichkeit unsterblich in sie verliebt ist, muss ich feststellen, dass dieser Hunger wieder da ist. Er nagt tief in mir. Rose plaudert munter weiter. Warum kann sie das nicht merken, wenn ich es merke?

Als Rose und ich nach Hause kommen, sehen wir einen großen Stapel Brennholz vor dem Haus liegen.

»Vater hat wohl einen Baum gefällt«, sagt Rose und lässt ihre Finger über die Holzscheite gleiten.

Ich nicke. Das gehört zu seinem Job als Waldhüter. Jetzt muss das Holz bis zum nächsten Winter trocknen, bevor er es verkaufen kann.

Rose reißt die Tür auf, wir gehen ins Haus. Ich kann den Kamin im Wohnzimmer knistern hören. Vater sitzt auf dem Sofa und dreht sich zu uns um, als wir hereinkommen.

Als sich unsere Blicke begegnen, kommt es mir vor, als würde jegliches Feuer im Raum verschwinden. Sein Blick ist, vorsichtig ausgedrückt, voller Enttäuschung.

»Birke, lass uns eine Runde gehen.«

Das ist keine Frage, das ist ein Befehl. Ich lasse die Tasche von der Schulter rutschen und nicke nur. Ziehe die Winterjacke wieder an und gehe hinaus. Der Wind streift meine Wange, schnell ziehe ich mir die Kapuze über.

»Deine Rektorin hat mich angerufen«, sagt er, während wir durch den schmelzenden Schnee zum See hinuntergehen. »Auf dem Dach herumkrabbeln ... was hast du dir dabei gedacht?«

Ich sage nichts. Er würde die Erklärung mit dem Kunstprojekt und den guten Fotos sowieso nicht akzeptieren.

»Und dann noch zusammen mit einem Jungen?« Vaters Stimme scheint mit jedem Satz wütender zu werden. »So einen Blödsinn hätte ich von Rose erwartet, aber nicht von dir.«

»Da war nichts«, versuche ich mich zu rechtfertigen. »Ich habe nur nicht nachgedacht.«

»Aber du *musst* nachdenken! Immer!«, sagt Vater. »Wenn du anfängst mit diesem Jungen herumzuturteln, bringst du nicht nur dich selbst in Gefahr, sondern uns alle zusammen!«

»Aber ich habe nicht herumgeturtelt ...«

Vater hebt die Hand.

»Ich will nichts mehr davon hören.« Er seufzt. »Du weißt, dass ihr vorsichtig sein müsst ...«

Ich kann es nicht vermeiden, ich werde wütend, dass ich jetzt hier für seine Strafpredigt herhalten muss, obwohl zwischen Malte und mir nichts passiert ist, während Rose jeden Monat einen Neuen findet, mit dem sie flirten kann.

»Ich *bin* vorsichtig!«, schreie ich fast. »Ich bin die ganze Zeit nichts anderes als vorsichtig!«

»Ich weiß genau, wie schwer das ist ...« Vater zieht seinen Reißverschluss bis zum Hals hoch.

»Nein, das weißt du nicht«, widerspreche ich ihm. »Du weißt überhaupt nichts!«

Wir bleiben an dem gefrorenen See stehen. Das Eis ist gebrochen und uneben. Am Ufer ist es bereits vollständig geschmolzen, es knistert ganz leise.

Vater lehnt sich über das Geländer und schaut auf den See.

Ich hole Luft und lasse sie bis tief in die Lunge eindringen. Eigentlich passt es gar nicht zu mir, mich so aufzuregen.

Plötzlich erstarrt Vater.

»Entschuldige«, flüstere ich, doch er hört mich gar nicht. Er starrt nur auf das Eis. Ich beuge mich vor, um zu sehen, was er entdeckt hat.

Ich folge seinem Blick. Irgendwie sieht das Eis merkwürdig aus. Es ist fast ... golden. Und da entdecke ich es. Unter der Oberfläche ... das sind Haare! Goldene, feine Haare, die im Eis festgefroren sind. Ich schnappe nach Luft.

Unter dem Eis

Ich will nicht hinsehen, kann es aber dennoch nicht lassen. Der Körper wiegt sich in den Wellen unter dem gefrorenen Wasser. Das Kleid ist zerrissen, wodurch der Oberkörper nackt daliegt. Der Kopf schlägt mit leisen knirschenden Stößen gegen die obere Eisschicht, als wollte er heraus. Die Wellen unter dem Eis drehen sie langsam herum und ich kann ihren Rücken sehen. Ich weiche zurück, erstarre.

»Birke!« Vater ergreift meine Hand. Er schluckt und fährt dann fort: »Geh zurück. Warte im Haus bei deinen Schwestern auf mich.« Er kniet sich in den Schnee und zerschlägt mit der Faust das Eis. Es bricht, Wasser tritt an die Oberfläche.

»Was machst du?«, flüstere ich. Er hat doch immer gesagt, dass alle, die in den Bach fallen, dem Nöck, dem Wassermann, gehören.

»Geh, Birke«, wiederholt Vater und greift mit beiden Händen ins Wasser. Ich laufe. Meine Füße versinken in dem nassen Schnee. Ihr Rücken ... der Rücken der Leiche ... Ich konnte hindurchsehen ...

Azalea und Rose sitzen auf der Terrasse. Sie haben ihre Teebecher mit herausgenommen. Der Dampf malt Wolken in das matte Nachmittagslicht.

»Er ist einfach fantastisch«, sagt Rose und lächelt auf diese raffinierte Art und Weise, wie sie alle Jungs lieben. Mit ihrem Stiefel malt sie Herzen in den Schnee. Große, weiße Schneeherzen.

»Das hast du schon gesagt«, seufzt Azalea.

»Er schickt mir sooo süße SMS. Hör doch mal, was er schreibt.« Rose zieht ihr Handy heraus, aber Azalea bremst sie mit einer Handbewegung. Sie hat mich entdeckt.

»Was ist los, Birke?«

Ich atme tief aus. Erst jetzt merke ich, dass ich die ganze Zeit die Luft angehalten habe.

»Eine Frau ist im Bach ertrunken. Eine ... eine Elfenfrau.«

»Was?« Azalea kippt ihren Becher um. Der Tee spritzt auf Roses Herz.

»Vater sagt, wir sollen ins Haus gehen und auf ihn warten«, fahre ich fort, bewege mich jedoch nicht. Eine Elfe. Dabei hat Vater doch behauptet, wir würden nie auf andere treffen.

»Oje, dann müssen wir doch ... Ich will ...« Rose springt auf. Sie geht auf die Bäume zu, will zum Bach. Azalea packt sie am Arm.

»Vater hat gesagt, wir sollen reingehen.«

»Aber ...«, widerspricht Rose, und ich verstehe sie. Schließlich ist es das erste Mal, dass wir jemanden von unserer Art sehen. Doch Azalea bleibt hart und zieht uns mit sich ins Haus.

Wir setzen uns ins Wohnzimmer und starren durch die großen Fenster hinaus. Warten.

Azalea setzt Wasser für Tee auf, aber wir kommen nicht dazu, ihn ziehen zu lassen. Schalten den Wasserkocher nur immer wieder ein.

Im Wohnzimmer ist ein dunkler Fleck auf dem Holzfußboden. Dort sind wir geboren worden. Als ich klein war, habe ich mich davor gefürchtet. Nun weiß ich es besser. Dass es nur ein Ast im Holz ist. Trotzdem muss ich immer wieder draufschauen. Eine Elfe ist tot. Eine von uns.

Dann kommt Vater. Mit schwerem, schleppendem Schritt. Er hat sie in seine Jacke gewickelt und trägt sie in seinen Armen. Sein Körper zittert, die Hände sind gerötet von dem kalten Wasser. Er sieht uns nicht an. Legt sie vorsichtig in den Schnee vor der Anhöhe und holt einen Spaten aus dem Schuppen.

Wir können nur ihr Haar sehen. Das goldene Haar im Schnee. Vater setzt den Spaten auf der Anhöhe an. Er muss fest drauftreten, um ihn in die Erde zu bekommen. Der Boden ist gefroren, aber er schafft es. Schnee und Erde werden hochgeworfen.

»Aber …«, meine Stimme ist leise und zittrig. Die Anhöhe. Dort sind doch Mutter und Erle begraben. Azalea zieht die Gardinen vor.

»Das sollten wir uns lieber nicht ansehen«, sagt sie.

»Das hast du nicht zu bestimmen«, widerspricht Rose und zieht die Gardine wieder auf. Vater schwitzt, dabei hat er erst eine Handbreit geschafft. Er dreht den Kopf und bemerkt unsere Blicke.

Ich beiße mir auf die Lippe und schaue zu Boden. Rose lässt die Gardine los, sodass sie wieder zufällt.

Zwei Stunden später kommt Vater herein. Er zittert am ganzen Körper, und es scheint, als brächte er die Kälte direkt mit ins Wohnzimmer. Er sagt nichts, setzt sich nur in den Sessel und starrt an die Wand.

»Vater«, sagt Rose. In ihrem Blick stehen all die Fragen, die auch in mir brennen.

»Nicht jetzt, Rose.«

»Aber du hast doch gesagt, dass die anderen Elfen …«

»Ich sagte: Nicht jetzt, Rose!«

Rose beißt die Zähne zusammen und läuft in ihr Zimmer. Sie wirft die Tür so fest hinter sich zu, dass der Boden erbebt.

»Mach den Kamin an, Birke«, sagt Azalea.

Ich gehorche, während sie Decken holt. Die wickelt sie um Vater. Ich lege mehrere große Holzscheite in den Ofen. Das wird für ein paar Stunden reichen.

Azalea setzt sich an Vaters Seite. Sie streichelt seine Hand, er lächelt schwach. Azalea ist die Einzige, die Vater in so einer Situation zum Lächeln bringen kann. Sie erinnert ihn an Mutter.

Ich fühle mich überflüssig und laufe auf den Flur. Schlüpfe in die Holzschuhe und gehe hinaus.

Ich setze mich auf die Terrasse. Die Bank ist kalt und mein Atem ist in der Abendluft zu sehen. Langsam setzt die Dunkelheit ein. Die Anhöhe ist nur noch ein dunkler Schatten. Aus diesem Winkel heraus kann man nicht erkennen, dass heute jemand dort begraben wurde.

Ich erschaudere. Auch wenn sie eine Elfe war, habe ich das Gefühl, dass es nicht richtig ist. Schließlich ist das Mutters und Erles Grabstätte. Ein Familiengrab. Und für niemanden sonst.

»Birke ...« Es ist nur ein leises Flüstern. Ich drehe den Kopf. Rose sitzt auf der Fensterbank in ihrem Zimmer.

»Was meinst du, wer das war?«, fragt Rose.

»Wer?«, frage ich, obwohl es doch eigentlich keinen Zweifel geben kann, wen sie meint.

»Na, die Elfenfrau. Die ertrunken ist.«

»Das weiß ich nicht«, sage ich nur. Ich habe mich eher gefragt, warum sie hier war.

»Wie hat sie ausgesehen?«, fragt Rose.

»Sie ... Das weiß ich nicht ...« Bei der Erinnerung läuft es mir eiskalt den Rücken herunter.

»Aber du hast sie doch gesehen.«

»Es war schwer, unter dem Eis etwas zu erkennen«, sage ich.

Die Tür geht auf und wieder zu. Es ist Azalea.

»Es ist schon spät«, sagt sie. »Wollt ihr nicht ins Bett gehen?«

»Du bist nicht unsere Mutter!«, faucht Rose.

»Schläft Vater?«, frage ich.

Azalea nickt. Sie schaut zu den Sternen hoch, ihr Blick schweift in die Ferne. Das tut er oft. Immer wieder habe ich das Gefühl, einen Geist als Schwester zu haben. Ich seufze. Noch eine Geisterschwester ...

Alles hat seinen Preis

Am nächsten Morgen setzt das Tauwetter wirklich ein. An allen Zweigen und Ästen hängen Tropfen, als würde der ganze Wald weinen. Dort auf der Anhöhe, wo Vater gegraben hat, ist der Schnee schmutzig und dunkel. Ein großer schwarzer Fleck, der mich daran erinnert, dass nichts ist, wie es sein sollte.

Vater hatte nie über Mutter reden wollen. Zumindest nicht mit mir, vielleicht ja mit Azalea. Das weiß ich nicht. Er hat nie auf unsere Fragen geantwortet. Nur gesagt, das Wichtigste sei, dass wir einander haben. Aber jetzt ...

Jetzt, nachdem im wahrsten Sinne des Wortes eine Elfe in unser Leben geplatzt ist, dachte ich, dass er seine Einstellung ändern würde. Wieder sehe ich die Leiche vor mir. Sie ist schön. Auch wenn das Wasser sie bleich und bläulich verfärbt hat, ist sie immer noch schön.

Mein Handy vibriert in meiner Tasche. Eine SMS von Elexa; sie hat verschlafen.

Ich kann mich nicht auf meine Zeichnung konzentrieren. Hole stattdessen den Fotoapparat heraus und mache noch ein paar Fotos von der Schule und dem Schulhof. Vielleicht kann das ja das Thema meiner Collage sein: die leere Schule. Soll Anita das doch interpretieren, wie sie will.

Zehn Minuten später ist der ganze Schulhof von Lärm erfüllt. Malte kommt auch. Er nimmt geradewegs Kurs auf mich. Ich stehe von der Bank auf und gehe. Flüchte auf die Mädchentoilette, weil ich ihn nicht einschätzen kann.

Ich muss an das denken, was Rose gestern gesagt hat. Dass über mich und ihn geredet wird. Ich setze mich auf die Klobrille und stütze den Kopf mit den Händen. Ich kann mit diesem Getratsche einfach nicht umgehen. Und dabei ist doch gar nichts zwischen uns passiert. Und am schlechtesten kann ich mit diesem winzigen Gefühl von Enttäuschung umgehen, das ich in mir spüre und das mir sagt, dass ich tatsächlich gestern gehofft habe, es würde etwas zwischen uns passieren.

Ich warte bis fünf Minuten vor Unterrichtsbeginn, dann gehe ich direkt zur Treppe. Bleibe erst im ersten Stock vor meinem Spind stehen. Die Klassen der neunten Stufe bekommen jeweils ihren eigenen Spind. Das ist so eine Art Bonusregelung dafür, dass man es so weit geschafft hat. Und so etwas wie ein Ausgleich dafür, dass unsere Bücher jedes Jahr schwerer werden und wir immer mehr schleppen müssen.

Ich schaue auf die Uhr. Die Stunde beginnt in vier Minuten, also schaffe ich es noch, meine Sachen zu holen.

Ich ziehe den Schlüssel aus der Tasche heraus. Schiebe ihn ins Schloss und versuche, ihn umzudrehen, doch er rührt sich nicht. Nicht einen Millimeter. Das Schloss hat sich total verklemmt. Ich seufze schwer.

Noch einmal schiebe ich den Schlüssel ins Schloss. Aus dem Augenwinkel heraus entdecke ich Malte. Er schleppt drei große Taschen mit Büchern. Bleibt ein paar Schränke von mir entfernt stehen und lässt die abgewetzten Taschen auf den Boden fallen.

Während ich noch einmal versuche, das Schloss zu überlisten, stapelt Malte die Bücher in seinen Spind.

»Soll ich dir helfen?« Emma kommt den Flur entlang. Wüsste ich nicht, dass sie mich von Grund auf hasst, hätte ich gedacht, sie würde mich fragen. Doch sie geht an mir vorbei und bleibt neben Malte stehen. Ihre langen dunklen Locken fallen ihr über die Schultern, während sie sich hinhockt und ihm mit der letzten Tasche hilft.

»Danke.« Malte sieht etwas überrascht aus, er hat diese Hilfe wohl nicht erwartet.

»Ach, schon okay«, sagt sie und wirft ihr Haar nach hinten. »Ich heiße Emma.«

»Malte.«

»Herzlich willkommen, Malte.« Sie lächelt begeistert.

Ich versuche, nicht zu lauschen, nicht zu registrieren, dass Emma ihre Flirtstimme benutzt. Stattdessen konzentriere ich mich auf das Schloss. Ziehe den Schlüssel heraus und schiebe ihn wohl zum hundertsten Mal wieder rein, um das Schloss zu überlisten.

Emma lässt ein ungewöhnlich lautes und falsches Lachen vernehmen, bevor sie noch einmal ihr Haar nach hinten wirft und dann den Flur entlang verschwindet.

Ich starre das Schloss an. Warum muss das ausgerechnet jetzt passieren? Als würde mir heute nicht genug im Kopf herumschwirren! Ich schaue auf die Uhr. Noch zwei Minuten. Und meine Deutschunterlagen sind immer noch hinter Schloss und Riegel.

Ich verpasse dem Schrank einen heftigen Schlag, was natürlich nichts an der Situation ändert, nur meine Wut noch steigert. Ich werde wohl den Hausmeister holen müssen und warten, bis er das repariert. Und kann dann nur hoffen, den Unterricht heute ohne Bücher einigermaßen zu überstehen.

»Hat es sich verklemmt?«, fragt Malte, und ich kann seinen Atem in meinem Nacken spüren.

»Äh … ja, ich denke schon«, sage ich und drehe mich zu ihm um. »Ich muss heute wohl ohne Bücher zurechtkommen.«

»Nicht unbedingt«, erwidert er. »Ich weiß, wie man das hinkriegt.«

»Ist schon in Ordnung. Ich werde den Hausmeister holen.«

»Nein, lass mich mal ran. Das dauert nur ein paar Sekunden.«

Er nickt und sucht in seiner Tasche. Holt zwei Büroklammern heraus.

»Hier, halt mal«, sagt er und reicht mir die eine. Ich starre sie an. Kann mir nicht so recht vorstellen, wie eine Büroklammer hier helfen soll.

Malte nimmt die andere und zieht sie auseinander, sodass er zum Schluss einen langen Metalldraht in seiner Hand hält. Den biegt er in der Mitte und hat so zwei parallele Metalldrähte. Die Stelle, die gebogen ist, drückt er gegen die Schrankwand, bis sie ganz platt ist. Dann biegt er wiederum den oberen Teil und wickelt den anderen drum herum.

Er tritt einen Schritt näher und ich mache ihm vor dem Schrank Platz. Das neu gefertigte Werkzeug steckt er unten am Rand ins Schloss.

»Und die andere bitte«, sagt er und streckt die Hand nach hinten zu mir.

Ich gebe ihm die Büroklammer. Ein Vibrieren durchfährt meinen Körper, als unsere Finger aufeinandertreffen.

Von dieser Büroklammer biegt er nur eine Seite auf. Schiebt die kleine, scharfe Metallspitze über die andere ins Schloss. Dann bewegt er beide Klammern ein paarmal schnell hin und her und dann ... öffnet sich der Schrank mit einem kleinen Klick.

»Wow«, sage ich. »Wo hast du das denn gelernt?«

»YouTube«, antwortet er und scheint selbst äußerst zufrieden mit dem Ergebnis zu sein.

»Danke«, sage ich.

»Bitte. Ich schulde dir ja sowieso noch was wegen gestern. Es tut mir leid, dass ich dich dazu überredet habe, aufs Dach zu klettern.«

Ich sage dazu nichts. Stehe nur da und sehe ihn an, während mein Herz schneller schlägt.

Dann läutet es zur Stunde.

»Also, wir sehen uns«, sagt er und schenkt mir ein kleines Lächeln.

»Danke«, flüstere ich, doch da ist er bereits fort.

Ich reiße schnell die Bücher und Unterlagen aus meinem Spind und laufe zum Klassenzimmer, als mein Handy summt. Mein erster Gedanke ist, ob er das auch geknackt hat. Sich reingehackt hat oder so, doch als ich das Handy heraushole, werde ich enttäuscht. Die SMS ist nicht von Malte. Sie ist von Rose.

Nach der Schule Treffen am See, steht da.

Elexa taucht in der Mittagspause auf. Sie sucht sich einen Platz neben mir unter dem Vordach. Ich kann erkennen, dass sie unter der Jacke einen Rock trägt. Das sieht ihr gar nicht ähnlich. Elexa zieht fast immer nur Hosen an.

»Was ist los?«, frage ich. »Du hast ja lange verschlafen.«

»Das liegt nicht nur daran, dass ich verschlafen habe«, erklärt sie und schiebt ihr Haar hinter die Ohren – kleine Goldohrringe kommen zum Vorschein. »Ich habe mich für einen Job vorgestellt.«

»Wie spannend, wo denn?«, frage ich. Elexa sucht schon seit langer Zeit nach einem Job.

»Himmelsrutsche. Das ist ein kleiner Klamottenladen in Næstbæk. Ich weiß nicht, ob du den kennst.«

»Doch, ich glaube schon«, sage ich, während ich in Gedanken versuche, die Klamottenläden in Næstbæk voneinander zu unterscheiden. »Aber das ist ja ziemlich weit weg.« Mit dem Bus dauert es fast eine Dreiviertelstunde.

»Schon, aber das wäre ja auch nur für zweimal die Woche gewesen«, erwidert sie. »Hier in Tørveby habe ich bisher nichts gefunden und ich brauche nun einmal das Geld.«

»Ist das Gespräch denn nicht gut gelaufen?«

»Doch, bis ich zeigen sollte, dass ich die Kleidung zusammenlegen kann, da haben sie die Narben entdeckt und deshalb war dann plötzlich Schluss.« Elexas Blick verfinstert sich, während ihr Zeigefinger über die Narben auf dem Handgelenk fährt.

Elexa war eine Ritzerin. Vor einem Jahr ist sie hier in den Ort gekommen, weil sie wegen Mobbings die Schule wechseln musste. Aber die Narben wurden beim Sportunterricht natürlich entdeckt, und es verging nicht einmal eine Woche, da war sie die Seltsame geworden. Und so wurden wir Freundinnen. Wir sind beide Außenseiterinnen. Aber für Elexa ist es besonders bitter, denn sie ritzt sich nicht mehr. Sie hat damit aufgehört, als sie hierherkam.

»Ich bin mir sicher, dass du was anderes finden wirst«, sage ich.

»Vielleicht.« Sie klingt alles andere als überzeugt.

Ein Stück von uns entfernt steht Emma zusammen mit einer Gruppe Freundinnen. Sie lachen laut.

»Natürlich weiß ich alles über Malte«, sagt sie und wirft ihr Haar zurück. »Er lebt allein mit seiner Mutter und die arbeitet als Polizistin. Sie wohnen in dem alten Haus unten am Møllevej. Und er hat viele Jahre lang Basketball gespielt. Nur dumm, dass wir hier im Ort keinen Basketballklub haben, sonst würde ich dort eintreten«, berichtet sie.

Elexa kichert leise. »Typisch Emma. Sobald ein neuer Typ auftaucht, ist er der Interessanteste auf der Welt. Ich dachte, sie ist mit Andreas zusammen?«

»Sieht nicht so aus«, murmle ich, höre aber nicht so genau zu. Muss daran denken, was Emma gesagt hat. Maltes Mutter arbeitet bei der Polizei. Inwieweit hängt das zusammen mit der Tatsache, dass er weiß, wie man ein Schloss knackt? Schon merkwürdig, aber das ändert ja nichts, sage ich zu mir selbst. Die Tatsache, dass seine Mutter eine Polizeibeamtin ist, ist nur noch einer von Millionen guten Gründen mehr, dass niemals etwas zwischen uns sein kann. Das wiederhole ich immer und immer wieder, doch das winzige prickelnde Gefühl im Bauch will einfach nicht verschwinden.

Nach der Schule treffe ich mich mit Rose. Ihre geröteten Wangen sagen mir, dass sie schon eine Weile hier gewartet hat. Was ihr eigentlich gar nicht ähnlich sieht. Rose wartet aus Prinzip nicht.

»Gut, dass du kommst.« Ihre sanften Hände, die in Handschuhen stecken, umklammern meine.

»Was willst du denn?«, frage ich.

»Der Nöck«, sagt sie. »Der muss es doch wissen. Ich meine, wer sie war.«

Der Nöck. Ich spüre, wie mein Hals sich zusammenschnürt. Ich habe ihn nie besonders gemocht, auch wenn Vater sagt, dass er uns niemals etwas tun würde.

»Komm.« Rose zieht mich mit sich zum See. Heute ist die Oberfläche durch das Tauwetter von kleinen Eisstückchen bedeckt. Ich schaue zu der Stelle, an der wir sie gefunden haben. Jetzt ist dort nur dunkles Wasser unter den Eisschollen zu sehen.

Wir schauen uns an.

Ich habe den Nöck noch nie selbst gerufen, das hat bis jetzt nur Vater getan.

Rose kniet sich an den Uferrand. Wir wissen, er ist da unten im Dunkel. Beobachtet alles.

»Nöck«, flüstert sie.

Es ist still. Eine kalte Windböe erzeugt bei mir eine Gänsehaut, die das Rückgrat herunterläuft.

»Nöck«, wiederholt sie.

Da beginnt die Wasseroberfläche zu zittern. Die Eisschollen zerbrechen, das Wasser überspült sie.

Als Erstes kommt die weiße Glatze zum Vorschein. Sie ähnelt zunächst einer Eisscholle, doch sie steigt deutlich nach oben. Und drum herum ist das dünne, fast spinnenwebartige graue Haar zu erkennen.

Jetzt kommt das ganze Gesicht zum Vorschein. Große, blaugrüne Augen sehen uns aus einem bleichen Gesicht heraus an, das einem Totenkopf ähnelt.

»Noch nie haben zwei hübsche Elfenmädchen meinen Namen gerufen«, sagt er.

Nur der Kopf ragt aus dem Eis hervor. Der knöcherne Oberkörper bleibt unten im Wasser. »Was wollen die kleinen Elfen?«

»Die Frau, die ertrunken ist, die unser Vater ...«, setzt Rose an.

»Hier ist keine Frau ertrunken«, unterbricht der Nöck sie mit seiner zischenden Stimme. Rose starrt ihn nur an, doch ich verstehe.

»Die ... Elfenfrau, die hier ertrunken ist«, flüstere ich.

Sein Blick huscht von Rose zu mir.

»Ja, die Elfe«, sagt Rose, »weißt du, wer sie war?«

»Sie war nicht von hier«, antwortet er. »Aber ich kann mich noch an die Zeit erinnern, als der Wald hier voller Elfen war. Jetzt ist ja nur noch euer Trupp übrig.«

»Wie ist sie gestorben?«, fragt Rose.

»Ein Unglück. Sie ist gefallen.« Fast lächelt er bei diesen Worten.

»Warum hast du ihr nicht geholfen?«, frage ich.

Jetzt lächelt er offen und lässt seinen bläulichen, zahnlosen Kiefer sehen.

»Das ist nicht meine Aufgabe.«

»Aber mir hast du geholfen«, sagt Rose, »als ich in den See gefallen bin, als ich noch klein war.«

»Dein Vater war äußerst freundlich zu mir«, erklärt er. »Wir haben eine Abmachung. Ich habe ihm versprochen, dass seinen Mädchen nichts Böses zustoßen wird.«

»Aber die Frau hast du einfach ertrinken lassen?«, hakt Rose nach.

»Sie war auf Abwegen und ich war woanders beschäftigt.«

Auf Abwegen? Was soll das bedeuten.

»Hat sie etwas gesagt, bevor sie starb?«, fragt Rose.

»Sie hat etwas gemurmelt ...« Seine Hand kommt über der Wasseroberfläche hervor. »Das tun alle, bevor sie sterben.«

»Was hat sie gesagt?«, fragt Rose.

Sein Blick huscht über ihr Gesicht.

»Was für hübsche Ohrringe du hast«, sagt er.

»Das hat sie gesagt?«, fragt Rose.

»Nein. Die Ohrringe. Das ist mein Preis. Nichts ist umsonst, kleine Elfe«, sagt er.

Rose zögert nicht eine Sekunde. Sie zieht sich die Handschuhe aus und löst die großen, goldenen Ohrringe mit dem grünen Stein. Reicht sie dem Nöck.

Das Wasser brodelt, als er nach ihnen greift und ihre Hand überspült. Er nimmt die Ohrringe mit sich, zurück bleibt nur Roses Hand, die jetzt ganz bleich vor Kälte ist.

Rose schüttelt die Wassertropfen ab.

Der Nöck lächelt zufrieden, während Roses Ohrringe in der Finsternis des Sees verschwinden.

»Viola«, sagt er dann. »Sie hat nach Viola gerufen.«

Es scheint, als würde der ganze Wald stillstehen. Das Zwitschern der Vögel ist verstummt, es ist nur noch ein kleines Glucksen im Wasser zu hören. Ich schnappe nach Luft, Rose geht es genauso. Viola ... das war der Name unserer Mutter.

Fragen ohne Antwort

Auf dem Heimweg schweigen wir. In mir tobt ein heftiger Sturm. Ein Sturm der Gefühle und der Verwirrung. Ich habe tausend Fragen, weiß jedoch, dass Vater wütend werden wird, wenn wir ihm erzählen, dass wir den Nöck nach der Elfenfrau gefragt haben.

Aber wie sollen wir das auf sich beruhen lassen, wenn die Frau unsere Mutter kannte?

Roses Gesichtsausdruck ist unergründlich, man weiß nie, wie sie reagiert. Das ist es, was ich an ihr am meisten liebe und gleichzeitig fürchte.

Als wir ins Haus treten, ist Azalea dabei, Kartoffeln zu schälen. Rose verschwindet ohne ein Wort in ihrem Zimmer.

Ich bleibe im Türrahmen stehen, weiß nicht so recht, was ich tun soll. »Brauchst du Hilfe?«, frage ich Azalea.

»Gern.« Sie holt einen weiteren Kartoffelschäler heraus und reicht ihn mir.

Ich stürze mich auf die Kartoffeln. Lasse den Schäler in ruhigen Bewegungen hin und her gleiten. Versuche, mich selbst dazu zu zwingen, die Worte des Nöcks zu vergessen, so zu tun, als wäre alles ganz normal.

Doch seit unserer letzten Tanzshow ist nichts mehr normal. Der Hunger nagt die ganze Zeit in mir. So empfinde ich normalerweise erst, wenn fast ein Monat vergangen ist. Und dabei ist es dieses Mal nicht einmal eine Woche her.

Ich schaue meine Schwester an. Ihr langes, schwarzes Haar reicht ihr fast bis zur Taille und lässt ihre Haut blass aussehen. Die grünen Augen ruhen auf der Kartoffel in ihrer Hand.

»Azalea?«, setze ich an.

»Hmm?« Sie schaut mich an.

»Fühlst du dich auch so merkwürdig, seit wir das letzte Mal getanzt haben?«, frage ich.

»Natürlich«, antwortet sie. »Das mit dem Mädchen ...« Sie schüttelt leicht den Kopf. »Das darf nie wieder passieren.«

»Natürlich nicht, aber so habe ich das nicht gemeint. Eher ... also, fühlst du dich körperlich merkwürdig, seit wir getanzt haben?«

»Nein«, sagt sie. »Aber du?« Das sagt sie in einer Art und Weise, als hätte sie das schon geahnt.

Ich antworte nichts, spüle nur die Kartoffel ab und lege sie in den Topf.

»Hast du Vater das erzählt?«, fragt sie.

Ich schüttle den Kopf.

»Das solltest du.«

»Ich glaube nicht, dass er mir dabei helfen kann.«

»Trotzdem wird er es wissen wollen.«

»Kann sein.« Ich schaue fest die Kartoffel an. Spüre plötzlich eine Abwehr gegen Vater. Warum soll ich ihm alles Mögliche erzählen, wenn er uns nichts erzählt?

Aber das ist jetzt sowieso egal. Wenn ich es Vater nicht sage, dann tut Azalea es. Sie erzählt Vater alles. Sie hatten immer schon ein sehr enges Verhältnis zueinander. Manchmal scheint es mir, als wären wir in zwei Gruppen eingeteilt. Rose und ich, und Azalea und Vater.

Ich glaube, dass Azalea das manchmal schade fand, als wir noch kleiner waren. Dass sie sich gewünscht hätte, sie könnte ein Teil von Roses und meiner Gemeinschaft sein, was sie aber nie richtig wurde. Vielleicht weil Azalea und Rose schon miteinander streitend geboren wurden.

»Ich werde es ihm sagen«, verspreche ich, so habe ich zumindest die Kontrolle darüber, wann und wie Vater es erfährt.

Die nächste Kartoffel schäle ich schnell, ich bin wütend. Warum geht es nur mir so? Was ist falsch mit mir?

Als Vater nach Hause kommt, ist er bester Laune, die Erklärung dafür bekommen wir während des Abendessens.

»Ich habe mir heute das Tanzstudio in Næstbæk angeschaut«, erzählt er, während er die Schüssel mit den Kartoffeln weiterreicht. »Und ich habe es zu einem guten Preis bekommen.«

Die Schüssel ist heiß in meinen Händen, doch auch wenn meine Handflächen brennen, stelle ich sie nicht ab. Starre Vater nur an.

»Hast du es gekauft?«, frage ich.

»Morgen werde ich unterschreiben.«

»Aber wir haben es uns doch noch gar nicht angeschaut«, protestiere ich.

»Ich musste schnell zuschlagen, aber ich kann euch morgen von der Schule abholen, dann habe ich bestimmt auch schon die Schlüssel.«

»Und was ist, wenn es uns gar nicht gefällt?«, frage ich hartnäckig nach, während der Dampf der Kartoffeln meine Wangen erhitzt.

»Natürlich wird es euch gefallen«, sagt er. »Es hat alles, was ihr braucht.«

Wütend stelle ich die Schüssel hin. Weiß nicht, worüber ich mich am meisten ärgere: darüber, dass er nicht einmal daran gedacht hat, uns zu fragen, bevor er die Entscheidung getroffen hat, oder weil er das gar nicht als Problem sieht.

»Nun hör auf, Birke«, sagt Vater. »Du hast nun wirklich keinen Grund, darüber sauer zu sein.«

»Aber Fakt ist …«, setze ich an, doch Rose unterbricht mich.

»Fakt ist, dass dieses beschissene Tanzstudio uns total egal ist. Dagegen ist uns die Elfe von gestern absolut nicht egal«, erklärt Rose. »Wann hast du denn geplant, uns zu erzählen, wer sie war?«

Vater seufzt. Er schaut aus, als würde er uns am liebsten

bitten, das Ganze zu vergessen, doch in Roses Augen blitzt es gefährlich, und auch ich würde es lieber nicht wagen, ihr die Antwort zu verweigern.

»Ich weiß nicht, wer sie war, Rose«, sagt er.

Rose öffnet den Mund, um weiterzufragen, worauf er abwehrend die Hand hochhält.

»Und ich weiß nicht, was sie wollte, warum sie hier war oder sonst etwas, wonach du mich noch fragen könntest«, sagt er dann.

»Du hast gesagt, wir würden niemals in unserem Leben andere Elfen treffen.«

»Ja, und das habe ich auch geglaubt.«

»Warum hast du sie auf der Anhöhe begraben?«, frage ich.

»Irgendetwas musste ich ja wohl tun«, erklärt er. »Wenn die Polizei oder sonst jemand die Leiche gefunden hätte, dann wären wir alle in Gefahr gewesen.«

Rose öffnet wieder den Mund für eine weitere Frage, doch Vater steht vom Tisch auf.

»Keine weiteren Fragen mehr«, sagt er. »Morgen um halb vier fahren wir nach Næstbæk und schauen uns das Tanzstudio an. Und jetzt keine weitere Diskussion.«

Er wirft uns dreien scharfe Blicke zu, geht mit dem Teller in der Hand vom Tisch und trägt ihn in sein Arbeitszimmer.

Wir bleiben am Esstisch sitzen und sehen einander an. Azalea runzelt die Stirn, eine tiefe Falte ist zu erkennen. Spürt sie genau wie ich, dass Vater uns etwas verheimlicht?

Der neue Tanzsaal

Am nächsten Morgen erscheint mir der Schulhof ungewöhnlich feindselig. Der Wind weht scharf und beißend, selbst in der Ecke unter dem Vordach. Es ist schwer, mit Handschuhen zu zeichnen, aber ich behalte sie lieber an. Entscheide mich für einen Bleistift, mit dem geht es etwas einfacher.

Heute zeichne ich keine Vögel, sondern ein Gesicht. Ich versuche, mich an die Gesichtszüge zu erinnern, die das Eis verdeckte. Die Augen, die blauen Pupillen, die ins Leere blickten.

»Und du möchtest nicht gern zur Schau gestellt werden?« Eine Stimme reißt mich aus meinen Gedanken, ich schaue hoch, zu Malte.

»Wieso?«, frage ich.

»Als ich die Fotos von dir gemacht habe, hast du gesagt, dass du nicht gern zur Schau gestellt werden möchtest.«

»Das tue ich auch nicht.«

Ein Schatten huscht über seine grauen Augen, als wäre er enttäuscht oder so.

»Und was ist dann damit?« Er legt den Flyer für unsere Tanzshow auf den Tisch. »Das bist doch du, oder nicht?«, fragt er und zeigt auf die dünne, blonde Gestalt im Hintergrund des Fotos.

»Das ist etwas anderes«, sage ich schnell.

»Tatsächlich? Aber du bist ja fast berühmt«, sagt er.

Ich schweige. Kann das nicht gerade leugnen, aber auch nicht bestätigen. Ich bin nicht der Meinung, dass es etwas mit Berühmtheit zu tun hat, wenn die Leute doch nur kommen, weil sie in gewisser Weise süchtig sind. Denn das sind sie. Wenn sie erst einmal einen Auftritt gesehen haben, dann kommen sie immer wieder. Stehen wie hypnotisiert da und beobachten uns jedes Mal wieder mit großen Augen.

»Gerade deshalb will ich nicht noch mehr zur Schau gestellt werden«, sage ich und schiebe den Flyer über den Tisch zurück zu ihm.

»Aber wenn du es nicht magst, warum tust du es dann?«

Seine Augen bohren sich in meine, sodass ich sogar dunkle Sprenkel in der grauen Iris erkennen kann.

»Das …« Ich beiße mir auf die Lippe. Uns umhüllt absolute Stille, es gibt nur ihn und mich. Und er wartet auf eine Antwort. Eine Antwort, die ich ihm nicht geben will.

»Weil ich gern tanze«, erkläre ich schließlich. »Ich würde mir nur wünschen, dass dazu kein Publikum nötig wäre.«

»Aber warum sollte das nötig sein?«

Mein Mund ist ganz trocken.

»Nun ja«, antworte ich zögernd. »Das ist ja der Witz dabei, wenn man einen Tanzsaal betreibt.«

Er zuckt mit den Schultern.

»Und was ist mit dir?«, frage ich zurück. »Hast du dich schon eingelebt?«

»Definiere bitte mal einleben«, antwortet er. »Ich habe zwei Stadtbesichtigungen mitgemacht, kenne die Namen der meisten Mitschüler in meiner Klasse, und meine Mutter hat mich gezwungen, morgen eine Party steigen zu lassen, damit ich alle anderen auch kennenlerne.«

»Das klingt doch gut.«

Sein Blick schweift in die Ferne. »Ja, das tut es wohl.«

Dann schaut er mich wieder an.

»Willst du auch kommen?«, fragt er dann. »Auf die Party, meine ich? Alle sind eingeladen.«

Mein Herz schlägt schneller, aber es gibt nur eine Antwort auf diese Frage.

»Nein, ich muss trainieren.« Die Worte platzen fast wie im Reflex heraus. Vater hat uns immer von Festen abgeraten. Auf eine Party zu gehen und dort nicht zu tanzen, das ist, als ginge man zu einem Festmahl, ohne etwas zu essen, sagt er immer. Das geht einfach nicht.

»Jeppe hat mich schon gewarnt, das du das bestimmt sagen wirst.«

»So ist es leider auch«, sage ich und versuche, meiner Stimme die Enttäuschung nicht anmerken zu lassen.

»Du kannst es dir ja noch überlegen«, sagt er. »Du wirst wohl kaum die ganze Nacht trainieren.«

Maltes Einladung hängt den ganzen Tag in der Luft. Und auch wenn ich genau weiß, dass es sinnlos ist, so kann mein Kopf doch nicht anders, als mit dem Gedanken zu spielen, was wäre, wenn ...

Auf dem Heimweg fange ich ernsthaft an, es in Erwägung zu ziehen. Vielleicht kann ich ja doch schnell vorbeischauen. Vielleicht könnte ich nur Hallo sagen und dann wieder verschwinden. Wenn ich nur kurz dort bin, dann gibt es niemanden, der sich darüber wundert, dass ich nicht tanze.

Um halb vier fährt Vater mit uns allen nach Næstbæk, damit wir uns den neuen Tanzsaal ansehen können. Der liegt fast mitten im Zentrum der Stadt. Es ist ein altes Kino, das zum Verkauf steht, weil es sich nicht mehr rentiert. Vater zieht einen Schlüsselbund heraus und schließt auf.

Die Eingangshalle ist groß, mit einem dunklen, glänzenden Fußboden.

Zu beiden Seiten gibt es je einen Glaskasten für den Kartenverkauf, und in der Mitte einen langen Tresen, an dem Getränke und Snacks angeboten werden können. Hinter dem Tresen ist ein großer Kühlschrank mit Regalen, die nur noch gefüllt werden müssen.

Außerdem befinden sich im Raum verteilt kleine Tischchen und Stühle in Nischen. An den Wänden stehen große Grünpflanzen, die offenbar im Preis inbegriffen sind.

»Du meine Güte!«, ruft Rose. »Hier hätte ja die ganze Schule problemlos Platz.«

Vater nickt.

»Kommt mit, ich werde euch den Saal zeigen.« Er öffnet die Tür und ich sehe die Reihen brauner Kinostühle. So modern und schick die Eingangshalle war, so altmodisch und heruntergekommen ist der Saal selbst.

Ich starre auf die kleine leuchtende Zahl an der Stirnseite der Reihe vor uns. Reihe 13. Es trifft mich wie ein kleiner Blitz. 13, das steht für Unglück.

»Die Stühle sind aber hässlich«, sagt Rose, während sie die Stufen zur Bühne hinunterläuft.

»Die sind einfach nur altmodisch«, meint Azalea. »Ich finde, es ist ganz hübsch.«

Rose verdreht die Augen.

Ich schiebe Aberglauben und Bedenken zur Seite. Wir sollten doch froh sein, dass Vater das alles für uns tut. Für mich, damit ich bald wieder tanzen kann.

Tanzen. Allein der Gedanke daran fühlt sich wie Seide auf der Haut an und der Hunger drängt sich mir wieder auf.

Ich gehe hinunter zur Bühne. Meine Schuhe klappern laut auf den glänzenden Stufen. Die Luft ist abgestanden und verstaubt, sie hängt schwer in den Nasenflügeln. Es sollte wirklich mal gründlich gelüftet werden.

»Natürlich sind hier einige Veränderungen nötig«, sagt Vater. »Die Scheinwerfer sind kaputt, die muss ich reparieren lassen.«

»Man kann sich ja sogar zurücklehnen!«, ruft Rose begeistert, als sie einen der Kinostühle ausprobiert.

Ich bin an der Bühne angekommen, schaue hinauf zu den unzähligen braunen Samtsitzen.

In dem alten Saal waren wir es, die oben tanzten, das Publikum saß unten. Hier ist es umgekehrt. Ich stelle mir Hunderte Blicke von den Sitzen aus vor.

»Wo soll das Klavier hin?«, fragt Azalea.

»Ich dachte, es könnte dort stehen«, sagt Vater und zeigt schräg auf das Ende der Bühne. »Aber lasst mich das erst ausmessen, eventuell müssen wir sonst ein paar der vorderen Reihen ausbauen.«

»Igitt!«, ruft Rose. »Da liegt immer noch Popcorn unter den Sitzen.«

»Ja, erst mal müssen wir sauber machen«, nickt Vater.

Ich gehe bis ganz an die Seite, wo eine schmale Treppe zur Bühne führt.

»Was meinst du, Birke?«, fragt Vater, während ich die Bühne betrete.

Ich gehe in die Mitte, schaue über den Saal. Ich schließe die Augen. Stelle mir vor, wie die Musik mich einhüllt und die Füße über die Bühne gleiten. Vielleicht ist es gar nicht wichtig, wo wir tanzen oder wo das Publikum sitzt ... Es kribbelt in den Zehen, sie wollen hier und jetzt gleich lostanzen. Der Drang löst einen starken Krampf in meinem Magen aus.

Ich öffne die Augen und drücke die Füße fest auf den Bühnenboden. Ich darf jetzt nicht tanzen.

»Ab wann können wir den Saal benutzen?«, frage ich.

Vater kommt zu mir auf die Bühne.

»Ich denke, in einem Monat. Es hängt ein wenig davon ab, wie schnell wir die Beleuchtung fertig bekommen.«

»Könnte es nicht schneller gehen?« Ich drehe mich um, begegne seinem prüfenden Blick.

Vaters Augenbrauen ziehen sich zusammen, eine Falte zeigt sich deutlich auf seiner Stirn.

»Möchtest du gern, dass es schon früher klappt?«

Es scheint, als hätte ich einen dicken Staubkloß im Hals und bekäme keine Luft mehr. Ich muss es sagen. Ich kann es nicht länger vor mir herschieben.

»Es ist nur so ...« Ich schlucke. »Letztes Mal sind wir unterbrochen worden, deshalb ... deshalb vermisse ich es jetzt schon.«

Vater schaut mich lange an. Sein Blick ist undurchschaubar wie ein Labyrinth aus Gefühlen, das ich nicht entziffern kann.

»Natürlich«, erklärt er dann. »Ich werde sehen, was ich machen kann.«

Er nimmt meine Hände und drückt sie.

»So etwas musst du mir nur sagen.«

Ich nicke. Die Erleichterung strömt wie eine Welle durch meinen Körper, und plötzlich weiß ich nicht mehr, warum ich es nicht gleich erzählt habe.

»Azalea und Rose, kommt mal her«, ruft Vater.

Rose steht von ihrem Stuhl auf und Azalea wendet sich ab von dem Scheinwerfer ganz hinten im Raum.

Sie kommen auf die Bühne zu uns.

»Ich habe mit Birke abgemacht, dass wir so schnell wie möglich eröffnen, aber das erfordert von uns allen ein wenig Hilfe«, erklärt Vater.

»Sag uns, was wir machen können«, nickt Azalea.

»Wenn wir den Saal füllen wollen, dann müssen hier in Næstbæk Plakate aufgehängt werden«, sagt er. »Außerdem brauchen wir jemanden, der die Eintrittskarten abreißt, und einen, der hinterm Tresen steht. Ihr könnt gern eure Freundinnen fragen, ob sie nicht Lust auf einen kleinen Job haben.«

»Ich kann mir vorstellen, dass Elexa das macht«, sage ich.

»Elexa, ist das nicht die ...« Rose macht eine Handbewegung wie mit einer Rasierklinge über das Handgelenk.

Ich werfe ihr einen eisigen Blick zu.

»Frag sie mal«, sagt Vater.

»Ich kenne auch jemanden, der das bestimmt gern macht«, sagt Azalea und holt ihr Handy heraus. Ihre langen Fingernägel klicken auf der Tastatur und kurz darauf ist eine Nachricht auf dem Weg.

»Sollten wir nicht neue Plakate anfertigen lassen?«, fragt Rose und fährt sich mit der Hand durchs Haar. »Ich meine, das jetzige ist ja schon mehrere Jahre alt, und wir sind inzwischen auch älter geworden«, fährt sie fort, und ich kann mich an die unzähligen Male erinnern, wenn sie sich darüber empört hat, was für einen flachen Busen sie auf dem alten Plakat hat.

»Das schaffen wir nicht vor dem Auftritt, aber vielleicht danach, wenn wir einen günstigen Fotografen finden.«

»Ich weiß, wen wir fragen können«, wirft Rose ein. »Glaubst du nicht, dass Malte das gern machen würde, Birke? Er kann doch so tolle Fotos schießen.«

Rose krümmt sich vor Lachen, während ich knallrot werde.

»Malte?«, fragt Vater nach. »Doch wohl nicht der Junge, mit dem du da auf dem Dach warst?«

»Ach, Rose macht nur Quatsch«, wirft Azalea schnell ein.

Während Vater abschließt, warten wir draußen auf ihn. Der Wind ist aufgefrischt und wirbelt mein Haar in die Höhe. In dem Augenblick, als mir das Haar die Sicht versperrt und sich dann wieder legt, spüre ich: Das ist der Anfang von etwas Neuem.

Nicht nur, weil der Saal anders ist, sondern auch, weil ich anders bin.

Das lässt mich innerlich erzittern. Es fühlt sich an wie ein kleines Warnbeben, bevor das Beben selbst einsetzt. Ich hoffe inständig, dass Vater die Beleuchtung möglichst schnell hinbekommt.

Das Fest

Den Rest des Tages ignoriere ich Rose. Ehrlich gesagt finde ich es ziemlich blöd von ihr, mich mit Malte zu ärgern, schließlich ärgere ich sie ja auch nie mit Rasmus, Søren, Benjamin und wie die Jungen nun alle heißen. Und auch wenn Vater keine große Sache draus macht, so weiß ich doch, dass er es nicht vergessen hat. Er behält mich ständig im Blick.

Schnell verschwinde ich in meinem Zimmer. Dort sitze ich mit Sommer auf der Schulter und blättere gedankenverloren irgendein Geschichtsbuch durch. Ich vermisse meine Großmutter. Mit ihr konnte man über alles reden, sicher auch über Jungs, aber damals war das noch nicht aktuell. Jetzt habe ich nur Azalea und Rose, und während Azalea Vaters Echo ist, sind Roses Ratschläge nie besonders durchdacht. Sie handeln eigentlich nur davon, was sie selbst machen würde.

Mein Handy klingelt.

17.03

Von Elexa

Kommst du morgen auf Maltes Party?

Malte. Allein seinen Namen zu lesen lässt meinen Magen kribbeln. Ich schließe und öffne die Nachricht mehrmals.

Die Sehnsucht nach unserer Großmutter wird immer intensiver. Ich streiche Sommer über die Flügel. Der Vogel ist das Letzte, was von Großmutter noch übrig ist.

Wieder brummt das Handy.

17.10

Von Elexa

Ich werde kommen. Meine Mutter ist auf diesem ›Du musst andere Menschen kennenlernen‹-Trip. Weiß aber nicht, ob ich den ganzen Abend bleibe.

Mein schwacher Akku piepst und ich überlege, wie viel Zeit mir wohl bleibt, um zu antworten. Ich *kann* ja nicht hingehen. Vater wird das niemals erlauben, und ich könnte schon jetzt mindestens hundert Gründe aufzählen, warum er recht hat.

Gleichzeitig kann ich Maltes Blick nicht vergessen, als er mich gefragt hat, ob ich komme, und wie offensichtlich es war, dass er sich wirklich freuen würde, wenn ich es täte.

Rose platzt ins Zimmer. Sie klopft nicht an, reißt nur die Tür auf und wirft sich aufs Bett.

»Wie steht's?«

»Ich lese.«

Sie mustert mich aus nächster Nähe.

»Bist du sauer?«, fragt sie dann. Halb verwundert, halb neckend.

Ich blättre schweigend um.

»Ich habe doch nur Spaß gemacht.«

Ich blättre weiter um.

»Tut mir leid«, sagt sie schließlich.

Ich gebe keine Antwort.

»Ich weiß, wie ich es wiedergutmachen kann.«

»Und wie?«, frage ich und klinge skeptisch, auch wenn ich ihr eigentlich schon verziehen habe.

»Morgen steigt bei Malte eine Party.«

»Ja, ich weiß. Er hat mich eingeladen.«

»Ja, genau. Und ich werde dafür sorgen, dass du hingehen kannst. Ich finde schon eine Ausrede, damit du den ganzen Abend weg sein kannst, und außerdem werde ich dafür sorgen, dass Vater davon niemals erfährt.«

Ich höre auf, so zu tun, als würde ich lesen. Sommer knabbert an meinem Ohrring.

»Wer sagt denn, dass ich überhaupt auf die Party will?«

Rose verdreht die Augen.

»Natürlich willst du dahin.«

Es klimpert leise an meinem Ohr, während Sommer am Ohrring zieht.

»Okay«, räume ich schließlich ein. »Wenn du es so hinbekommst, dass Vater es wirklich *niemals* herausfindet, dann verzeihe ich dir.«

»Abgemacht.« Sie springt auf. »Und beeil dich, Malte zu schreiben, dass du kommst.«

Ich greife nach dem Handy, doch als sie die Tür hinter sich zuzieht, lege ich es wieder hin. Es ist etwas mehr als nur ein schnelles Versprechen von Rose nötig, dass ich glaube, es ließe sich machen.

Aber Rose schafft es tatsächlich. Sie schreibt eine Fake-Mail-Einladung zu einem Nachtlauf. Darin sind ein paar unscharfe Fotos und viel zu viele Smileys. Es sieht genau danach aus, als hätte Anita es gebastelt.

Und Vater überfliegt die Nachricht nur kurz, bevor er seine Zustimmung gibt. Aber ich muss versprechen, dass ich vorsichtig bin. Auch wenn ich nicht so recht sehen kann, was an einem Nachtlauf denn gefährlich sein kann.

Rose geht mit mir ein Stück in den Wald hinein. Sie hat versprochen, mir beim Make-up zu helfen, und das kann ich ja schlecht zu Hause auflegen – dann würde Vater sofort Verdacht schöpfen. Wer geht geschminkt auf einen Nachtlauf?

Der Wald ist bereits dunkel, aber ich habe eine Taschenlampe dabei, und wir setzen uns an einen der Tische für die Waldarbeiter. Ich schalte die Taschenlampe ein und Rose schminkt mich. Mit konzentriertem Blick werden erst die Wimpern mit Mascara geschwärzt, dann ist der Lidschatten dran.

Ich nehme den Spiegel in die Hand und schaue mich an. Es sieht super aus. Trotz des schlechten Lichts hat sie mich gut geschminkt. Ich sehe ... erwachsener aus, ohne dass es übertrieben erscheint.

Rose holt die Bürste heraus und kämmt mein Haar.

»Am liebsten würde ich dir eine ganz heiße Frisur machen«, sagt sie, »aber wir haben ja nicht so viel Licht.« Es endet damit, dass sie auf beiden Seiten je einen dünnen Zopf flicht und sie beide dann hinten zusammenführt. Der Rest des Haars hängt offen herab.

Ich schaue wieder in den Spiegel. Hoffe, dass es Malte gefallen wird.

Maltes Haus liegt fast mitten im Ort. Am Gartenzaun stehen die Fahrräder dicht gedrängt, was mir sagt, dass die meisten Gäste wohl schon da sind. Ich schaue zum Carport hinüber. Der ist leer. Maltes Mutter ist nicht daheim, aber das wäre ja auch so etwas wie eine Spaßbremse gewesen, wenn die Mutter, dazu noch eine Polizeibeamtin, den ganzen Abend die Party kontrollieren würde.

Von drinnen höre ich leise die Bässe hämmern, und auch wenn das keine Musik ist, nach der ich normalerweise gern tanzen würde, so durchzuckt es dennoch meinen Körper. Aber ich bin nicht gekommen, um zu tanzen, rufe ich mich selbst zur Ordnung, als ich vor die Haustür trete. Ich will nur kurz Hallo sagen.

Ich klopfe an, kann aber selbst hören, dass mein zaghaftes Klopfen keine Chance bei der lauten Musik hat. Also drücke ich die Türklinke runter. Die Tür gleitet auf und ich befinde mich in einem Flur, der vollgestopft ist mit

Schuhen, Jacken, Taschen und Tüten. Ich schüttle meine Schuhe von den Füßen und stelle sie an die Wand. Auf Socken gehe ich weiter. Trete auf einen Schneerest von einem anderen Schuh, mein Strumpf ist sofort von eiskaltem Wasser durchnässt.

Ich ziehe die Jacke aus und hänge sie über den Berg anderer Jacken. Hinter mir geht die Tür auf, weitere Gäste strömen herein. Schnell sage ich Hallo, beeile mich, den Flur weiterzugehen, um den Neuen Platz zu machen.

Das große Wohnzimmer ist voll mit Menschen. Die Musik hämmert laut und übertönt alle Gespräche, nur ein Summen der Stimmen ist zu vernehmen. Ich bleibe in der Tür stehen und versuche, mir einen Überblick zu verschaffen. Die meisten sind aus der 10., aber ich sehe auch einige aus meiner eigenen Klasse. Sie nicken mir überrascht zu, als sie mich entdecken. Ich bin ja nicht gerade bekannt dafür, dass ich auf Partys gehe.

Frederik aus meiner Klasse reicht mir einen gefüllten Plastikbecher, ich weiß nicht, was darin ist. Ich lächle, nicke zum Dank und hebe den Becher. Schon als die Flüssigkeit meine Lippen berührt, kann ich etwas Süßes riechen. Vielleicht Holunderblüte, aber gemischt mit Alkohol. Ich nippe nur kurz daran.

Die Musik ruft meinen Körper, als ich die anderen tanzen sehe. Doch ich versuche, die Musik und die Tänzer zu vermeiden, und steuere lieber das Sofa an. Auf der einen Seite sitzen zwei, die ich nicht kenne, eng miteinander verschlungen und heftig knutschend.

Ich nehme auf der äußersten Kante Platz, so weit von dem Pärchen entfernt wie möglich. Stelle den Plastikbecher ab, klammere mich aber weiter an ihn, weil es dann so aussieht, als würde ich etwas tun. Was auch immer.

Wo bist du?, schreibe ich Elexa, während mein Blick die Menge durchforstet.

Und wo ist Malte? Schließlich ist es sein Fest, dann dürfte er doch wohl nicht so schwer zu finden sein.

Mein Handy summt in der Tasche. Ich hole es heraus.

Klamottenkrise. Bin so in einer halben Stunde da.

Ich starre das Display an, während ich denke, dass ich, so wie es momentan läuft, nicht einmal zehn Minuten hierbleiben werde. In meinem Kopf sah es ganz anders aus. Ich hatte mir vorgestellt, dass er bereits auf mich warten würde, dann anlächelt, und wir würden uns unterhalten und all die anderen wären verschwunden.

Stattdessen sehe ich nur die anderen. Ein Typ aus der 10., ich glaube, er heißt Tobias, kommt auf mich zu. Er streckt die Hand aus und formt mit den Lippen die Frage: *Willst du tanzen?*

Ich schüttle den Kopf, worauf er zum nächsten Mädchen geht, und kurz danach wirbeln sie zur Musik herum. Seine Hände auf ihrem Hintern, ihre Arme um seinen Hals.

Das Paar am anderen Ende des Sofas verschmilzt immer mehr ineinander, wobei sie langsam von der sitzenden in die liegende Stellung rutschen. Ich versuche, immer weiter auf die Kante zu rutschen – und immer noch kein Malte in Sicht.

Ich stehe auf und frage Fredrik aus meiner Klasse.

Er zeigt Richtung Küche. Ich folge seiner Hand. Drücke die Tür auf. Und da sehe ich ihn. Er steht neben Emma. Sie lehnt sich gegen den Küchentisch, ein Bier in der Hand, und er steht über sie gebeugt und lacht über irgendetwas, was sie gesagt hat. Wirft ihr ein Lächeln zu, das mir einen Stich in den Magen versetzt.

Ich lasse die Tür wieder ins Schloss fallen. Wie dumm von mir, überhaupt hierherzukommen.

»Birke?« Ich höre, wie Malte mich ruft, doch ich reagiere nicht darauf. Ich will nur noch raus und nach Hause, alles andere, nur nicht hier sein. Auf dem Flur ist meine Jacke bereits unter einem Berg anderer Jacken begraben. Ich wühle mich durch Jacken, Pullover und Schals.

»Birke?« Eine Hand auf meiner Schulter, ich drehe mich um. »Schön, dass du gekommen bist.« Malte lächelt.

»Tatsächlich bin ich gerade dabei, zu gehen«, erwidere ich, während meine Hände weiter in den Klamotten wühlen. Höre erst auf damit, als ich Wildlederstoff unter meinen Fingern spüre.

»Willst du nicht noch ein bisschen bleiben?« Er nimmt meine Hand und zieht mich wieder zum Wohnzimmer zurück. Ich klammere mich an meine Jacke, lasse sie dann aber doch los. Ich bin es ja wohl, die sich einfach nur lächerlich aufführt. Natürlich darf er auch mit anderen Mädchen reden.

»Möchtest du etwas trinken?«

Ich nicke. Meinen Plastikbecher habe ich auf dem Tisch

stehen lassen, mittlerweile ist er zwischen den vielen anderen verschwunden.

»Komm.« Mit meiner Hand in seiner werde ich in die Küche gezogen. Auf dem Tisch steht eine große Glasschale mit Bowle.

»Wir haben Breezer, Bier, Somersby Cider, Softdrinks und vom Willkommenstrunk ist auch noch was da.«

»Eine Cola wäre gut.«

»Okay ...« Er sucht lange im Kühlschrank, bis er eine Cola findet. Dann schenkt er mir einen kleinen Plastikbecher ein.

Plötzlich ertönt ein Schrei aus dem Wohnzimmer.

»Du hast ja schnell viele Freunde gefunden«, sage ich.

»Gratisbier lockt viele an.«

Ein Mädchen, das wohl zu viel getrunken hat, stolpert uns entgegen und fragt nach dem Badezimmer.

»Ey Malte, hast du keinen Wodka?«, ruft ein anderes, worauf Malte nur den Kopf schüttelt.

Andere Gäste kommen herbeigelaufen. Sie reißen den Kühlschrank auf und holen sich ein Sixpack.

»Elexa kommt auch«, sage ich, um überhaupt etwas zu sagen, doch meine Worte werden von dem Klirren der Bierflaschen übertönt, die auf den Tisch gestellt werden.

»Was?«, fragt Malte.

Ich beuge mich vor und sage es noch einmal, auch wenn es eigentlich nichts ist, was wichtig genug wäre, um es zu wiederholen. Und wieder werde ich übertönt. Dieses Mal vom lauten »Prost«-Gegröle eines Typen am Kühlschrank.

Malte zeigt auf seine Ohren, um zu signalisieren, dass er immer noch nichts verstanden hat. Ich zucke leicht mit den Schultern, worauf er sich vorbeugt und mir dicht ins Ohr flüstert:

»Komm mit.«

Wir gehen auf den Flur, dann die Treppe hoch, die eigentlich mit einem Kleiderständer versperrt ist. Maltes Mutter möchte wohl nicht, dass die Leute auch noch oben herumrennen.

»Wohin gehen wir?«, frage ich.

»In mein Zimmer«, antwortet er. »Da ist es etwas einfacher, sich zu unterhalten.«

Oben ist es stockfinster, bevor er das Licht auf dem Flur einschaltet. Wir gehen nur bis zur ersten Tür. Er öffnet sie.

Ich lasse meinen Blick durch das Zimmer schweifen. Am Ende des Raumes steht ein breiter Schreibtisch, auf dem ein Laptop und große Lautsprecherboxen stehen. In der Ecke gibt es einen Fernseher und eine Musikanlage. An der Wand hängen jede Menge eingerahmte Fotos.

»Wow«, sage ich und bleibe vor einem der Bilder stehen. Es zeigt einen Fuchs, der eine Straße mit parkenden Autos entlangläuft. Es ist schwarz-weiß und unglaublich scharf.

»Das habe ich gemacht«, sagt er und stellt sich neben mich.

»Wirklich?«

»Ja, die alle hier«, bestätigt er und nickt zur Wand hin. Ich schaue mir die Fotos an. Auf einem ist ein kleines Mädchen mit dunklen Zöpfen auf einer Schaukel zu sehen. Auf einem anderen ein Skater, mitten im Sprung. Und es gibt eines mit zwei Jungen, die um die Wette laufen.

»Du fängst gern Bewegungen ein, nicht wahr?«, bemerke ich.

Er nickt. »Ja, ich liebe dynamische Bilder«, bestätigt er.

»Cool«, sage ich und bleibe bei einem Schwan stehen, der gerade auf dem Wasser landet. Der eine Fuß zeichnet einen Strich auf die Wasseroberfläche.

»Ich freue mich riesig, dass du gekommen bist«, sagt er. Er steht ganz dicht hinter mir, sodass ich seinen Atem an meinem Ohr spüre. Unten wechselt gerade die Musik.

Ein romantischer Song setzt ein.

»Willst du tanzen?«, fragt er und reicht mir die Hand.

Ich schüttle den Kopf.

»Aber hier ist kein Publikum ... Nur du und ich.« Er legt seine Arme um mich und ich vergesse zu protestieren. Wir wiegen uns leicht. Ich halte die Füße wie festgeklebt hart auf dem Boden und hoffe, dass es so geht. Dass es sicher ist. Wann tanzt man und wann schaukelt man nur? Ich spüre es im Körper – der Hunger ist immer noch da. Er reißt meinen Magen auf, aber ich spüre keine Energie. Solange ich nicht mehr mache, scheint es sicher zu sein. Der Körper schreit nach mehr, aber ich weigere mich. Sehe nur Malte an. Wir genießen den Augenblick und nichts – erst recht nicht ich selbst – soll ihn kaputt machen.

Seine warmen Arme um mich. Unsere Blicke verschmelzen. Seine Augen sind graue Klippen, und ich stehe auf ihrem Rand und würde am liebsten springen und alles vergessen. Im Malte-Land verschwinden und alles, was Tanzen, Vater, tote Elfen und merkwürdige Regeln heißt, einfach vergessen.

Meine Bewegungen werden immer weniger und zum Schluss stehen wir nur noch still da, während die Musik und der Lärm unter uns weiterdröhnen. Er pustet mir in den Nacken, was eine prickelnde Gänsehaut durch meinen ganzen Körper jagt und alle Härchen dazu bringt, sich aufzurichten.

Er öffnet den Mund, will etwas sagen, stoppt sich dann aber selbst. Vielleicht ist es einfach gut so. Vielleicht ist dieser Augenblick auch so perfekt, ohne Worte.

Er hebt die Hand und streicht mir eine Haarlocke hinters Ohr. Seine Hand bleibt auf meiner Wange liegen. Sie ist warm, weich und lässt mein Herz in Galopp fallen. Seine Augen fragen, während er sich vorbeugt.

Es gibt tausend Möglichkeiten für mich, mich abzuwenden und Stopp zu sagen. Die Zeit vergeht in Zeitlupe, bis seine Lippen auf meine treffen. Es scheint, als würden Hunderte Lampen in mir aufflammen.

Er schmeckt nach Holunderblüten und all dem, was ich niemals darf. Sanft zieht er mich an sich heran, sodass meine Brust seine streift.

Ich schließe die Augen und versinke in dem Kuss.

Plötzlich wird die Tür aufgerissen. Das Paar vom Sofa steht davor, Hand in Hand.

»Oh, hier ist wohl schon besetzt«, kichert das Mädchen, während der Typ Maltes Bett mustert.

»Geht wieder nach unten«, sagt Malte schnell. »Hier oben ist tabu.«

Das Mädchen kichert erneut, dann schließen sie die Tür hinter sich.

»Entschuldigung«, sagt Malte und beugt sich wieder zu mir vor.

»Malte!«, erklingt eine betrunkene Stimme auf der Treppe. Noch jemand hat sich an dem Garderobenständer vorbeigeschlichen und ist auf dem Weg nach oben. Malte seufzt.

»Du solltest wohl lieber zu deinen Gästen runtergehen«, flüstere ich.

Er schüttelt den Kopf.

»Ich würde aber lieber hierbleiben.«

»Malte!«, grölt die betrunkene Stimme wieder, und dieses Mal stimmt eine Mädchenstimme mit ein.

»Malte ... wo bist duuu?«, wird gerufen.

Malte seufzt wieder.

»Es dauert nur einen Moment«, sagt er. »Warte hier.« Seine Augen sehen mich flehend an.

Ich nicke leicht. So leicht, dass ich mir nicht sicher bin, ob er es bemerkt. Aber er huscht aus dem Zimmer hinaus, und ich kann hören, wie er die anderen nach unten zieht.

Ich setze mich aufs Bett. Mein ganzer Körper prickelt, aber die Worte des Sofamädchens hallen in meinem Kopf wider. *Oh, hier ist wohl schon besetzt.* Die Worte klingen immer wieder nach und lassen meine Freude zerplatzen.

Die haben geglaubt, wir wollten ... Ich balle die Fäuste. Zerdrücke die Tagesdecke. Hat Malte das auch geglaubt?

Es rauscht in meinen Ohren und ich zwinge mich, vom Bett aufzustehen. Ich hätte nicht kommen sollen. Das war viel zu gefährlich, viel zu dumm. Und ich muss jetzt sofort gehen, denn wenn ich ihn wiedersehe, bin ich nicht sicher, ob ich es noch kann.

Ich laufe die Treppe hinunter. Schmeiße die Jacken durcheinander, bis ich meine finde. Schlüpfe schnell in meine Schuhe und renne raus.

Ich spüre die Tränen in den Augen. Maltes Lippen haben ihren Abdruck auf meinen hinterlassen. Und mein Körper schreit danach, ihn wieder zu spüren, doch die Vernunft hält dagegen.

Es ist gut, dass ich von hier wegkomme, bevor noch mehr schiefgeht. Ich kann immer noch den Hunger in meinem Körper spüren und erinnere mich daran, dass er fast Amok lief, als ich kurz davor war, mit Malte zu tanzen.

Erst als ich den Wald erreiche, fällt mir Elexa ein. Ich hole mein Handy heraus. Drei SMS:

21.12

Bin auf dem Weg. In 5 Min. da.

21.59

Bin jetzt da.

22.06

Wo bist du?

Meine Finger fliegen über die Tastatur:

Bin nach Hause gegangen. Das war nicht das Richtige für mich. Hoffe, dass du trotzdem deinen Spaß hast. Wir sehen uns Montag. Küsschen, Birke

Oje!, schreibt Elexa zurück. Ja, oje. Ich bin im Wald angekommen. Kann von hier schon das Licht in unserem Haus sehen. Oje, der Abend ist nicht so gelaufen, wie er hätte laufen sollen.

Ich schleiche mich hinein, an Vater vorbei, der gerade in der Küche Tee kocht. Ich bin nicht in der Verfassung, jetzt Fragen zu dem falschen Nachtlauf zu beantworten, und ich habe auch keine Lust, von Rose ausgequetscht zu werden, wie denn der Abend gelaufen ist. Also schlüpfe ich schnell ins Bett. Krieche unter die Decke und versuche einzuschlafen. Doch der Hunger zerreißt meinen Körper. Dieser Beinahetanz mit Malte hat ihn nur noch stärker werden lassen. Ich schließe die Augen und zähle den Countdown zur nächsten Tanzshow.

In der Nacht träume ich von Malte. Von seinem Kuss und dem Tanz, den wir nie getanzt haben. Im Traum nehme ich ihn bei den Händen, ziehe ihn auf eine riesige Bühne hoch, und wir tanzen. Seine Augen kleben an meinem Körper, er verschlingt mit den Augen jede meiner Bewegungen. Ich kann spüren, wie seine Energie mich ausfüllt. Spüre, wie der Hunger langsam zufriedengestellt wird. Ich ziehe ihn in meinen Tanz hinein. Und dann tanzt er auch. Er verfolgt mich auf der Bühne und ich werde immer schneller. Springe davon und er folgt mir. Wir tanzen und tanzen, bis sein Körper nur so bebt und dampft. Und ich sauge seine Energie auf, nehme sie gierig mehr und mehr in mich auf.

Doch plötzlich erlischt etwas in seinem Blick. Der graue Kiesweg wird zu einem schwarzen Brunnen und er fällt in sich zusammen.

»Malte!« Ich knie schreiend neben ihm nieder.

Er ist kalt. Die Kälte überträgt sich von ihm auf mich.

Mit einem Schrei wache ich auf. In absoluter Finsternis, mit einem erschöpften Körper, wie ich ihn lange nicht mehr gespürt habe. Ich blinzele mehrere Male. Will den Traum und die Dunkelheit wegblinzeln.

Malte ist fort. Die Bühne ist fort, aber Kälte und Dunkelheit sind weiterhin da. Ich greife nach der Nachttischlampe, doch die ist nicht da. Ich suche tastend nach ihr, bis meine Hand in feuchte Erde greift.

Ich schüttle den Kopf. Will aufwachen, endlich aufwachen! Aber auch wenn ich mich in den Arm zwicke, passiert nichts.

Ich bin wach, aber nicht daheim ...

Entwicklung

Ich bleibe ganz still sitzen, bis meine Augen sich an die Dunkelheit gewöhnt haben. Kann die Baumkonturen erkennen. Höre es im Gebüsch knistern.

Die Kälte zerreißt meinen Körper, nie zuvor habe ich so gefroren. Die Tränen stecken im Hals, aber ich schlucke sie hinunter. Ich muss im Wald sein, aber wo und warum? Das Letzte, an das ich mich erinnere, ist, dass ich mit einem Hunger zu Bett gegangen bin, der stärker als je zuvor in mir genagt hat.

Langsam komme ich auf die Beine. Sie sind ganz steif durch die Kälte. Ich stehe auf, mache einen Schritt, wobei mein Fuß etwas Weiches streift. Es fühlt sich wie Federn an. Ich hocke mich hin. Ganz tief hinunter, damit ich sehen kann, was es ist. Ein Vogel. Ein toter Vogel.

Ich schreie auf.

»Birke?« Ein Ruf aus der Ferne.

»Vater?«, rufe ich zurück.

Ich kann weit weg einen schwachen Lichtstreifen sehen. Kurz darauf kommt er näher.

»Hier!«, rufe ich.

Der Lichtkegel trifft mich. Ich erkenne, dass feuchte Erde an meinem Nachthemd und den nackten Beinen klebt.

»Was ist passiert?« Das Licht wirft dunkle Schatten über Vaters Gesicht.

Ich öffne den Mund, bringe aber keine Worte heraus. Nur Schluchzen.

Vater zieht seine Jacke aus und legt sie mir um, während ich nur auf den Boden schaue, der von der Lampe erleuchtet wird.

Um mich herum liegen in einem großen, schwarzen Kreis tote Tiere. Vögel, Hasen, Eichhörnchen. Ihre kleinen schwarzen Augen starren mich an, während das Übelkeit hervorrufende Gefühl der Erschöpfung meinen Körper erzittern lässt.

Im Haus warten Rose und Azalea. Es war Rose, die entdeckt hat, dass die Tür offen stand. Sie hat Vater geweckt. Rose macht Feuer im Ofen, während Azalea mich in eine Decke wickelt.

»Was ist passiert?«, fragt Vater.

»Ich weiß es nicht.« Die Worte kleben an der Zunge. Wollen nicht heraus.

Alle drei starren mich an und wieder laufen mir die Tränen über die Wangen. Wie soll ich das erklären, wenn ich es selbst nicht verstehe?

»Ich habe geträumt, dass ich getanzt habe«, sage ich schließlich, während ich auf meine Füße starre, die in die Decke gewickelt sind. Erde klebt an den Zehen. Das war kein Traum. Ich habe wirklich getanzt.

»Als ich aufgewacht bin, war ich im Wald.«

»Dann bist du also geschlafwandelt, oder?«, fragt Rose.

Ich beiße mir auf die Lippe. Normalerweise schlafwandle ich nicht. Rose hat das gemacht, als sie noch klein war. Vater hat sie damit immer geneckt, behauptet, sie wurde hinuntergehen und die Kekse aus der Kuchendose essen, aber ob sie tatsächlich geschlafwandelt ist oder ob das nur eine Behauptung war, das weiß ich nicht.

»Ist das schon mal vorgekommen?«

Ich schüttle den Kopf.

»Als du zu Bett gegangen bist, war nichts ungewöhnlich?«

Wieder schüttle ich den Kopf, aber die Lüge sticht mir in der Brust, und ich muss mich zwingen, etwas zu sagen.

»Ich ... ich habe so wahnsinnig Lust gehabt zu tanzen«, erkläre ich also. »In der letzten Woche habe ich jede Nacht daran denken müssen.«

Vater seufzt und schaut Rose und Azalea streng an.

»Ist es euch auch so gegangen?«

Azalea schüttelt den Kopf. Rose beißt sich auf die Lippe.

»Ein bisschen«, sagt sie dann. »Ich spüre, dass wir das letzte Mal nicht genug getanzt haben.«

»Ich versuche, die Handwerker zur Eile zu treiben«, sagt Vater. »Wir brauchen so schnell wie möglich eine Vorstellung.«

Ich nicke.

»Das hätte richtig schiefgehen können«, fährt er fort, »stell dir vor, du wärst in die Stadt gegangen!«

Oder noch schlimmer. Ich beiße mir auf die Lippe. Was wäre, wenn ich zu Malte gegangen wäre? In sein Zimmer und meinen Traum hätte Wirklichkeit werden lassen.

Ich sage nichts. Reibe die Finger aneinander. Sie prickeln immer noch von der Kälte. Ich mag mir gar nicht vorstellen, was hätte passieren können.

»Rose und Azalea, geht ihr bitte auf eure Zimmer?«, fragt Vater. »Ich möchte gern mit Birke allein reden.«

Das Sofa knackt leise, als sie aufstehen, und plötzlich fühle ich mich unendlich einsam, als sie die Tür hinter sich schließen.

»Birke ...« Vater nimmt meine Hand.

»Mit mir stimmt was nicht, oder?«, frage ich.

»Nein, nein.« Er drückt fest meine Hand. »Du ... entwickelst dich nur.«

»Aber ich will mich nicht entwickeln!«, sage ich. Ich will einfach nur *normal* sein. Will am liebsten meine Elfengene wegschneiden, sie wegwerfen. Nur wie alle anderen sein und einfach auf Partys gehen können und mit einem Typen tanzen, ohne Angst haben zu müssen, ihm Schaden zuzufügen oder mitten in einem Kreis toter Tiere aufzuwachen.

»Das weiß ich«, sagt Vater. »Aber wir können es nicht aufhalten. Wir müssen nur zusehen, dass wir tun, was wir können, um ... um es möglichst zu unterdrücken.«

Ich sage nichts dazu. Schaue in seine blauen Augen, erkenne jeden Schatten in der Iris. *Es unterdrücken?* Wenn es etwas gibt, was diese Nacht gezeigt hat, dann, dass ich es nicht unterdrücken kann.

»Ich werde dir immer helfen, Birke«, sagt Vater. »Das kriegen wir schon hin.«

Doch Vaters Worte sind nur vage Versprechungen. Wie kann man etwas aufhalten, von dem ich nicht einmal gewusst habe, dass ich es getan habe?

Der Tag zieht sich hin. Rose möchte gern mit mir reden und wissen, worüber Vater und ich gesprochen haben. Sie scheint fast neidisch zu sein, obwohl das nun wirklich nichts ist, worauf man neidisch sein könnte. Azalea sieht mich nur mit einem besorgten Blick an, der fast identisch ist mit Vaters.

Der Sonntag versinkt in diffusem Dunst, und am Montagmorgen bin ich immer noch nicht bereit, der Welt wieder zu begegnen. Ich gehe nicht zur Schule. Die Müdigkeit hat sich in meinem Körper eingenistet, aber ich wage es nicht, einzuschlafen. Was, wenn ich wieder anfange zu schlafwandeln?

Vater muss erraten haben, was ich denke, denn schließlich richtet er das Sofa für mich her.

»Schlaf«, sagt er, während er sich auf den Sessel setzt. »Ich werde aufpassen.«

Dieses Mal ist der Schlaf traumlos. Nur eine große, schwarze Finsternis, die mich einhüllt.

Rose, die von der Schule nach Hause kommt, weckt mich.

Sie summt vor sich hin. Das tut sie nur, wenn sie richtig fröhlich ist. Ich setze mich auf dem Sofa auf. Fühle mich ungemein erleichtert darüber, dass ich am gleichen Ort aufwache, an dem ich eingeschlafen bin. Ich suche in meiner Tasche und ziehe das Handy heraus.

Sechs SMS. Fünf von Elexa und eine von einer Nummer, die ich nicht kenne. Ich öffne die von Elexa.

7.55

Hi. Kommst du heute nicht?

09.33

Ich habe Rose getroffen. Sie sagt, du bist krank. Gute Besserung.

11.05

Malte hat nach dir gefragt.

12.02

Malte hat wieder nach dir gefragt. Er will deine Nummer haben. Darf ich sie ihm geben?

14.15

Jetzt habe ich sie ihm gegeben. Hoffe, das ist okay. Kommst du morgen?

Und dann ist da noch die letzte SMS. Ich kann mir schon denken, von wem die ist.

14.23

Hallo Birke
Alles okay?
Du bist Samstag einfach verschwunden …?
Malte

Ich lege das Handy weg. Stehe auf und nehme eine ausgedehnte Dusche. Unter dem warmen Wasser muss ich wieder an die vorletzte Nacht denken. An die toten Tiere, die mich mit schwarzen Augen angesehen haben. Ich wasche mich lange und gründlich, habe immer noch das Gefühl, dass überall Erde ist.

Am Dienstag kann ich mich nicht länger verstecken. Ich gehe zur Schule. Rechtzeitig wie immer und ich habe auch mein Skizzenbuch dabei.

Ich nehme auf der Bank unter dem Vordach Platz und tue, als wäre alles ganz normal. Als hätte das Wochenende gar nicht stattgefunden.

Ich sitze mit dem Skizzenblock in der Hand da. Jedes Mal, wenn ich Schritte höre, spannt sich mein Körper an, aber ich halte den Blick starr auf die Zeichnung gerichtet. Dieses Mal zeichne ich nur den Schulhof. Nach dem, was passiert ist, ertrage ich es nicht, Tiere zu zeichnen.

Ich skizziere das Spielhaus. Die lange Trommel, durch die man laufen kann, und die Kletterebene. Die Zeichnung sieht gespenstisch aus. Es fehlen Kinder. Ohne Kinder sind Spielplätze nur leere Krater.

»Hi.« Malte setzt sich neben mich, und ich ziehe einen langen, schiefen Strich quer über das weiße Papier.

»Hi«, sage ich, löse meinen Blick von den Bleistiftstrichen und schaue in seine bleigrauen Augen. Maltes Lächeln lässt mein Herz Funken sprühen.

»Elexa hat mir gesagt, dass du krank warst ...?«

Ich nicke.

»Was hattest du denn?«

Mein Hals schnürt sich zusammen. Ich kann ja nicht behaupten, eine Erkältung gehabt zu haben, dann hätte ich ja immer noch irgendwelche Symptome. Das Einzige, was möglich wäre und am nächsten Tag wieder vorbei ist, das wäre Durchfall, aber das möchte ich nicht gerade behaupten.

»Schwindelanfälle«, sage ich also.

»Du warst am Samstag plötzlich weg.«

»Meine Schwester hat eine SMS geschrieben. Ich musste nach Hause gehen.«

»Ach so.« Er nickt, aber in seinem Blick sind tausend Fragen.

»Malte!« Emma kommt angelaufen. »War schön am Samstag«, sagt sie und zeigt ein geheimnisvolles Lächeln, das meine Laune auf den Tiefpunkt sinken lässt.

»Ja, fand ich auch«, meint Malte und blickt zu ihr auf.

Ich schließe meine Tasche und stehe auf. Ich will gar nicht wissen, was genau so schön gewesen ist. Oder ob noch andere außer mir oben in seinem Zimmer waren und seine Fotos angeschaut haben. Ich zerknülle die Erinnerung an

Malte und den Kuss. Werfe die Erinnerung in meinen inneren Papierkorb.

Dieses Mal folgt Malte mir nicht; nur Emmas schrilles Lachen tönt hinter mir her.

In der Mittagspause gehen Elexa und ich in die Kunsträume. Wir sind beide mit dem Projekt nicht weit genug gekommen, außerdem kann ich es nicht ertragen, Malte oder Emma zu sehen.

Elexa zeichnet, während ich ein paar Innenraumfotos mache, dazu ein paar aus dem Fenster, zusehe, wie die Kinder spielen.

Leider ist Emma auch auf einigen mit drauf. Sie läuft mir ins Bild, bevor ich es merke.

Ich seufze. Emma und ich waren nicht immer wie Hund und Katze. In den ersten Klassen waren wir sogar befreundet, aber dann sollte ihre Geburtstagsfeier stattfinden. Sie freute sich riesig darauf und hatte mir schon Monate vorher gesagt, ich solle mir unbedingt den Tag freihalten, und Vater hatte es erlaubt, doch plötzlich wollten ihre Eltern sie damit überraschen, den Geburtstag im Freizeitbad Lalandia zu feiern. Da musste ich natürlich eine Ausrede erfinden und knapp eine Woche vorher absagen.

Sie war unglaublich enttäuscht, bettelte und flehte mich an, doch zu kommen, aber das konnte ich ja nicht. Ich schob die Schuld auf das Tanztraining, musste erklären, dass das Training wichtiger sei als eine Geburtstagsfeier, und das hat sie mir nie verziehen. Und irgendwie kann ich das auch verstehen. Wir waren damals beste Freundinnen und ein Geburtstag bedeutete uns alles. Außerdem glaube ich, dass sie spürte, dass ich ihr etwas verschwiegen habe, das war das Ende unserer Freundschaft und der Beginn unserer Feindschaft.

Ich kaue mal wieder auf der Lippe. Wie oft schon haben mir meine dummen Elfengene alles kaputt gemacht!

»Was ist los?«, fragt Elexa. »Du siehst so nachdenklich aus.«

Ich zwinge mich zu einem Lächeln.

»Ach, es ist nichts«, sage ich. »Ich habe nur gerade darüber nachgedacht, dass du immer noch keinen Job hast.«

»Wieso das?«, fragt sie.

»Sag mal, hast du Lust, in unserer neuen Tanzhalle bei den Shows die Tickets abzureißen? Die finden zwar nur einmal im Monat statt, aber ich denke, du bekommst auch einen Nachtzuschlag.«

»Ja, natürlich!« Sie strahlt.

Als ich nach Hause komme, sitzt Azalea am Klavier. Sie lässt die langen Finger über die Tasten gleiten. Aber die Musik klingt nicht wie sonst. Ich glaube, ich habe das Lied noch nie zuvor gehört, es hört sich ziemlich traurig an und mir wird es schwer ums Herz.

»Birke.« Sie schaut auf und nimmt die Hände von den Tasten.

»Hast du das selbst komponiert?«, frage ich.

»Das war ...«, sie fährt sich verlegen durch die Haare, »nur so ein Einfall«, erklärt sie dann. »Hast du Lust, ein bisschen spazieren zu gehen?«

Ich nicke.

Auch wenn ich gerade erst nach Hause gekommen bin, kann etwas frische Luft vielleicht meine Gedanken klären und diesen Trübsinn wegpusten, der sich in mir festgesetzt hat.

Ich wickle mir den Schal so fest um den Hals, dass ich fast keine Luft mehr kriege.

Azalea zieht ihren roten Wollmantel an und knöpft ihn sorgfältig bis oben hin zu.

Wir laufen zwischen den Bäumen entlang. Sehen die roten und gelben Markierungen an den Stämmen, die zeigen, welche Bäume gefällt werden sollen.

Die Erde ist feucht und klebrig. Wir bleiben auf den Wegen, um nicht zu tief einzusinken. Ich schaue zum Himmel hoch. Die Sonne ist hinter einer grauen Wolkendecke verschwunden. Oh, wie ich den Sommer, die Wärme vermisse. Im Winter fühle ich immer nur unterschiedliche Nuancen von Kälte. Bloß wenn Vater den Kamin anzündet und wir dicht beieinandersitzen und den Duft des brennenden Holzes einatmen, wird mir richtig warm.

Ich schaue Azalea an.

»Bist du traurig?«, frage ich. »Dein Lied, das war so ... trübselig.«

Sie zuckt mit den Schultern. »Im Augenblick passiert einfach zu viel auf einmal«, sagt sie, und da kann ich ihr nur zustimmen.

»Ich dachte, vielleicht möchtest du gern reden«, fährt Azalea dann fort, »über all das, was passiert ist.«

Jetzt zucke ich mit den Schultern. Habe nicht das Gefühl, dass Worte irgendwie helfen können.

»Dir geht es nicht allein so«, erklärt sie dann, und eine behandschuhte Hand findet meine.

»Aber ich bin die Einzige, die im Schlaf tanzt. Das habt Rose und du noch nie getan.«

»Nein ...«, muss sie zugeben. »Noch nicht, aber ich kann auch spüren, dass wir uns verändern.«

»Wirklich, du auch?« Mein Herz schlägt schneller. Geht es ihr tatsächlich genauso wie mir?

»Ja, ich habe so ein merkwürdiges Gefühl im Körper«, bestätigt sie.

»Was glaubst du, was das bedeuten kann?«, frage ich und trete einen kleinen Stein weg, der daraufhin durch den Schnee rollt.

»Es gibt so viel, was wir nicht wissen«, sagt sie. »Vielleicht ist das ja ganz normal für solche Wesen wie uns.«

Solche Wesen wie uns. Azalea und Vater nennen uns nie Elfen. Sie sprechen dieses Wort gar nicht aus.

Es war der Nöck, der es uns beigebracht hat. Er hat es benutzt, als wir als Kinder am Bach gespielt haben. Und er nennt uns immer Elfenmädchen, aber das klingt so altmodisch.

Wir gehen weiter, und ich weiß, es hat keinen Sinn, zu spekulieren. Mein Gehirn kann bald keine weiteren Fragen und Ungereimtheiten mehr aufnehmen. Also genieße ich lieber den Wald. Beobachte die kleinen Vögel, die von Ast zu Ast hüpfen und sauge den Duft der Bäume ein.

Es scheint mir, als würde ich alles mit neuen Augen sehen. Aus einem neuen Winkel und unter neuen Gesichtspunkten. Wie durch eine Fotolinse. Ich wünschte, ich könnte auch so schöne Fotos machen wie Malte. Malte ... Ich zwinge mich dazu, den Namen aus meinen Gedanken zu verdrängen. Ich will nicht an ihn denken und schon gar nicht an die Art und Weise, wie Emma sich für den schönen Samstag bedankt hat.

Plötzlich bleibt Azalea stehen.

»Was ist?«, flüstere ich. Hoffe, sie hat einen Hasen oder einen Hirsch entdeckt, aber ich sehe nichts anderes als dunkle Baumstämme.

Und ohne Vorwarnung fällt sie zu Boden. Bevor ich bei ihr bin, um sie aufzufangen, liegt sie schon mit dem Gesicht nach unten auf der Erde.

»Azalea!«, schreie ich und falle neben ihr auf die Knie. Ich drehe sie auf den Rücken. Sie zittert am ganzen Körper.

»Hilfe!«, rufe ich laut und versuche, den matschigen Schnee von ihrem Gesicht zu wischen, damit sie besser Luft holen kann.

Sie zittert immer noch. Am ganzen Körper. Aber nicht das ist es, was mir so Angst macht. Voller Panik sehe ich, dass ihre Augen weit aufgerissen sind und nur das Weiße zu sehen ist.

»Azalea!«, rufe ich noch einmal und schüttle sie, doch sie reagiert nicht.

»Sie kommen ...« Zunächst ist es ein heiseres Flüstern, und wären wir nicht vollkommen allein im Wald gewesen, ich hätte geschworen, dass es nicht die Stimme meiner Schwester ist.

»Sie kommen«, flüstert sie wieder. Dieses Mal aber lauter.

Etwas ist auf dem Weg

Ich hole mein Handy heraus.

»Vater«, rufe ich in den Apparat. »Azalea! Sie ist umgekippt.«

Ich habe Azaleas Kopf in meinen Schoß gebettet.

»Wo seid ihr?«

»Auf halbem Weg zum See. Den kleinen Weg längs.« Ich lege das Handy hin, beuge mich über Azalea.

»Wach auf, wach schon auf, bitte«, flüstere ich und streiche ihr über die Wange.

Ich möchte so gern etwas tun, weiß aber nicht, was.

»Sie kommen«, flüstert sie wieder, und ich weiß, eigentlich sollte ich froh sein, dass sie überhaupt etwas sagt. Dass sie atmet, aber trotzdem bin ich vollkommen fertig, weil es einfach so merkwürdig ist. So unheimlich und schrecklich, dass ich überhaupt nicht weiß, was ich tun soll.

Am liebsten würde ich einen Notarzt rufen und alles über Löcher im Rücken vergessen und darüber, wie gefährlich für uns ein Aufenthalt im Krankenhaus sein kann. Azalea braucht Hilfe und zwar schnell.

»Sie kommen!« Ihre Stimme ist jetzt lauter. Dunkel und auf merkwürdige Art und Weise rau, so habe ich sie noch nie zuvor gehört.

Dann stoppt das Zittern plötzlich ohne Vorwarnung. Und Azalea liegt ganz still da, aber ich finde diese Stille genauso bedrohlich, wenn nicht noch schlimmer.

Wieder schüttle ich sie. Ihr Haar fegt den Schnee über meine Stiefel, aber sonst passiert nichts.

Ich höre Schritte, sehe eine dunkle Gestalt, die auf uns zuläuft.

»Vater!«, rufe ich.

Da holt Azalea tief Luft und schlägt die Augen auf. Das Weiße in den Augen ist blutunterlaufen, die Pupillen sind angstvoll geweitet.

»Sie kommen«, sagt sie wieder, doch dieses Mal mit ihrer normalen Stimme, dann fängt sie an zu weinen.

Vater rennt zu uns. Er ist den ganzen Weg auf Strümpfen gelaufen, die jetzt nass und voller Erde sind. Er kniet sich neben Azalea.

»Alles in Ordnung?«, fragt er, worauf sie weder nickt noch den Kopf schüttelt. Sie weint nur still vor sich hin, also hebt er sie hoch und macht sich auf den Weg.

Ich folge ihnen durch den Schnee. Diese sonderbare Geisterstimme hallt noch in meinem Kopf wider.

Sie kommen.

Vater trägt Azalea in ihr Zimmer hinauf. Die beiden reden hinter verschlossener Tür miteinander. Ihre Stimmen sind nur ein leises Flüstern, wie der Wind, der durch die Blätter der Bäume fährt. Ich habe Rose eine SMS geschickt. Nur vier Worte. *Komm nach Hause. Sofort.*

»Was ist los?« Zehn Minuten später stürmt Rose ins Haus. Sie zieht eine lange Schneespur über den Teppich hinter sich her, hat sich nicht einmal die Zeit genommen, die Stiefel auszuziehen.

»Azalea«, sage ich und berichte ihr alles, während der Schnee auf dem Teppich zu einem dunklen Fleck wird.

»Aber jetzt geht es ihr gut?« Rose schaut zur Treppe.

»Vater ist bei ihr.«

Rose nickt leicht und lässt sich neben mir aufs Sofa sinken.

»Birke, was geht hier vor?«, fragt sie. »Erst du und jetzt Azalea.«

»Ich weiß es nicht.«

Die Treppenstufen knarren, Vater kommt herunter. Sein Gesicht ist noch einen Ton grauer als gestern. Als würde jeder Tag ihm mehr an Lebenskraft entziehen.

»Wie geht es ihr?«, frage ich.

»Sie schläft«, sagt Vater.

»Was ist passiert?«, will Rose wissen.

Vater lehnt sich an die Wand.

»Ich bin nicht so gut im Erklären«, sagt er, macht eine kurze Pause, um dann fortzufahren: »Eurer Mutter ging es auch so. Sie konnte ganz plötzlich einen Anfall bekommen.«

»Aber was hat das zu bedeuten?«

»Das ist ... eine Art Hellsichtigkeit«, sagt er.

»Was hat sie gesehen?«, frage ich.

»Bilder aus der Zukunft. Etwas, das vielleicht geschehen wird ...«

»Und was war das?«

Vater wendet den Blick ab, er starrt auf die Holzmaserung der Balken in dem Haus, das er selbst gebaut hat.

»Etwas ist auf dem Weg«, sagt er dann. »Ich weiß nicht, was das ist, aber etwas ist auf dem Weg. Wir müssen vorsichtig sein.«

Später am Abend schaue ich bei Azalea rein. Sie sitzt fast ganz in eine große Wolldecke eingewickelt auf dem Bett, ein Teebecher steht auf dem Nachttisch. Sie hält ein Buch in den Händen. Ich bleibe lange in der Türöffnung, bis sie mich entdeckt.

Sie liest nicht, zumindest blättert sie nicht ein einziges Mal um. Starrt nur auf die Seiten.

Ich räuspere mich, sie schaut auf.

»Wie geht es dir?« Ich setze mich zu ihr aufs Bett.

»Besser«, sagt sie, aber es sieht nicht so aus, als würde sie das wirklich meinen.

»Ich habe es immer noch vor Augen ...«

»Was hast du gesehen?«

»Bilder.« Ihr Blick geht in die Ferne, als könnte sie alles noch einmal sehen. »Unmengen von Bildern und Farben und Geräuschfetzen.«

»Was hat das zu bedeuten?« Ich kann mich nicht bremsen, muss das fragen, auch wenn Vater uns bereits die Antwort gegeben hat.

»Das war ein großes Durcheinander.« Azaleas Augen sind immer noch leicht gerötet, auch wenn das Weiß fast wieder ganz zu sehen ist. »Und es hat wehgetan. Es hat ganz schrecklich wehgetan, als würde mein Schädel gleich platzen.«

Ich nehme ihre Hand in meine. Wir verschränken die Finger fest ineinander und sie beugt sich zu mir. Ich kann ihren Atem hören. Der geht schneller als normal, verrät, dass sie immer noch nicht wirklich entspannt ist, obwohl doch bereits mehrere Stunden vergangen sind. Sie kann die Erinnerung nicht beiseiteschieben.

»Wer sind sie?«, frage ich vorsichtig.

»Was meinst du?« Azaleas Stimme kippt.

»Du hast gesagt, dass sie kommen«, sage ich. »Du hast es immer wieder gesagt, nachdem du hingefallen bist.«

Azaleas Blick flackert.

»Ich kann mich nicht daran erinnern«, erklärt sie zum Schluss.

»Doch, das kannst du«, widerspreche ich ihr. »Ich kann es dir ansehen, dass du dich daran erinnerst.«

»Nein, Birke«, sagt sie und stoppt meinen Protest.

»Denk an das, was du zu mir gesagt hast«, erkläre ich ihr. »Du bist nicht allein.« Ich nehme sie in meine Arme. Kann es fast nicht ertragen, dass wir Geheimnisse voreinander haben sollen. Dass es etwas so Schreckliches gibt, dass sie der Meinung ist, es wäre besser, wenn ich nichts davon weiß.

Langsam lasse ich sie wieder los. Die Antwort kann ich in ihrer braunen Iris sehen. Vater. Er hat sie gebeten, es nicht zu erzählen. Er ist der Einzige, der sie dazu bringen kann, zu lügen.

Ich stehe vom Bett auf. Plötzlich bekomme ich eine Kostprobe davon zu spüren, wie es ihr wohl seit Jahren mit Rose und mir gegangen ist. Wie es ist, außen vor zu sein, zur Seite geschoben zu werden, ohne es recht zu verstehen.

Ich mache einen Schritt zur Tür hin. Ich will sie nicht drängen, denn ich weiß, dass sie sich nicht überreden lässt.

Ihre Hand packt meinen Ärmel.

»Kannst du nicht noch ein bisschen bei mir bleiben?«, fragt sie, und ihr Blick ist so flehend, dass ich ihre Lüge vergesse.

»Aber natürlich«, antworte ich. Ich lege mich neben sie. Sie hebt die Bettdecke ein wenig an, und ich krieche darunter, dicht neben sie. Ihre Haut ist heiß, brennt an meiner.

Ich lege einen Arm um sie, und plötzlich, ohne jede Vorwarnung, fängt sie an zu weinen. Die Tränen laufen ihr über die Wangen, und ich weiß einfach nicht, was ich machen soll, denn normalerweise weint Azalea nie.

Sie ist die Starke von uns dreien. Wenn Azalea weint, dann ist es richtig, richtig schlimm. Richtig, richtig bedrohlich, und vielleicht ist es nur gut, nichts Genaueres davon zu wissen.

Am nächsten Tag bleibt Azalea zu Hause. Vater findet es am besten so und beim Anblick der dunklen Ränder unter ihren Augen muss ich ihm recht geben. Ich biete an, bei ihr zu bleiben. Momentan kann ich die Schule nicht ertragen, ein Tag zu Hause würde also einen Aufschub bedeuten und mir die Möglichkeit geben, meine Gedanken zu sammeln.

Es endet damit, dass auch Rose zu Hause bleibt und so sind wir seit langer Zeit mal wieder zusammen.

Elexa schickt mehrere SMS. Alle mit einem deutlich verwunderten Unterton darüber, dass ich nun schon wieder krank bin. Ich muss eine Ausrede finden. Und zwar eine gute, damit sie nicht beleidigt ist. Sie nimmt sicher an, ich würde lügen.

Ich blende Elexa aus und kümmere mich um Azalea.

Den ganzen Tag verbringen wir in ihrem Zimmer. Rose nimmt ihren Laptop mit ins Bett und gemeinsam stellen wir auf YouTube eine Playlist zusammen. Rose wählt Pop und Rock, Azalea Klassisches und ich ... ich weiß nicht so recht, was ich will, also entscheide ich mich letztendlich für Disney-Klassiker, weil die mich normalerweise immer aufmuntern. Das wird die merkwürdigste Playlist aller Zeiten, was uns drei aber zumindest zum Lachen bringt.

Rose singt laut mit, und ich nehme sie bei den Händen, um zu tanzen. Azalea bleibt in ihrem Bett, doch sie klatscht den Rhythmus mit und lächelt.

Ich schließe die Augen und bewege mich zur Musik. Es läuft Rock und dazu kann man wild und hemmungslos tanzen. Bei den Tanzshows haben wir immer klassische Musik, aber auch das hier ist schön. Tut gut. Und selbst wenn es nicht den Hunger nach Tanzen stillen kann, da ja keine

Zuschauer da sind, so nimmt es trotzdem ein wenig den Druck aus dem Körper.

Plötzlich lässt Rose sich auf den Boden fallen und sieht uns mit ernster Miene an.

»Azalea«, fragt sie. »Was hast du gesehen?«

Das Lachen und die fröhliche Stimmung verschwinden sofort, als Azalea die Musik anhält.

»Ich kann mich nicht mehr dran erinnern.«

»Du lügst«, sagt Rose. »Ich weiß, dass du dich erinnern kannst.«

Azalea stellt den Laptop auf den Nachttisch.

»Das war keine eindeutige Mitteilung, Rose«, sagt sie dann.

»Aber du hast etwas gesehen?« Rose lässt sie nicht aus den Augen, und ich weiß, dass sie sich erst zufriedengeben wird, wenn sie eine Antwort erhalten hat. Ich sacke auf dem Bett in mich zusammen, in der Ecke beim Nachttisch. Ich weiß nicht, ob ich Rose jetzt bremsen oder sie unterstützen soll.

»Vater meint, es ist das Beste, wenn ich nicht ...«, erklärt Azalea.

»Aber Vater irrt sich!«

Der Computer bläst warme Luft gegen meinen Arm, während ich vor lauter Feigheit schweige und mich zurückhalte. Ich spüre, wie der Puls in den Schläfen pocht, während sich zwischen meinen Schwestern ein lautloser Machtkampf abspielt.

»Es ist besser, wenn ihr euch keine Sorgen macht«, sagt

Azalea schließlich und sieht aus wie jemand, der selbst vor lauter Sorgen verzweifelt.

»Aber was hast du gesehen?«, frage ich. Und spüre, dass Azalea dabei ist, sich zu öffnen. Azalea hasst Geheimnisse. Sie hat sie immer schon gehasst. Als sie klein war, konnte ihr richtiggehend übel davon werden. Mit Magenschmerzen und Erbrechen.

»Wir haben ein Recht, das zu wissen«, sagt Rose.

Ich werfe ihr einen scharfen Blick zu. Das ist nicht der richtige Ton, um Azalea zum Reden zu bringen.

»Es geht uns alle etwas an«, wende ich mich an sie. »Zusammen schaffen wir das.« Ich finde ihre Hand auf dem Bett und drücke sie. »Sag uns nur, was du gesehen hast.«

Azalea richtet sich ein wenig auf. Ihre Finger zittern in meiner Hand.

»Ich habe gesehen, wie ich gestorben bin, Birke«, erklärt sie.

Dunkle Schatten

Ihre Worte schlagen wie ein Blitz im Zimmer ein, wir sind so schockiert, dass wir nur stumm und reglos dasitzen. Rose mit leicht geöffnetem Mund, als wäre sie mitten in einem Satz erstarrt. Während ich …

Meine Gedanken haben sich aufgehängt. Ich kann mich an die traurige Melodie erinnern, die Azalea auf dem Klavier gespielt hat. Erinnere mich, dass sie gesagt hat, sie habe so ein komisches Gefühl, und dann sehe ich immer wieder, wie sie in den Schnee fällt.

»Nein«, flüstere ich.

»Das muss nicht unbedingt etwas bedeuten«, fügt Azalea hastig hinzu. Die Tränen stehen mir in den Augen.

Ich halte die Luft an. Zwinge mich, die Augen zu öffnen. Weiß, dass nur ein einziges Blinzeln die Tränen fließen lassen wird, und wenn wir erst anfangen zu weinen …

»Wie bist du gestorben?«, frage ich.

»Dunkle Schatten haben mich umgebracht«, sagt sie.

»Ich habe viele dunkle Schatten gesehen, die mich verfolgt haben. Mich gejagt haben ...«

»War es das, was du gemeint hast? Hast du deshalb immer gesagt: *Sie kommen?*«, frage ich.

Sie nickt.

Ich springe auf. Umarme sie ganz fest.

»Sie dürfen dich nicht wegnehmen«, sagt Rose und nimmt Azalea von der anderen Seite in die Arme. »Wir werden es niemals zulassen, dass sie dich anrühren!«

Lange bleiben wir so sitzen. Ineinander verschlungen wie die Zweige eines alten Astes und ich kann es spüren. Das Band, das man nicht sehen kann, doch das ist mehr als nur Blut und DNA. Als wir klein waren, sagte Rose immer, dass sie sich noch daran erinnern könne, als wir bei unserer Mutter im Bauch lagen. An die Zeit, als wir noch zu viert waren. Sie könne sich erinnern, wie wir ganz dicht beieinanderlagen. Ich habe solche Erinnerungen nicht, aber ich weiß, dass ich alles tun werde, was ich nur kann, um nicht noch eine Schwester zu verlieren.

Als Azalea ein wenig schlafen möchte, gehen Rose und ich hinunter. Ich schaue auf die holzgetäfelten Wände. Betrachte die Bühne unserer Kindheit. All das, was immer so sicher erschien, wirkt jetzt zerbrechlich. Ich entdecke Hunderte von Rissen, durch die die Schatten hereinhuschen könnten.

»Und was ist, wenn Azaleas Erscheinung mit dieser Elfe zusammenhängt?«, fragt Rose plötzlich.

»Wieso?« Ich lasse die Finger über die Decke gleiten, die Großmutter vor vielen, vielen Jahren gestrickt hat.

»Was ist, wenn sie gekommen war, um uns vor diesen Schatten zu warnen?«

»Könnte sein«, sage ich, aber am liebsten möchte ich Nein sagen, dass sie nichts damit zu tun haben kann, weil Azaleas Erscheinungen unmöglich wahr sein können. Weil es nicht wahr sein darf.

»Sie hat Mutter gekannt«, sagt Rose. »Deshalb macht es Sinn, dass sie uns helfen wollte.«

»Wir müssen Vater fragen«, sage ich.

Zwei Stunden später kommt Vater nach Hause. Er fährt den Lastwagen, das schwere Auto hinterlässt tiefe Furchen in der Erde. Die Ladefläche ist voller Blut und verrät, dass mal wieder ein Autofahrer ein Reh angefahren hat. Im Winter gibt es viel Wildschaden, und es gehört zu Vaters Job, ihn zu beseitigen.

Rose und ich haben Holzclogs angezogen und stapfen ihm durch den Schnee entgegen.

Der Motor erstirbt mit einem lauten Stöhnen und Vater steigt aus. Er zieht die großen gelben Arbeitshandschuhe aus. Ich kann kleine Fellreste auf ihnen sehen.

»Wie geht es ihr?«, fragt er.

»Einigermaßen.«

»Gut«, sagt er. »Kommt, lasst uns reingehen, bevor ihr euch noch erkältet.« Er schiebt uns sanft in den Hauseingang, wo er die gelben Arbeitshandschuhe in einen Korb wirft.

»Drei tote Rehe an einem Tag«, erzählt er. »Seit dem Schneesturm waren es nicht mehr so viele. Ich muss Svend Bescheid sagen, damit er sie abholt.«

Als wir ins Haus gehen, kitzelt die Wärme an unseren Wangen. Azalea schläft immer noch, doch obwohl Vater noch nicht einmal seine Jacke ausgezogen hat, beschließt Rose, dass sie nicht länger warten kann.

»Birke und ich habe mit dem Nöck geredet«, sagt sie.

Vater zuckt zusammen.

»Und worüber habt ihr mit ihm geredet?« Die Verärgerung lauert unter der Oberfläche.

»Über die tote Elfe«, sagt Rose, und Vater erstarrt mitten in der Bewegung, er wollte gerade den Reißverschluss seiner Jacke öffnen.

»Der Nöck sagte, dass sie nach Mutter gerufen hat, bevor sie gestorben ist«, fährt Rose fort.

Vater lässt den Reißverschluss los.

»Was?«

»Sie hat nach *Viola* gerufen«, korrigiere ich. »Wir wissen ja nicht, ob damit Mutter gemeint war.«

»Es können viele, die Viola heißen, damit gemeint sein«, sagt Vater.

»Aber eine Elfe ...«, widerspricht Rose, »die ausgerechnet hierherkommt und Viola ruft! Das kann doch kein Zufall sein.«

Vater erwidert nichts.

Also setze ich an: »Wir glauben, dass das vielleicht mit Azaleas Vision zusammenhängen könnte. Dass die Elfe nach uns gesucht hat. Dass sie gekommen ist, um uns zu warnen.«

»Das glaube ich nicht«, sagt Vater daraufhin nur.

»Aber sie kannte Mutters Namen und sie ist hierhergekommen. In unsere Stadt und in unseren Wald.«

»Es ist genug, Rose«, sagt Vater müde.

»Nein!«, ruft Rose empört. »Azalea sagt, sie habe gesehen, wie sie selbst gestorben ist, und das dürfen wir nicht geschehen lassen. Wir müssen die anderen Elfen finden!«

»Niemals!«, widerspricht Vater.

»Aber warum nicht ...«

»Ihr habt nichts mit denen zu tun. Ihr gehört hierher.«

»Aber ...«

»Nein, Rose!«

»Aber ...«

»Ich habe Nein gesagt!«

Rose wirft ihm einen wütenden Blick zu. Sie schnappt sich ihre Jacke vom Haken. Reißt so heftig daran, dass der Haken knackt. Dann läuft sie hinaus in den Wald, immer noch in den Holzclogs.

»Rose!«, ruft Vater.

Aber sie reagiert nicht, dreht sich nicht einmal um. Verschwindet zwischen den dunklen Baumstämmen.

Vater seufzt laut.

»Sie kommt schon zurück«, murmelt er dann.

Ich sage nichts, schaue nur in den Wald, in dem die Sonne gerade untergeht. Rose wird nicht einfach so zurückkommen. Sie ist einer der stursten Menschen, die ich kenne.

Ohne Sicherungsseil

Vater bereitet das Essen zu. Ich helfe ihm, putze die Karotten. Schneide hauchdünne Scheiben, um die Zeit in die Länge zu ziehen, damit Rose es schafft, bis zum Essen nach Hause zu kommen, aber sie taucht nicht auf. Mein Blick ruht auf der Uhr.

Vater versucht, die Stimmung zu heben, indem er von einem verwirrten Schweden erzählt, der sich offenbar stundenlang im Wald verlaufen hatte, bis Vater ihn schließlich gefunden hat.

Ich zwinge mich zu einem Kichern, auch wenn ich es gar nicht so witzig finde. Eigentlich beobachte ich die ganze Zeit nur die Uhr und stelle fest, dass Rose inzwischen schon seit einer Stunde weg ist.

»Ich habe heute mit den Handwerkern gesprochen«, erzählt Vater dann. »Sie rechnen damit, dass sie die Scheinwerfer bis zum Ende des Monats repariert haben, sodass die erste Show eine Woche später stattfinden kann.«

»Das klingt gut«, murmle ich. Am Ersten. Das sind noch zwölf Tage.

Vater geht hoch zu Azalea und ich hole mein Handy heraus.

»Alles okay?«, simse ich Rose.

Ihr Handy piepst laut hinter mir.

Ich drehe mich um und sehe es auf dem Couchtisch blinken. Sie hat es nicht mitgenommen.

Ich gehe zur Haustür. Öffne sie einen Spalt und schaue hinaus in den Wald. Der Schnee fällt in leichten Flocken. Ich weiß, ich brauche mir eigentlich keine Sorgen zu machen. Sie ist erst seit einer Stunde fort, und Rose war noch nie begeistert davon, längere Touren zu Fuß zu gehen. Schon gar nicht im Winter. Sie meckert immer darüber, dass es zu kalt ist oder dass ihre zu dünnen Stiefel sich nicht dazu eignen, größere Wanderungen zu unternehmen. Und dennoch ist sie weg. Und dabei hat sie nur Clogs an den Füßen.

Der Wald ist nicht gefährlich. Wir kennen ihn seit Ewigkeiten, aber nach Azaleas Visionen mit den dunklen Schatten gefällt es mir ganz und gar nicht, dass Rose so lange fort ist.

Vater kommt die Treppe hinunter und sieht mich in der Türöffnung stehen.

»Komm essen«, sagt er.

»Was ist mit ...?«

»Azalea hat keinen Hunger«, sagt er und erwähnt Rose mit keinem Wort.

Es wird ein merkwürdiges Abendessen, keiner von uns

beiden sagt besonders viel. Ich habe das dumpfe Gefühl, als müsste ich Rose verteidigen. Eigentlich bin ich der Meinung, dass sie recht hat. Wir haben einen Anspruch darauf, alles zu erfahren, und ein kleiner Teil von mir findet, ich sollte aus Protest auch weglaufen. Doch die Vernunft siegt und erinnert mich daran, dass ich gar nicht weiß, wo ich hingehen sollte.

Als es auf zehn Uhr zugeht, wird auch Vater nervös.

»Komm, wir gehen raus und suchen sie«, sagt er.

Ich nicke und schlüpfe schnell in Stiefel und Jacke.

Es regnet ein wenig. Nicht viel, aber genug, dass Rose sich bestimmt einen Platz zum Unterstellen gesucht hat.

»Vielleicht ist sie in die Stadt gegangen«, sage ich.

»Willst du dort suchen?«, fragt Vater. »Dann suche ich im Wald.«

Ich laufe in die Stadt und schiebe die Gitterpforte zum Park auf. Vielleicht hat sie sich in eines der Spielhäuser auf dem Spielplatz gesetzt, da bleibt man jedenfalls trocken.

Ich laufe über den gefrorenen Boden. Die Spielhäuschen sind dunkel und leer. Die Kletterwand baut sich weiter vorn wie ein großer schwarzer Schatten vor mir auf. Plötzlich bleibe ich stehen. Ich kann etwas hören, jedenfalls sind das weder Tauben noch Krähen.

Atmen. Etwas angestrengt, und Füße, die sich gegen eine Mauer pressen.

Ich kneife meine Augen zu schmalen Schlitzen zusammen. Schon immer habe ich im Dunkel gut sehen können.

Das ist noch so eine Eigenschaft, die ich wohl von meiner Mutter geerbt habe, vielleicht ist es aber auch nur Zufall.

Meine Augen fangen ein Seil ein. Ein Sicherungsseil, das sich über die Kletterwand schlängelt, und an ihm hängt er. In der Dunkelheit ist es unmöglich, Gesichtszüge oder anderes zu erkennen. Dennoch habe ich keinen Zweifel: Malte.

Er kämpft sich die Mauer hoch. Immer ein Griff nach dem anderen. Ich sehe, wie sich seine Finger im Dunkel vortasten. Kann fast hören, wie seine Muskeln sich anspannen, als er keinen Halt findet und für einen kurzen Moment an der Mauer baumelt.

Ich schnappe nach Luft, aber kurz darauf fängt er sich wieder an einem Mauervorsprung. Und dann der nächste Griff. Er klettert langsam, aber sicher, bis ganz nach oben. Als er dort angekommen ist, setzt er sich auf die Mauerkrone und baumelt mit seinen Beinen. Dort bleibt er einfach ruhig sitzen, während er versucht, seinen Atem zu beruhigen.

Wäre es helllichter Tag, würde ich glauben, er genieße die Aussicht, jetzt weiß ich nicht, was er eigentlich sieht, denn der Himmel ist zu wolkenverhangen, um Sterne zu erkennen, und zu dunkel, um etwas anderes als Schatten zu erkennen.

Mein Handy brummt in meiner Tasche. Wir zucken beide zusammen.

»Ist da jemand?« Malte hat das Seil umklammert. Er macht sich bereit, wieder hinunterzuklettern.

Ich zögere. Zwar würde ich es schaffen, wegzulaufen, bevor er unten ist. Doch das wäre albern und vollkommen feige.

»Ich bin es, Birke«, sage ich.

»Birke?« Malte klingt überrascht. »Was machst du hier?«

»Ich? Was machst du hier?«, pariere ich.

Ich kann sehen, wie er versucht, mich in der Dunkelheit zu entdecken.

»Ich brauchte nur ein bisschen frische Luft.«

»Ich wollte nicht stören«, sage ich und will gehen. Meine Schuhe knirschen im Sand.

»Nein, warte!«, ruft er und dreht sich herum. Malte macht sich bereit, hinunterzuklettern, doch statt Griff für Griff abzuarbeiten, seilt er sich ab. Macht den Rücken steif und stützt sich mit den Füßen an der Kletterwand ab.

Kurz darauf landet er nur einen Meter von mir entfernt. Nah genug, dass meine Deckung in der Dunkelheit nichts mehr nützt.

»Du warst heute nicht in der Schule«, sagt Malte. Er steht jetzt dicht neben mir und meine Lippen zittern.

»Ich war ein bisschen erkältet«, lüge ich, muss aber bei dem Gedanken, dass er gemerkt hat, dass ich nicht dort war, lächeln. Dabei geht er doch nicht einmal in meine Klasse, also muss er wirklich nach mir Ausschau gehalten haben.

Eine Sirene etwas weiter die Straße hinunter zerschneidet die angespannte Stimmung.

Maltes Blick flackert kurz.

»Glaubst du, das ist deine Mutter, die dich sucht?«, frage ich.

Er grinst.

»Wohl eher dein Vater«, erwidert er dann, und da fällt mir das Handy ein, das vor Kurzem gebrummt hat. Ich will es aus der Tasche ziehen, halte dann aber inne.

»Komm, ich bringe dich nach Hause«, sagt er. »Es ist gefährlich, nachts allein durch den Wald zu gehen.«

»Nicht so gefährlich, wie in der Dunkelheit zu klettern.«

»Nein, aber wir müssen ja nicht alle so übermütige Idioten sein.«

Seine Hand nähert sich meiner, doch statt sich um meine Finger zu schließen, berührt er nur leicht meinen Ellbogen, wobei er mich ein wenig Richtung Wald schiebt.

»Ich suche meine Schwester«, sage ich.

»Ist sie weg?« Er klingt besorgt.

»Nicht wirklich«, lüge ich. »Ich möchte nur, dass sie mit mir nach Hause kommt.«

»Soll ich dir suchen helfen?«, fragt er.

Ich beiße mir auf die Lippe. Nur zu gern würde ich Ja sagen. Es gefällt mir, wie die Dinge sich entwickeln. Ganz natürlich und nicht so unbeholfen wie letztes Mal auf dem Schulhof. Aber irgendwie ist in dem ganzen Durcheinander kein Platz für Malte.

»Nun komm schon«, sagt er. »Es geht schneller, wenn wir zu zweit sind.«

»Okay«, sage ich also. »Ich weiß nicht, wo sie ist, aber sie müsste in der Stadt sein.«

»Was ist mit der Disco?«, fragt er. »Das ist ja wohl das Einzige, was jetzt noch offen ist.«

Ich schüttele den Kopf, denn ich bin zu hundertdreißig Prozent sicher, dass sie nicht in der Disco ist.

»Sie ist ganz scharf auf einen Typen«, sage ich dann. »Benjamin Skjoldbæk heißt er. Weißt du, wo der wohnt?«

Er schüttelt den Kopf.

»Nein, aber ich kann ihn googeln.« Er tippt den Namen in sein Handy ein.

»Smallestræde 10.«

Wir gehen zur Smallestræde. Meine Gefühle kämpfen miteinander. Ich mache mir immer noch Sorgen um Rose, aber dass Malte so dicht neben mir geht, lässt gleichzeitig meinen ganzen Körper erbeben. Ich versuche, es zu ignorieren. Nur Rose ist jetzt wichtig. Wieder fällt mir die SMS ein, die ich vorhin bekommen habe. Jetzt hole ich wirklich mein Handy heraus.

Sie ist von Vater.

Keine Spur von Rose im Wald. Hast du sie gefunden?

Ich stecke das Handy wieder ein und hoffe inständig, dass Rose bei Benjamin ist.

Ich sehe Malte an.

»Warum kletterst du im Dunkeln?«

»Weil das der einzige Zeitpunkt ist, an dem ich das ohne Publikum machen kann.«

Ich zucke kurz mit den Schultern. So habe ich das noch nicht gesehen. Aber es stimmt schon, eigentlich sind immer viele Leute an der Kletterwand. Sie stehen in kleinen Grüppchen davor und fordern einander heraus, wetten, wer am schnellsten und höchsten klettern kann.

»Ich wusste gar nicht, dass du kletterst«, fahre ich fort.

»Doch, ich war dort, wo ich vorher gewohnt habe, in einem Kletterverein.«

Das Schweigen schleicht sich wieder ein. Dort, wo ich vorher gewohnt habe. Die Fragen türmen sich zwischen uns auf. Ich weiß immer noch nicht, warum sie umgezogen sind, warum er von der Schule geflogen ist.

»Und ihr tanzt bald wieder?«, fragt er schließlich.

»Ja, in zwölf Tagen«, sage ich und bereue es sogleich. Es ist ja wohl nicht normal, so genau zu antworten, aber ich zähle nun einmal die Tage. Schon jetzt spüre ich deutlich den Hunger im Körper. Nicht so heftig wie letztes Mal, aber er wird immer stärker, und ich möchte um alles in der Welt weitere Nachtwanderungen vermeiden.

»Darf ich zuschauen?«, fragt er dann.

»Hast du nicht schon eine Karte gekauft?« Ich erinnere mich, dass er mich bei unserer ersten Begegnung gefragt hatte, wo man Karten kaufen kann.

Er bleibt stehen, versucht meinen Blick in der Dunkelheit einzufangen.

»Doch, aber ich komme nur, wenn du es willst.«

Es kribbelt tief in meinem Bauch, und ich weiß einfach nicht, was ich sagen soll. Er sieht mich lange Zeit an.

»Das musst du entscheiden«, sage ich dann.

»Warum kannst du nie einfach nur Ja sagen?«, fragt er.

Ich runzle die Stirn, aber er bohrt nicht weiter.

Wir brauchen 250 Zuschauer. Trotzdem wünschte ich, Malte wäre nicht einer von ihnen. Es gefällt mir, wenn er mich anschaut, wenn sein Blick echt ist. Aber nicht, weil er mich hat tanzen sehen. Nicht, weil er wie alle anderen verhext worden ist. Ich habe früher einmal Großmutter danach gefragt. Was für ein Gefühl das war, wenn wir getanzt haben. Sie sagte, es mache sie glücklich. Glücklich, aber auch müde, ein Gefühl, wie verhext zu sein, in Trance, und wenn es vorbei war, dann vermisste sie es.

Malte bleibt vor einem Hauseingang stehen und kontrolliert die Klingelschilder.

Dritter Stock links.

Vorsichtig strecke ich die Hand aus, drücke den Klingelknopf und hoffe dabei inständig, dass ich niemanden aufwecke.

»Hallo?«, erklingt eine Stimme in der Gegensprechanlage. Es ist ein Typ.

»Ist Rose da?«, frage ich.

»Wer ist da?«

»Birke, ihre Schwester. Ist Rose da?«

Es knackt leicht in der Gegensprechanlage, dann ist es still. Ich sehe Malte an. Er zuckt mit den Schultern, wir warten.

»Was ist?« Das ist Roses Stimme und sie klingt alles andere als fröhlich.

»Rose, hier ist Birke«, sage ich.

Schweigen.

»Komm nach Hause«, sage ich nur.

Ein Seufzen erklingt im Lautsprecher. Dann kann ich hören, wie der Hörer oben in der Wohnung aufgelegt wird.

Malte sieht mich fragend an, aber ich halte den Blick auf die Treppe gerichtet. Nach ein paar Minuten erscheinen ihre Holzschuhe.

Sie öffnet die Tür und schaut verwundert Malte an.

Ich nehme sie bei der Hand und ziehe sie etwas verärgert aus der Tür. Ich finde es ziemlich blöd von ihr, uns Angst zu machen, während sie sich doch nur mit einem Typen amüsiert.

»Komm«, sage ich. »Lass uns nach Hause gehen.«

Sie sieht aus, als würde sie gern widersprechen, hält ihren Protest aber zurück. Sicher wegen Malte.

»Okay.« Schnell zieht sie den Reißverschluss ihrer Jacke zu und befreit das Haar aus ihr.

Wir gehen die Vortreppe hinunter und ich drehe mich dem Wald zu. Hinter den Häuserdächern kann ich die dunklen Bäume sehen. Malte steht immer noch neben mir.

»Du brauchst nicht mitzugehen«, sage ich. »Jetzt schaffen wir es allein.«

»Bist du sicher?«, fragt er und guckt Rose an.

»Ja«, antworte ich. »Aber vielen Dank für deine Hilfe.«

»Okay«, sagt er, dreht sich aber um, nachdem er zwei Schritte gegangen ist.

»Sag mal, Birke«, sagt er. »Hättest du Samstagabend Zeit?«

»Ich weiß nicht«, erwidere ich. »Warum?«

»Sag doch einfach Ja«, sagt er.

Meine Magen schlägt Purzelbäume.

Er schüttelt den Kopf, dass seine Locken tanzen. »Ich

warte an der Kletterwand, falls du dich doch entscheidest, zu kommen.«

Ohne eine Antwort abzuwarten, geht er davon. Seine schwarze Jacke wird eins mit der Dunkelheit.

»Das klingt nach einem Date«, sagt Rose.

Ich zucke mit den Schultern. Das ist ja wohl kein Date, wenn man nicht weiß, wohin man geht, und man nicht zugesagt hat.

Ich sage nichts dazu. In Gedanken male ich Herzchen in die Luft. Schnell wische ich sie weg. Es ist so schon alles kompliziert genug.

»Warum bist du zu Benjamin gegangen?«, frage ich, und jetzt ist sie an der Reihe mit Schulterzucken.

»Er war der Erste, der mir eingefallen ist«, sagt sie und holt ein Lipgloss aus der Jackentasche, mit dem sie sich langsam über die Lippen fährt. »Und dann war er allein zu Hause, also ...«

Ich sehe sie lange an.

»Du kannst doch nicht einfach so weglaufen. Wir haben uns Sorgen um dich gemacht. Und dann noch zu Benjamin, was denkst du dir denn nur?«

»Ach, hör auf«, wehrt sie ab, »es ist doch überhaupt nichts passiert ...«

Sie kichert leise. »Jedenfalls nichts, was gefährlich sein könnte.«

Ihre Worte sind voller Geheimnisse, sie hätte es nur zu gern, wenn ich nachfragen würde. Aber ich bin zu müde für Roses Spielchen.

»Komm, lass uns nach Hause gehen.« Ich hole mein Handy heraus und schreibe Vater eine SMS.

Rose beugt sich fröstelnd im Wind vor.

»Können wir Vater nicht einfach sagen, dass ich …«

»Auf dem Spielplatz warst?«, schlage ich vor.

»Ja«, nickt sie, und ich schicke die SMS los.

Gespenster

Als wir am Haus ankommen, brennt kein Licht mehr im Wohnzimmer. Nur noch schwache Glut ist im Kamin zu sehen. Vater sitzt auf seinem Sessel und starrt auf die Reste des Feuers.

»Setzt euch«, sagt er, und wir suchen uns einen Platz auf dem Sofa. Im Raum herrscht eine sonderbare Stimmung.

Ich hatte damit gerechnet, dass Vater mit uns schimpfen würde. Dass er wütend auf Rose sein würde, weil sie weggelaufen war, und auf uns beide, weil wir das mit der Elfe zur Sprache gebracht haben. Stattdessen ist es Vater, der uns mit schuldbewusstem Blick ansieht.

»Es gibt da etwas, das ich euch erzählen muss«, sagt er.

Rose und ich sehen uns an, sagen jedoch nichts.

»Die Elfe, die ertrunken ist, ist nicht gekommen, um euch zu helfen«, sagt er.

»Was meinst du damit?«, frage ich. Im Kaminofen knistert es, während das Feuer langsam das Holz verzehrt.

»Das Elfenvolk will nicht, dass Elfen mit Menschen zusammen sind. Dass ein Mensch und eine Elfe zusammenleben, ist in ihren Augen undenkbar. Als eure Mutter sich in mich verliebt hat, verstieß sie gegen eine ihrer wichtigsten Regeln.«

Er schluckt, als würde es wehtun, das zu sagen. »Deshalb sind eure Mutter und ich geflohen. Damit wir zusammen sein konnten.«

Er schaut weg. »Ich habe euch von ihnen ferngehalten, weil ich Angst davor habe, was sie euch und mir antun könnten, wenn sie uns finden. Kinder von Elfen und Menschen – das ist etwas, was sie nicht dulden können.«

»Warum nicht?«, fragt Rose.

»Sie sehen es als eine Bedrohung an. Haben Angst davor, dass ihr sie den Menschen gegenüber verraten könntet. Sie fürchten sich davor, was eine Mischung der Gene hervorbringen könnte.« Vater seufzt. »Aber ich glaube, in erster Linie können sie es einfach nicht leiden. Für sie ist ein Mensch eine Nahrungsquelle und nichts anderes.«

»Dann würden sie uns also umbringen?« Meine Stimme zittert.

»Sie wollten mich töten, weil ich ihnen eure Mutter genommen habe. Ich fürchte, das Gleiche werden sie mit euch tun.«

Er steht vom Sessel auf.

»Aber ihr braucht keine Angst zu haben«, sagt er. »Ich habe eine Abmachung mit dem Nöck. Wenn eine Elfe versucht, den Bach zu überqueren …«

Er ballt die Faust. »Ihr habt ja selbst gesehen, was er mit der Elfe gemacht hat, die es probiert hat.«

»Hat er sie ermordet?« Roses Stimme zittert.

»Er beschützt uns«, sagt Vater.

»Aber er hat sie ermordet ...«, wiederholt Rose.

Vaters Blick verfinstert sich.

»Ja«, sagt er. »Das war notwendig.«

Die Stille errichtet eine Mauer zwischen uns. Die Worte zerfallen auf meiner Zunge. Ich kann einfach nicht begreifen, was er sagt.

»Ich werde es niemals zulassen, dass euch jemand etwas antut«, sagt er. »Ihr seid in Sicherheit.«

Wortlos sehe ich ihn an. In Sicherheit? Wie viele will der Nöck denn umbringen, um uns zu beschützen?

Am Abend schlägt Rose vor, bei mir im Zimmer zu schlafen. Sie schiebt die Besuchermatratze zu mir herein und wir beide liegen nebeneinander. Ich wünschte, Azalea wäre auch hier, aber sie möchte lieber allein sein. Also habe ich nur Rose, mit der ich über alles reden kann.

Ich liege auf dem Rücken im Bett und starre an die Decke. In der Ecke neben der Tür ist eine kleine Spinne dabei, ihr Netz zu spinnen.

Ich sage es nicht Rose, denn obwohl wir mitten im Wald wohnen und Spinnen eigentlich eher die Regel als die Ausnahme sind, hat sie fürchterliche Angst vor ihnen.

»Was für ein Abend«, seufzt Rose.

»Glaubst du wirklich, dass sie uns umbringen wollen?«, frage ich sie. Ich kann mich daran erinnern, wie oft ich als kleines Mädchen davon geträumt habe, andere Elfen zu treffen. Jemanden, der mir all das erklären kann, worüber Vater niemals sprechen will.

»Wir brauchen uns sicher keine Sorgen zu machen«, sagt Rose. »Sie haben uns fünfzehn Jahre lang gesucht, ohne uns zu finden. Warum sollte es ihnen jetzt gelingen?«

Ich sage nichts dazu, betrachte nur die Spinne, die langsam mit ihren langen Beinen ihr Netz baut. Ich kann nicht so recht begreifen, dass es jemanden geben soll, der meinen Tod wünscht. Jemanden, der uns unbedingt Schaden zufügen will, sodass Vater gezwungen ist, mit dem Nöck einen Pakt einzugehen, dass dieser ihn umbringt.

»Wir sind in Sicherheit«, sagt Rose, und ich weiß nicht, ob sie mit mir oder mit sich selbst redet. Das Besucherbett knarrt leise, als sie sich umdreht.

»Wirklich?«, frage ich, während die Spinne jetzt in die Netzmitte krabbelt.

»Natürlich sind wir das«, sagt Rose.

Ich begreife nicht, wieso sie sich dessen so sicher sein kann. In mir gibt es tausend Risse. Es ist ein Gefühl, wie auf dünnem Eis zu stehen, das anfängt zu knacken, kurz bevor es einbricht.

»Der Nöck hält sie vom Haus fern, aber jedes Mal, wenn wir in die Schule gehen, jedes Mal, wenn wir nach Næstbæk gehen, um zu tanzen, jedes Mal, wenn wir ... Sie können überall und jederzeit auftauchen.«

Rose setzt sich in ihrem Bett auf. Das lange rote Haar fällt ihr über das weiße Nachthemd.

»Fünfzehn Jahre, Birke«, sagt sie. »Und wir haben nur die eine gesehen. Ich kann mir nicht vorstellen, dass sie in Scharen kommen werden und die Schule besetzen.«

»Nein, aber wir wissen doch gar nicht, wie wir sie erkennen sollen. Denk nur an die Frau im See. Wäre ihr Kleid nicht zerrissen gewesen, sodass ich das Loch sehen konnte, hätte ich doch gar nicht gewusst ...«

»Nein, aber die wissen ja auch nicht, wie wir aussehen«, gibt Rose zu bedenken.

Ich kaue auf meiner Lippe. Nein, da hat sie natürlich recht.

»Wenn wir weiter die ganze Zeit darüber grübeln, werden wir noch wahnsinnig«, fährt sie fort.

Ich nicke. Vielleicht wäre es besser gewesen, Vater hätte uns das nicht gesagt. Es wäre leichter, nichts zu wissen.

»Wir müssen an etwas anderes denken«, fährt Rose fort. »Zum Beispiel, wie du dir das nächsten Samstag vorgestellt hast, was du mit Malte machen willst ...«

Das kann nur Rose. Alle meine Sorgen zur Seite schieben, sodass meine Gedanken sich plötzlich einzig und allein auf etwas anderes richten.

Ich seufze. Malte. Allein der Gedanke lässt meinen Körper prickeln. Aber momentan ist dort kein Platz für Malte. Ich kann einfach nicht.

»Nun komm schon, Birke, wenn du nicht bald etwas machst, dann schnappt ihn sich eine andere«, sagt Rose, und ich weiß, sie hätte nicht gezögert. Wäre sie an meiner Stelle, hätte sie schon lange Malte um den Finger gewickelt, wild mit ihm rumgeknutscht und die beiden wären ein Paar.

Ich befeuchte meine Lippen. Wie kann ich an so etwas bloß denken, nachdem ich eben erst erfahren habe, dass wir in Lebensgefahr sind? Aber andererseits ... Ich kann gar nicht anders, ich muss die ganze Zeit an ihn denken. An die dunkle Gestalt an der Kletterwand und seinen flehenden Blick, als er fragte, warum ich nie einfach nur Ja sagen kann.

»Das ist gefährlich«, sage ich.

»Nein, ist es nicht«, protestiert Rose. »Ich bin doch auch mit Benjamin zusammen und es passiert nichts. Solange du dir nicht deine Bluse vom Leib reißt oder anfängst zu tanzen, geht es ohne Probleme.«

»Seid ihr zusammen?«, frage ich. »Seid ihr so richtig ein Paar?«

Rose lächelt.

»Er würde das wohl noch nicht so sagen, aber so sind Jungs ja. Ich finde, wir sind es.«

»Wie alt ist er eigentlich?«, frage ich.

»Nicht so alt«, antwortet sie und grinst auf eine Art und Weise, dass ich weiß, es liegen mindestens drei Jahre zwischen ihnen, wenn nicht fünf.

»Glaubst du, das kann auf Dauer gut gehen?«, frage ich. »Glaubst du nicht, dass er irgendwann mehr will, und dann ...«

Rose seufzt.

»Du machst dir viel zu viele Sorgen!« Sie wirft das Haar nach hinten. »Lebe lieber heute. Malte hat dich zu einem Date eingeladen, nicht mehr und nicht weniger.«

Ich schlucke. Vielleicht hat Rose ja recht? Vielleicht habe ich mich so sehr an Vaters Regeln gewöhnt, dass ich sie gar nicht mehr infrage stelle. Mein Leben ist eine einzige lange Reihe von Neins und die zehren an mir.

»Was ist eigentlich bei Benjamin passiert?«, frage ich.

Sie lächelt, muss kurz kichern. »Wir haben uns geküsst, in den Arm genommen und einen Film angeschaut, was man als Liebespaar halt so macht«, sagt sie.

Dann müssen wir beide lachen. Es scheint, als würde sich ein Knoten lösen, und mit ihm verschwindet auch die große Finsternis in mir.

»Ich muss mit euch reden«, verkündet Azalea am nächsten Tag, der Ernst lässt ihre Stimme zittern.

Wir gehen in ihr Zimmer. Sorgfältig schließt sie die Tür hinter sich. Ich betrachte das gemachte Bett und das Bild eines Sonnenuntergangs an der Wand.

»Ich habe von so einer App gehört«, beginnt sie, und sowohl Rose als auch ich starren sie verwundert an, weil alles Technische normalerweise nicht gerade Azaleas starke Seite ist. Der einzige Grund, warum sie ein iPhone besitzt, ist der, dass Vater einen Sonderpreis für vier Stück angeboten bekommen hat.

»Was ist das für eine App?«, frage ich.

»Die läuft über GPS. Man kann seine iPhones miteinander koppeln und somit rausfinden, wo das Handy des anderen ist.«

»Die kenne ich«, sagt Rose. »Die Mutter von einem aus

meiner Klasse benutzt sie, um ihm hinterherzuspionieren. OBERBESCHEUERT.«

»Kann schon sein«, erwidert Azalea – anscheinend findet sie das trotz allem ganz okay. »Aber ich denke, wir sollten sie downloaden und unsere Handys miteinander verbinden.«

»Warum?«, frage ich.

»Weil ...« Azaleas Blick flackert leicht. »So können wir einander immer finden, falls etwas passiert.«

Ich schaue weg. Weiß genau, woran sie denkt.

»Nun ist es ja nicht so, dass ich mein Handy mitgenommen habe, als ich geschlafwandelt bin«, wende ich ein.

»Ich habe dabei auch nicht nur dich im Sinn gehabt, Birke«, sagt sie.

Und ich verstehe. Ich war so auf mich selbst konzentriert, dass ich nicht auf die Idee gekommen bin, dass sie die App natürlich in erster Linie für sich selbst will. Für einen Moment hatte ich vergessen, wie sie im Wald umgefallen war und Visionen hatte.

»Falls ich wieder solche Anfälle habe oder ihr vielleicht, oder ...« Sie wirft ihr Haar nach hinten. »Ich möchte nur gern sichergehen, dass ich euch finden kann, falls etwas passieren sollte.«

»Okay«, sage ich.

Rose beißt sich leicht auf die Lippe.

»Aber Vater erfährt davon nicht, oder?«

Ich kann ihrer Stimme anhören, dass sie an Benjamin denkt. Dass sie Angst hat, eines ihrer heimlichen Treffen könnte auffliegen.

»Das muss er nicht«, sagt Azalea. »Wenn nur wir drei einander finden können, reicht das.«

»Nun komm schon, Rose«, sage ich.

»Aber nur, wenn wir uns versprechen, sie bloß im Notfall zu benutzen!« Rose sieht uns skeptisch an.

»Okay«, erklärt sie dann. »Aber nur für den Notfall und Vater darf davon nichts wissen.«

»Abgemacht.«

Wir laden die App runter und probieren sie direkt aus. Sie hat einige Probleme, uns zu orten, weil wir mitten im Wald wohnen, aber sie zeigt eine ziemlich genaue Karte an. Und Azalea hat recht. Es ist schön, jederzeit die anderen finden zu können.

Es ist jetzt zwei Tage her, dass Vater uns die Wahrheit erzählt hat. Dass die Elfen uns töten wollen, wenn sie uns finden. Dies hat ein Spinnennetz über meine Gedanken gesponnen, sodass ich die Welt nun durch einen gräulichen, klebrigen Schleier sehe. Die Lehrer reden die ganze Zeit von den Prüfungen. Von der Schulwahl, auf welche weiterführende Schule wir gehen werden und von unserem Notendurchschnitt, und Malte wirft mir lange fragende Blicke hinsichtlich Samstag zu, auf die ich immer noch nicht geantwortet habe.

Es sind inzwischen nur noch zehn Tage bis zu unserem Auftritt, und Vater hat uns gebeten, Plakate in ganz Næstbæk aufzuhängen.

Das muss einfach erledigt werden. Ich darf mich nicht

darüber beschweren, schließlich ist es meine Schuld, dass er das alles macht.

Nach Schulschluss steige ich also in den Bus, finde einen Fensterplatz und lehne meine Stirn gegen die kühle Scheibe. Sehe die Straßen vorbeiziehen. Sehe die vielen Menschen, die nach der Arbeit nach Hause eilen. Ihre gelben und roten Einkaufstüten leuchten im Straßenbild, die Werbeplakate in den Schaufenstern locken die Kunden herein. Und mitten in diesem Wirrwarr aus Jacken, Tüten, Hunden und Kindern entdecke ich sie.

Es dauert nur eine Sekunde, doch das genügt, mir innerlich einen Stoß zu versetzen. Ich richte mich auf, betrachte den Abdruck auf der Scheibe, den meine Stirn hinterlassen hat.

Das muss Einbildung gewesen sein. Das kann sie unmöglich gewesen sein. Der Bus ist schon längst vorbei, und obwohl ich den Kopf ganz nach hinten drehe, kann ich nur die leere Straßenecke erkennen, an der sie stand.

Mein Atem geht schnell, als würde ich laufen. Das kann doch unmöglich sein ... Sie ist tot, liegt begraben auf der Anhöhe, zusammen mit Mutter und Erle. Sie ist tot, tot, tot, und dennoch bekomme ich nicht das Bild der Elfe aus meinem Kopf.

Der Bus macht eine scharfe Kurve, und ich kippe nach links, sodass ich durch die großen Glastüren in der Mitte schaue. Und da ist sie wieder. Sie steht an der Gardine der Parterrewohnung. Die blauen Augen durchbohren mich.

Ich blinzele und sie ist fort. Sämtliche Muskeln sind angespannt, der ganze Körper ist bereit zum Kampf, aber das kann doch nur Einbildung sein.

Reiß dich zusammen, Birke, flüstere ich mir selbst zu, während ein Mann sich neben mich setzt. Seine feuchte Jacke streift meine Hand. Lässt die Kälte bis hoch in mein Herz schießen. Ich sehe blonde Locken einsteigen. Sehe, wie sich ein Gesicht umdreht.

Abrupt stehe ich auf, stoße fast den Mann um, während ich aus dem Bus springe. Die Türen piepsen laut, während sie sich hinter mir schließen.

Ich lande in einer Wasserpfütze, knicke mit dem Fuß um und falle hin.

»Alles in Ordnung?« Es ist die Stimme einer alten Dame, ihr Pelzmantel erinnert mich an Großmutters, doch als sich unsere Blicke begegnen, sehe ich nur sie. Die Elfe, die im See ertrunken ist.

Ich schreie auf und schiebe die Hand der Frau weg. Laufe die Straße entlang, aber sie werden immer mehr. Sie sind überall. Auf dem Fahrrad, hinter dem Tresen der Geschäfte, sie kommen aus den Hauseingängen und sitzen auf den Bänken. Die blauen, abschätzenden Augen sperren mich in ein Gefängnis ein.

Ich schreie wieder und falle zu Boden.

Einmal die Woche

»Alles in Ordnung?«

Ich halte mir die Augen zu, wage es nicht, aufzuschauen, ich will sie nie wiedersehen. Eine Hand legt sich mir auf die Schulter. Immer wieder versuche ich, tief zu atmen, doch die Luft dringt nicht bis in meine Lunge.

Schließlich zwinge ich mich, die Augen zu öffnen. Hunderte von Elfen starren mich an. Einige zeigen auf mich, andere durchbohren mich nur mit ihrem Blick.

»Birke?« Der Klang meines Namens durchfährt mich wie ein Blitzschlag. Ich schaue mich um und zwischen all den Geistern steht Malte.

»Alles in Ordnung?« Er streckt mir die Hand entgegen.

Ich ergreife sie, worauf die vielen Gesichter langsam verschwinden oder sich in ganz normale Menschen verwandeln. Männer, Frauen und Kinder, die alle mich und Malte anstarren.

»Alles in Ordnung?«, fragt er noch einmal.

Ich zwinge mich zu nicken, kann aber sehen, dass ihn das eher beunruhigt als beruhigt.

»Ich … ich …« Mir bleiben die Worte im Hals stecken. Sie wollen nicht hinaus, stattdessen kommen die Tränen. Sie brechen aus ihrem Gefängnis aus und laufen mir die Wangen hinunter.

Ich sinke wieder auf dem kalten Pflaster zusammen. Versuche, mein Gesicht in den Händen zu verbergen. Malte legt den Arm um mich.

»Das wird schon wieder«, flüstert er.

Und auch wenn die Worte mich durch all mein Schluchzen tatsächlich erreichen, so bringen sie mich doch nur dazu, noch mehr zu weinen. Es scheint, als könnte ich gar nicht wieder aufhören, nachdem ich nun erst einmal angefangen habe.

»Kann ich etwas tun?«, flüstert er und streicht mir über den Rücken. »Gibt es jemanden, den ich anrufen soll?«

Schnell schüttele ich den Kopf. Vater würde natürlich sofort angelaufen kommen. Und Azalea und Rose auch, aber ich will nicht, dass sie mich so sehen.

»Komm.« Malte zieht mich auf die Beine. »Ich weiß, wohin wir gehen können.«

Er führt mich durch die Straßen. Regentropfen treffen auf meine Haut, wecken mich, und dieses Mal gibt es keine Elfenfrauen im Straßenbild.

Malte führt mich in ein Café. Die Wände sind schwarz, die Beleuchtung gedämpft. Ich starre nur auf den Boden, er ist aquamarinblau gestrichen. Ich kann Stimmen hören und Hintergrundmusik, schaue aber nicht auf, denn ich bin mir nur zu bewusst, dass meine Augen immer noch vom Weinen gerötet sind. Ich will nicht, dass mich die Leute anstarren.

Das Café scheint ein wahres Labyrinth aus Gängen und Nischen zu sein, und Malte zieht mich immer tiefer hinein.

Schließlich findet er einen Tisch, der ganz hinten im Café versteckt steht, mit einer Stellwand abgetrennt von dem Weg zu den Toiletten. Dort sind wir für die anderen Gäste so gut wie unsichtbar.

»Warte hier«, sagt er, und ich lasse mich auf ein weiches Sofa fallen. Die Tränen haben lange, brennende Spuren auf meinen Wangen hinterlassen. Als könnte er meine Gedanken lesen, sagt er: »Keine Sorge, hier gibt es niemanden, der dich sehen kann.«

Dann verschwindet er zum Bartresen.

Eine Träne landet auf dem braunen Couchtisch. Ich hole tief Luft. Ich muss endlich aufhören zu weinen. Muss dem Ganzen hier ein Ende machen, das Gehirn wieder einschalten und zur Vernunft kommen, denn ich weiß ja nur zu gut, dass diese Elfe tot und begraben ist.

Malte kommt mit zwei Bechern zurück.

»Ich weiß nicht, was du magst, aber ich hoffe, das ist in Ordnung.«

Er stellt einen Becher mit heißem Kakao vor mich. Auf ihm türmt sich Schlagsahne, in die eine Schokoladenzigarre gesteckt ist. Unter der Sahne kann ich einen Marshmallow erahnen.

»Danke«, sage ich und wärme mir die Hände an dem Becher.

Malte setzt sich mir gegenüber. Ich spüre seinen Blick auf meinem Gesicht, und auch wenn ich froh darüber bin, dass er mich von der Straße weggebracht hat, fühle ich mich plötzlich sehr befangen. Ich meine, ich kann ja nicht ewig nur hier sitzen und schweigen.

Ich rühre in meinem Becher und sehe, wie der Marshmallow unter der Sahnehaube verschwindet.

»Wie hast du mich entdeckt?«, frage ich, um ein bisschen Zeit zu gewinnen.

»Ich war hier in der Stadt, um mich für einen Job vorzustellen«, erklärt er.

»Ach so«, sage ich und starre in meinen Becher.

»Und, hast du den Job gekriegt?«

Er nickt.

»Ich soll in der Schwimmhalle von Tørveby sauber machen.«

»Glückwunsch«, murmle ich.

Die Schlagsahne auf dem Kakao ist jetzt fast geschmolzen. Die Luft zwischen uns wird schwer, und ich weiß, dass ich nicht mehr lange um den heißen Brei herumreden kann.

»Was ist gerade passiert?«, fragt Malte.

Ich fahre mir mit den Händen über die Augen und bin nur froh, dass ich keine Wimperntusche benutze. Auch die wasserfesteste würde so viele Tränen nicht überstehen.

Kaum merkbar schüttele ich den Kopf.

»Es fühlte sich an, als würde ich plötzlich keine Luft mehr

kriegen.« Ich mustere die Risse in dem Holztisch vor uns. An einer Stelle hat jemand ein Herz in die Tischplatte geritzt.

»Das kenne ich«, sagt Malte.

»Wirklich?«

»Ja. Nachdem mein Vater gestorben ist, ging es mir auch die ganze Zeit so. Sobald viele Menschen da waren, hatte ich das Gefühl, ich würde ersticken.«

»Genauso ist es mir gegangen«, sage ich.

»Mein Arzt hat gesagt, das liegt am Stress.«

Stress. Wieder schaue ich das Herz auf dem Tisch an. Es muss mit einem Zirkel oder vielleicht mit einem Nagel eingeritzt worden sein, nur damit bekommt man so einen dünnen Strich hin.

»Hast du das heute noch?«, frage ich.

»Manchmal. Aber nicht so oft. Das hatte ich eher als … nachdem es passiert ist …« Ein Schatten legt sich über seine grauen Augen. Etwas sagt mir, dass die Trauer immer noch in ihm existiert. Sie liegt in seinem Körper auf der Lauer, auch wenn er behauptet, es wäre besser geworden.

Ich nehme einen Schluck von dem Kakao. Der süße Geschmack umhüllt meine Zunge. Ob es wohl mit der Zeit leichter wird? Kann man sich daran gewöhnen, dass jemand hinter einem her ist, genauso wie man sich daran gewöhnen kann, ein Familienmitglied verloren zu haben?

Malte fängt meinen Blick auf.

»Willst du mir sagen, warum es dir so gegangen ist?«

Fast breche ich bei seiner Frage wieder in Tränen aus. Ja, ich möchte es so gern erzählen. Ich habe das Gefühl, dass sich in mir eine ganze Lawine an Worten aufstaut, die nur darauf wartet, herauszubrechen. Doch die Lawine ist voller Geheimnisse, die ich mit keinem Menschen teilen kann.

»Meine Familie ...«, sage ich dann. »Das ist einfach total abgefahren.«

Er legt die Hand auf meinen Arm. Die Berührung lässt Funken in meinem Blut schlagen.

»Bist du deshalb so oft krank?«, fragt er.

Ich nicke.

»Es ist im Augenblick einfach alles zu viel.«

»Das kann ich gut verstehen.« Er lehnt sich zurück. »Die Familie ist das Wichtigste. Scheiß auf Freunde und Prüfungen.«

Ich muss lächeln, als er das sagt. Es scheint, als lösten seine Worte meine Sorgen einfach auf. Als wäre es plötzlich ganz okay, dass ich im Unterricht total hinterherhinke und eine Anzahl Fehlstunden habe, die bald zu einer Verwarnung führen werden.

»Aber du musst auch auf dich selbst achten«, sagt er. »Wenn ich solche Phasen habe, dann achte ich immer darauf, dass ich mindestens einmal in der Woche etwas tue, was mir Spaß macht.«

»Ganz gleich, was?«

Er nickt.

»Man muss einfach ab und zu mal Spaß haben, sonst zermürbt man sich selbst.«

Ich schaue in den Kakaobecher. Einmal die Woche etwas tun, was einem Spaß macht. Das klingt so unglaublich wenig und ist doch eine ganze Menge. Allein der Gedanke an einen freien Tag von meinem gestressten Leben. Meine Welt nur für einen Tag verlassen und einfach ... Spaß haben.

»Vielleicht ist das gar keine so dumme Idee«, sage ich.

»Okay, was würde dir also Spaß machen?«, fragt er.

Ich denke an seinen Kuss. Am liebsten würde ich DU! rufen. Kurz stelle ich mir vor, dass ich mich über den Tisch beuge und ihn zu mir heranziehe, um ihn zu küssen.

Ich denke an das, was Rose gesagt hat. Wenn ich nicht bald etwas unternehme, dann wird eine andere kommen und ihn mir wegschnappen. Die wenigen Zentimeter zwischen uns erscheinen wie Kilometer unüberwindbare Wüste, und ich habe weder Pferde noch Kamele, Gepäck oder Sicherheitsausrüstung dabei.

Trotzdem tue ich es. Ich schalte mein Gehirn aus und beuge mich vor. Er begegnet mir auf halbem Wege. Der Kuss dringt tief in meinen Körper ein.

Es dauert nur einen Augenblick, dann löse ich mich wieder von seinen Lippen. Schaue in seine grauen Augen.

»Jetzt musst du aber am Samstag kommen«, sagt er. »Ich verspreche dir, wir gehen erst wieder nach Hause, wenn du Spaß gehabt hast. Ganz gleich, wobei.«

»Okay«, sage ich und pfeife auf Vaters Regeln. Malte hat recht: Es muss ja wohl erlaubt sein, einmal in der Woche Spaß zu haben. Ganz gleich, wie beschissen das eigene Leben auch ist.

Der Badeanzug

Wir verlassen das Café und ich mache mich auf den Heimweg. Hänge noch ein paar Ankündigungen unserer Show an einige Laternenpfähle. Während ich sie festklebe, hämmert mein Herz M-A-L-T-E. Meine Gedanken kreisen um alles, was am Samstag geschehen soll. Der Tag erscheint mir fast magisch und ich kann es gar nicht mehr erwarten, ihn zu sehen.

Die vielen Elfen scheinen weit weg zu sein. Das ist nur der Stress. Nichts sonst.

Die Freude brodelt in meinem Körper, als ich nach Hause komme. Bis die SMS eintrifft. Von Malte.

Freue mich auf Samstag. Bring dein Badezeug mit.

Der letzte Satz lässt all meine Vorfreude platzen. Meine Hoffnung. Alles. Malte hat beschlossen, dass wir uns dort treffen, wo wir uns niemals treffen können.

Ich öffne das Antwortfeld. Bereite eine neue Lüge vor.

Noch eine Entschuldigung, warum ich absagen und kneifen muss. Lange Zeit liegen die Finger auf den Tasten, ich seufze schwer. Schmeiße das Handy durchs Zimmer.

Nein. Dieses Mal soll es anders ablaufen. Malte hat recht.

Einmal in der Woche Spaß haben, das macht einen froh. Das steht mir zu. Ich will Spaß haben. Ich will mit Malte schwimmen, komme, was da wolle!

»Hmm …« Rose beißt sich auf die Lippe. Wir sitzen an einem der Tische für die Waldarbeiter zwischen den Bäumen. Einer von denen, die an den Sommerwochenenden mit Picknickkörben belegt und von Familien mit Kindern umlagert werden, aber jetzt gehört er uns. Wir haben den Schnee weggebürstet, doch die Kälte dringt immer noch in den Körper ein.

Rose sitzt auf dem Tisch. Das macht sie immer. Rose sitzt nie ganz normal auf einem Stuhl oder einer Bank. Und wenn sie das doch tut, dann auf eine ganz besondere Art und Weise.

Momentan lässt sie die Beine wirbeln, die Stiefel fahren über die harte Erde. Sie hat den Schnee weggetreten und eine dunkle Rinne über den Boden gezogen.

»Nun ja, Bikini ist ja wohl ausgeschlossen«, sagt sie.

»Meinst du wirklich?«, frage ich grinsend. Ich habe ihr von meinem Malte-Dilemma erzählt, oder besser gesagt, von dem Schwimmbad-Dilemma.

Sie pikt mich mit der Stiefelspitze.

»Aber mit einem Badeanzug müsste es gehen.«

»Meinst du, es gibt Badeanzüge, die den Rücken so weit nach oben bedecken?«

»Ja, wenn wir in der Damenabteilung suchen«, sagt sie.

Super. Damenabteilung. Ich stelle mir direkt etwas vor, das eher einem Zelt als einem Badeanzug ähnelt.

»Sonst gibt es doch auch diese altmodischen Gymnastikanzüge«, fährt Rose fort.

»Ich ziehe doch keinen Gymnastikanzug an!«

»Ich mache doch nur Spaß ... Aber ich glaube, mit dem Badeanzug, das müsste gehen. Und wenn wir so etwas wie Hautkleber oder Klebestreifen finden, dann kannst du sicher sein, dass er nicht verrutscht.«

»Gibt es so etwas?« Ich betrachte die Bäume. Die Rehe haben die Rinde abgeknabbert und lange Streifen von den Stämmen gerissen.

»Ja, Stars benutzen so etwas bei Konzerten, um sicherzugehen, dass die Brüste nicht raushüpfen, wenn sie tanzen.«

Rose kichert und das ist ansteckend.

»Wir kaufen einen Badeanzug«, beschließt sie, als wir mit dem Kichern fertig sind. »Wir schwänzen die letzte Stunde und hauen ab.«

Meine Fehlstundenstatistik sagt Nein, aber das ist mir jetzt vollkommen egal.

Am nächsten Tag gehen wir einkaufen. Arm in Arm schlängeln wir uns zwischen den vielen Menschen hindurch. Das letzte Mal war ich vor Weihnachten hier, als eine nahezu märchenhafte Stimmung herrschte. Weihnachtsdekoration hing quer über die Straße. Große Tannenbögen mit roten Herzen in der Mitte und aus allen Schaufenstern lugten Weihnachtswichtel hervor. Jetzt sind nur Ausverkaufsschilder zu sehen, und alles, was wir vor Weihnachten gekauft haben, kostet nur noch die Hälfte.

»Hier, schau mal!« Rose zieht ein langes Kleid hervor, das an einem Ständer vor einem Kleiderladen hängt. Es ist blau, über das gesamte Vorderteil sind Pailletten verteilt.

»Na, das sieht ein bisschen nach Silvester aus«, sage ich und denke, dass es deshalb wohl auch für 80% Rabatt zu bekommen ist.

»Hm, kann sein«, zögert sie, »aber es ist wirklich günstig, und dann habe ich schon ein Silvesterkleid fürs nächste Jahr.« Sie hält es prüfend vor sich.

»Glaubst du wirklich, du kannst ein ganzes Jahr warten, bevor du es anziehst?«, frage ich. Ich kenne Rose – nächstes Silvester wird das Kleid alt und langweilig sein, und sie wird so oder so darauf bestehen, ein neues zu kaufen.

»Ja, vielleicht doch nicht.« Sie streichelt den Stoff mit den Fingern.

Ich nehme ihr den Bügel ab und hänge es wieder zurück auf die Kleiderstange. Rose ist süchtig nach Kleidern. Das war sie schon immer und Sonderangebote sind dabei nicht gerade hilfreich.

Ich schaue die lange Straße entlang, auf der überall Kleiderständer vor den Läden stehen. Unser Shoppingtrip kann ziemlich lange dauern.

»Vielleicht wäre es möglich, Vater zu überreden, hierherzuziehen«, überlegt Rose und sieht sich eifrig um. »Ich meine, jetzt, wo das Tanzstudio auch in der Stadt ist.«

»Willst du das wirklich?«, frage ich. Die vielen Menschen machen mich nervös, hinterlassen ein Schwindelgefühl in meinem Kopf.

»Na, sicher«, erklärt Rose und lässt die Finger über ein Paar Lederstiefel vor einem Schuhladen gleiten.

»Und was ist mit Benjamin?«, frage ich, und ihr Blick flackert ein wenig, dann sagt sie energisch: »Der kann doch herkommen!«

Wir gehen an einem Stand mit gebrannten Mandeln vorbei, der Duft nach Zimt kitzelt uns in der Nase.

»Liebst du ihn wirklich?«, frage ich.

Sie kichert leise, stellt dann aber fest, dass ich es ernst meine.

»Das weiß ich nicht«, erklärt sie.

Ein paar Minuten gehen wir schweigend weiter. Rose und Schweigen, das sind zwei Dinge, die eigentlich nicht zusammenpassen, wenn sie jetzt also still ist, dann ... Ich schlucke. Kann es sein, dass Rose tatsächlich verliebt ist?

»Guck mal«, sagt Rose und zeigt auf einen Laden mit Unterwäsche, bevor ich nachfragen kann. »Könnte doch sein, dass die da drinnen Badeanzüge haben, oder?«

Sie zieht mich in den Laden hinein und wir schauen uns einen Badeanzug nach dem anderen an. Es gibt nicht besonders viele, aber es ist momentan auch nicht gerade Saison für Badebekleidung, und in erster Linie werden Bikinis jeden Schnitts und in allen Farben angeboten, aber die kommen ja nicht infrage. Die wenigen Badeanzüge, die es gibt, haben viel zu tiefe Rückendekolletés. Enttäuscht gehen wir wieder hinaus.

»Ich brauche eigentlich nur zu sagen, dass ich krank geworden bin«, schlage ich vor und hasse diese Worte schon, als sie meine Lippen verlassen.

Das Schlimmste dabei ist, dass Malte genau weiß, dass das eine Lüge ist. Er wird sich denken, dass ich ihn abserviert habe, und wird nicht einmal verstehen, warum. Wie viele Chancen bekommt man bei einem Typen wie ihm? Nicht so viele vermutlich, und nachdem ich ihn auf der Party versetzt habe und ihm das letzte Mal eine Schreien-und-auf-der-Straße-zusammenbrechen-Show geliefert habe, ist mir klar, dass der Samstag meine letzte Chance ist.

Wenn ich ihn morgen versetze, dann heißt es: Bye-bye, Malte, und ich kann mir ausrechnen, dass Emma sich auf ihn einschießen wird. Danach darf ich dann in jeder Pause Zeugin ihrer Küsse und Umarmungen werden.

»Gib nicht so schnell auf«, sagt Rose und zieht mich in einen Føtex-Laden hinein. Wir gehen durch die kleine Kleidungsabteilung und plötzlich wedelt Rose mit etwas vor meiner Nase.

Es ist schwarz und schlabbrig – alles andere als sexy, aber tatsächlich, die Rückenpartie ist hoch geschlossen.

»Zieh ihn mal an«, sagt Rose und schiebt mich in einen Umkleideraum.

Ich schaue mir dieses schwarze Teil vor mir an. Es sieht eher wie eine Einkaufstüte mit Henkel als ein Badeanzug aus, aber ich kann es mir nicht erlauben, besonders wählerisch zu sein.

Seufzend ziehe ich die Jacke aus. Rose hält den Vorhang fest zu, damit niemand etwas sehen kann.

Als ich fertig bin, rufe ich sie. Sie tritt an meine Seite und betrachtet kritisch mein Spiegelbild.

»Der ist …«

»Hässlich …«, sage ich.

»Aber du machst ihn hübscher.«

Ich werfe ihr einen verzweifelten Blick zu.

»Hoffen wir nur, dass Malte schrecklich verliebt ist«, meint Rose und wirft dem Spiegel einen Kussmund zu.

Hautkleber zu finden ist schwieriger. Bei Panduro Hobby haben sie welchen, aber der ist nicht wasserfest. Rose schaut lange ins Schaufenster eines Erotikshops und überlegt, ob die wohl so etwas verkaufen, aber ich ziehe sie weiter. Irgendwie finde ich es dann doch zu unheimlich, wenn zwei fünfzehnjährige Mädchen in so einen Laden gehen und um wasserfesten Hautkleber bitten.

Wir laufen ziellos in Næstbæk herum, kontrollieren die verschiedenen Schaufenster und versuchen herauszufinden, in welchem Laden man so etwas kaufen könnte.

»Jetzt weiß ich es!«, ruft Rose laut aus und führt mich in eine schmale Gasse, in der wir vor einem kleinen Lädchen stehen bleiben. Das Schaufenster ist voller Latexschwerter, Orkmasken und Rüstungen.

»Ein Laden für Rollenspiele?«, frage ich.

»Ja, erinnerst du dich noch, als ich mit diesem Rollenspieler mal was hatte?«, fragt Rose, und ich nicke, muss dabei aber ein Schmunzeln unterdrücken. Es kann ja gut sein, dass er ganz toll war, aber ich werde nie das Foto von ihm auf Facebook in einem kompletten Ork-Outfit vergessen.

»Er hat von Hautklebern geredet«, fährt sie vor. »Das haben sie für die Ohren gebraucht, glaube ich, und es war wasserfest, damit die Ohren nicht abfallen, wenn man schwitzt.«

»Okay«, sage ich, und wir betreten den Laden, wobei eine Glocke über unseren Köpfen bimmelt. Wir gehen vorbei an Regalen mit Lederbeuteln, Zauberstäben, falschen Ohren und an einem Ständer mit Kleidern und Umhängen, die wirklich hübsch aussehen.

»Haben Sie Hautkleber?«, fragt Rose.

»Er muss wasserfest sein«, füge ich hinzu, während ich die Päckchen mit gefärbten Kontaktlinsen hinter der Verkäuferin ansehe. Wer kommt denn auf die Idee, rosa Augen haben zu wollen?

»Einen Moment«, sagt die Verkäuferin und verschwindet hinten im Lager. Sie kommt mit einer kleinen Flasche zurück, die eher aussieht wie durchsichtiger Nagellack.

»Ihr braucht auch noch den Kleberlöser«, erklärt sie. »Sonst bekommt ihr das Zeug nie wieder ab.«

Mit Badeanzug und Hautkleber in der Tasche ist mein Malte-Date nun bombensicher oder, besser gesagt, hautsicher, wie Rose herumblödelt.

Rose hat bereits einen Plan, wie ich von zu Hause wegkomme. Wir sagen, wir gehen ins Kino. Wir kaufen die Eintrittskarten als Beweismaterial, und Rose sucht einen Actionfilm aus, von dem sie weiß, dass weder Vater noch Azalea jemals auf die Idee kommen würden, ihn sich anzusehen.

Als ich wieder zu Hause bin, nagen trotzdem die Zweifel in mir. Schließlich ist ein Badeanzug etwas anderes als Plastik-Elfenohren.

Ich hole Rose in mein Zimmer. Wir pinseln den Kleber auf den Badeanzug, ich teste ihn in unserer Badewanne. Der Kleber hält, und meine Bedenken verschwinden mit dem Wasser, als ich den Stöpsel ziehe.

Lügen

Etwas zu tun, was man nicht darf, das hat etwas Prickelndes an sich, das muss ich mir eingestehen, als Rose und ich am nächsten Abend in die Stadt gehen.

Mein Magen läuft Amok. Er grummelt und explodiert wie eine Tüte Popcorn in der Mikrowelle. Ich habe schon hunderttausendmal mein Handy gecheckt, aber es kommt keine Absage von Malte, und jetzt, während wir durch den Wald stapfen, gibt es absolut nichts mehr, was unser Treffen infrage stellen würde.

»Ich finde immer noch, du hättest ein Kleid anziehen sollen«, sagt Rose und schielt auf meinen Rock, den ich hochhebe, damit er nicht durch den Schnee gezogen wird. Ich sage nichts dazu. Vater hätte sofort Verdacht geschöpft, wenn ich das getan hätte. Rose ist die Einzige, die an einem gewöhnlichen Samstag in einem Partykleid hätte weggehen können, ohne Verdacht zu erwecken, weil sie fast immer viel zu schick angezogen ist, ganz gleich, was sie vorhat. Unter meiner Bluse und meinem Rock klebt der Badeanzug an meinem Körper.

Ich musste ihn schon zu Hause anziehen, sonst hätte mir ja niemand mit dem Körperkleber helfen können.

Wir erreichen die Stadt und bleiben an einer Kreuzung stehen.

»Wo triffst du Benjamin?«, frage ich.

»Café Miranda«, sagt sie.

Ich runzle die Stirn. Café Miranda. Er ist garantiert 18 Jahre alt, wenn nicht noch mehr.

»Sei vorsichtig«, sage ich und würde am liebsten mit ihr mitgehen.

»Liebe kleine Birke«, sagt Rose und schiebt eine Locke hinter mein Ohr. »Du brauchst dir keine Sorgen zu machen«, erklärt sie. »Das hier, das ist Maltes und dein Abend.«

Es prickelt im Bauch.

»Viel Glück«, sagt sie und biegt um die Ecke.

»Wir sehen uns um halb elf!«, rufe ich ihr hinterher.

Rose verschwindet und ich gehe zur Kletterwand. Es ist unglaublich, wie dunkel es dort im Winter ist. Gäbe es keine Straßenlaternen und nicht meinen Elfenblick, würde ich gar nichts sehen können.

Ich richte meinen Blick auf die Mauer, doch dieses Mal begegnet Malte mir unten auf dem Boden.

»Hi«, begrüßt er mich. Seine Wangen sind rot von der Kälte. Er ist früher gekommen, um auf mich zu warten.

»Hi«, erwidere ich, und es ist, als wäre die Luft zwischen uns elektrisch. Am liebsten würde ich mich vorbeugen und ihn gleich hier und jetzt küssen. Genauso mutig sein, wie ich es letztes Mal war, aber ich traue mich doch nicht. Wie oft muss man jemanden geküsst haben, bevor es einem ganz natürlich erscheint und man keine große Sache mehr draus machen muss?

Er nimmt meine Hand, und sobald seine Finger meine berühren, läuft mein Herz auf Hochtouren. Er zieht mich mit sich, und ich muss mir selbst befehlen, Luft zu holen, weil mein Körper plötzlich vergessen hat, dass er Luft braucht.

Wir gehen zur Schwimmhalle, und erst da fällt mir auf, dass die natürlich abends um acht geschlossen ist.

»Aber die ist doch zu, oder?«, frage ich.

Er winkt mit einem Schlüsselbund.

»Kein Problem«, sagt er. »Ich habe die Schlüssel. Neuer Job, du erinnerst dich?«

Er schließt die Tür auf. Das Licht flackert, als er es einschaltet. Und irgendwo in meinem Hinterkopf blinkt auch eine Alarmleuchte auf. Trotz allem kann es gefährlich sein, weil Hautkleber in der Badewanne nicht das Gleiche ist wie in Chlorwasser, und ich eigentlich dieses Risiko nicht eingehen sollte.

Wir bleiben vor den Umkleideräumen stehen, und obwohl wir uns doch gleich wiedersehen werden, ist es trotzdem schrecklich, seine Hand loszulassen.

Als ich die Tür hinter mir schließe, bin ich wieder in der Realität angekommen. Ich hänge meine Tasche mit dem Handtuch auf, ziehe Bluse und Rock aus und schiebe dann die Badeanzugträger zurecht.

Ich gehe zu den Duschen. Das Trommeln der Wasserstrahlen dröhnt laut in dem leeren gekachelten Raum. Ich schließe die Augen und lasse das Wasser über Haare und Körper rinnen.

Nach einer Weile stoppt die Dusche von allein und ich gehe zum Spiegel. Ich starre mein Spiegelbild an und denke, dass ich ziemlich blass aussehe. Das nasse Haar klebt an Gesicht und Schultern. Ich schaue hinunter auf meinen Körper. Er ist mager und schmächtig. Und auch wenn der Badeanzug alles verdeckt, fühle ich mich trotzdem nackt.

Ich hole mein Handtuch und gehe zur Tür, die zum Schwimmbecken führt. Meine Füße kleben an den Fliesen fest.

Ich drücke die Tür auf. Der Chlorgeruch empfängt mich, zusammen mit einem leisen Rieseln aus dem Schwimmbassin.

Malte steht am Beckenrand. Er trägt schwarze Badeshorts mit roten Streifen.

Das Klettern hat seine Spuren hinterlassen, sein Oberkörper ist fest und muskulös. Mein Herz hämmert wie wild, aber ich muss ihn einfach bewundernd anschauen.

Er bemerkt meinen Blick.

»Worauf wartest du?«, fragt er und zeigt mir seinen genauso durchtrainierten Rücken, auf dem die Schulterblätter deutlich hervortreten. Und mein Körper fragt mich genau das Gleiche – es gibt nichts, was ich lieber täte, als mich zusammen mit ihm ins Wasser zu stürzen.

Malte springt kopfüber ins Becken. Kurz darauf schießt

er wieder an die Oberfläche, und seine grauen Augen heften sich an meinen Körper, während er zum Beckenrand schwimmt.

Man sollte glauben, ich wäre es gewohnt, angeschaut zu werden. Wenn wir auftreten, kleben Hunderte von Augen an der Bühne. An mir, Azalea und Rose. Doch das ist etwas anderes. Vielleicht, weil wir zu dritt sind. Vielleicht, weil ich weiß, dass es der Tanz ist, der sie so intensiv gucken lässt. Der sie hypnotisiert, oder wie man das nun nennen soll. Und vielleicht, weil ich selbst gar nicht darauf achte. Ich bin so sehr in den Tanz vertieft, dass die starrenden Gesichter nur zu einer einheitlichen grauen Masse hinter den Scheinwerfern werden.

Doch wenn Malte mich ansieht, wie er es jetzt tut ... Er schaut mich mit einem Blick an, der nicht nur an meinem Badeanzug klebt, sondern unter ihn zu kriechen und ihn in Stücke zu reißen droht. Mit Augen, die mich fast verschlingen, da wird mir schwindlig und alles dreht sich um mich.

Ich fühle einen heftigen Sog im Magen, während ich mich zu beruhigen versuche. Meinen Blick hefte ich lieber auf die hellblauen Bodenfliesen. Ich bin jetzt nicht in der Lage, seinen Augen zu begegnen, also starre ich auf meine Füße. Sehe, wie sie auf den Beckenrand zusteuern. Wie sie Malte immer näher kommen.

Und dann lande ich mit einem einzigen weiten Sprung im Bassin neben ihm. Das Wasser ist kühl. Es reißt mich aus meiner Trance.

Ich steige an die Oberfläche. Bewege mich durch das Wasser, während er sich nähert. Seine Hand findet meine, wir verschlingen die Finger ineinander.

»Ich habe doch gesagt, dass ich dich schon aufmuntern werde«, sagt er, und langsam schwimmen wir zum gegenüberliegenden Beckenrand.

Ich gleite durchs Wasser. Genieße das Gefühl der Schwerelosigkeit. Es kommt so selten vor, dass ich schwimme. Im Sommer bin ich ein paarmal im See geschwommen, während Vater Wache gehalten hat, und das auch nur, weil Vater der Meinung ist, es sei wichtig, dass wir schwimmen können.

»Danke«, flüstere ich und gleite weiter durchs Wasser. Wir halten uns am anderen Beckenrand fest, unter den Sprungbrettern. Ich schaue in das klare Wasser. Der Boden scheint unendlich weit weg, das Wasser lässt die kleinen quadratischen Fliesen schief und krumm aussehen.

»Du bist wirklich süß«, sagt Malte und lässt eine Hand über meinen Rücken gleiten. Zieht mich näher an sich heran, und da wird es schwer, über Wasser zu bleiben, ohne ihn gleichzeitig zu berühren.

Er bemerkt mein Dilemma und grinst.

»Wer ist zuerst drüben?«

Wir legen beide gleichzeitig los. Er überholt mich, und ich packe seinen Fuß, versuche, ihn unter Wasser zu ziehen. Wir wirbeln lachend durchs aufspritzende Wasser. Mein Fuß streift den Boden, wir sind wieder im flachen Wasser.

Er schwimmt näher an den Rand heran und zieht mich mit sich. Und dann beugt er sich vor. Seine Lippen kommen meinen ganz nahe, ich schließe die Augen, plötzlich wage ich es nicht mehr, sie offen zu halten.

Seine Lippen berühren meine. Sie schmecken leicht nach Chlor und lösen bei mir kleine Explosionen bis in die Zehen aus.

Gänsehaut überzieht meinen ganzen Körper. Zwischen den Schulterblättern spüre ich den leichten Druck des Beckenrands, als er mich loslässt. Er streicht mit dem Zeigefinger meine Wange hinunter bis zu meinem Hals. Er streift mein Schlüsselbein. Fährt über die Brust und hinterlässt einen brennenden Streifen, bevor er am Saum des Badeanzugs anhält, zwischen meinen Brüsten.

Er hat einen neckenden Blick, der meinen Körper vibrieren lässt, während er sich erneut vorbeugt.

Seine Locken streifen sanft meine Wange, während er meinen Hals küsst. Immer weiter hinunter bewegt er sich, den gleichen Weg, den gerade eben sein Zeigefinger genommen hat.

Ich schließe die Augen, schnappe nach Luft, während seine kühlen Küsse meine Haut kitzeln. Doch plötzlich erstarrt mein Körper. Alle Muskeln spannen sich an. Ich kann einen leichten Zug am Rücken spüren, und merke, wie der Hautkleber sich langsam löst und der Badeanzug sich verschiebt.

Malte spürt sofort meine Angespanntheit. Er hebt seinen Blick und sieht mich fragend an.

»Ich friere«, stottere ich.

Er sieht meine Arme an. Die Gänsehaut bestätigt meine

Lüge, auch wenn es nicht die Kälte war, die sie hervorgerufen hat.

»Oh, ja, gut.« Er scheint nicht so recht zu wissen, was er sagen oder machen soll. »Willst du lieber ein bisschen schwimmen, oder ...?«

»Nein.« Ich befreie mich rasch aus seiner Umarmung. Schwimme schnell zur Treppe, während ich hoffe, dass das Wasser und meine Haare den Spalt in meinem Rücken vor ihm verbergen.

Drei schnelle Schritte und ich bin oben. Während das Wasser an mir heruntertropft, suche ich Zuflucht in meinem Handtuch. Wickle es fest um den Körper, sodass ich aussehe wie eine Mumie.

Malte ist auch auf dem Weg aus dem Wasser. Sein Gesicht zeigt seine Verblüffung, während er mich mustert.

»Vielleicht können wir einfach ein bisschen beieinandersitzen?«, fragt er.

Ich weiß, wenn ich mich jetzt verabschiede, wird er mit vollkommen falschen Gefühlen nach Hause gehen. Er wird glauben ... alles Mögliche wird er glauben, was nicht stimmt. Er setzt sich neben mich.

»Birke, ich wollte nicht ...«

»Nein, nein«, unterbreche ich ihn schnell.

»Wir können es gern langsamer angehen lassen«, fährt er fort.

Wir legen uns nebeneinander auf die Fliesen. Seine Finger spielen mit meinem Haar, ich lausche dem leisen Rieseln vom Becken. Ich bin froh, dass er bleibt, auch wenn er plötzlich ganz still geworden ist, es scheint, als habe er auf einmal nichts mehr zu sagen.

»Gefällt es dir hier in der Stadt?«, frage ich, nachdem wir minutenlang still dagelegen haben.

Er dreht den Kopf, schaut mich an.

»Einiges ja«, sagt er und lächelt vorsichtig. »Anderes ...« Er verstummt.

»Wohnst du schon immer hier?«, fragt er.

Ich nicke.

»Meine Eltern sind hergezogen, als meine Mutter mit mir schwanger war.«

»Wie ist sie gestorben?«, fragt er mit vorsichtiger Stimme.

»Bei Roses Geburt«, sage ich. »Es gab ... Komplikationen.«

Vater hat uns nie erzählt, was passiert war. Nur dass Rose die Letzte war, die geboren wurde, bevor das Leben unsere Mutter verließ und sie Erle mit in den Tod nahm.

»Das muss schwer sein«, sagt Malte. »Nie seine Mutter wirklich kennengelernt zu haben.«

»Mmmm ...«, sage ich und denke, dass es vielleicht noch schwerer ist, weil sie die Einzige ist, die einige der Trillionen Fragen beantworten könnte, die mir im Kopf herumschwirren.

»Woran ist dein Vater gestorben?«, frage ich.

Plötzlich spannt sich sein ganzer Körper an.

»An sich selbst«, sagt er dann. »Er hat sich das Leben genommen.«

Ich schnappe nach Luft, auf so eine Antwort war ich nicht gefasst.

Er rollt sich von mir weg. Liegt jetzt auf den Fliesen auf dem Rücken und schaut zur Decke hoch.

»Das tut mir schrecklich leid«, flüstere ich, weiß aber gar nicht, ob er mich hört.

Schweigend liegen wir lange Zeit da, bevor Malte mich wieder ansieht. Es scheint, als würde sich die Trauer aus seinen grauen Augen langsam entfernen.

»Weißt du, warum er das gemacht hat?«, frage ich.

»Er hatte es wohl schwer«, antwortet Malte und ballt die Fäuste.

»Du bist sicher wütend auf deinen Vater«, sage ich dann. »Das kann ich gut verstehen, ich würde auch stinkwütend sein.«

Er dreht sich wieder mir zu.

»Du bist die Erste, die das sagt«, erklärt er.

Ich merke, wie mir die Röte in die Wangen steigt.

»Das ist nur ... Ich wäre das bestimmt, wenn ich an deiner Stelle wäre.«

»Das bin ich auch«, sagt er. »Manchmal so sehr, dass ich es gar nicht mehr aushalten kann.« Plötzlich scheint es, als wäre etwas in ihm geplatzt, als er fortfährt: »Ich kann einfach nicht begreifen, warum er das gemacht hat. Was so schrecklich war, dass er geglaubt hat, es gäbe einfach keine andere Lösung.«

Ich zucke mit den Schultern.

»Manchmal machen die Menschen ganz fürchterliche Sachen«, sage ich. »Und manchmal ist das Schlimmste daran, dass wir nicht verstehen, warum sie das tun.«

Er seufzt und schließt die Augen. Liegt eine Weile ganz still da und sieht mich nur an.

»Danke, dass du so ehrlich bist«, sagt er und setzt sich auf. »So viel zum wöchentlichen Spaß, nicht wahr?«

Wir müssen beide lachen.

»Was meinst du, wollen wir es nächsten Samstag noch mal versuchen?«, fragt er. »Und dann gibt es nur baden, sich amüsieren und kein Wort über tote Eltern.«

Ich nicke. »Abgemacht.«

Er legt die Hand unter mein Kinn, hebt mein Gesicht ein wenig und gibt mir einen schnellen, sanften Kuss.

»Danke, dass du gekommen bist, Birke.«

»Ich habe zu danken«, flüstere ich und bin froh, dass der Abend trotz sich lösenden Körperklebers und düsterer Gespräche nicht in einer absoluten Katastrophe geendet ist.

Während ich am Kino auf Rose warte, fühle ich mich ganz leicht, als könnte ein Windstoß mich einfach wegpusten.

Rose kommt zehn Minuten später. Sie hat einen Typen im Schlepptau. Das muss Benjamin sein. Die beiden kichern und lachen, und er versucht, von ihr einen letzten Kuss zu bekommen. Sie dreht ihm die Wange hin, was ihn aber nur dazu bringt, ihren Hals mit Küssen zu bedecken, was sie noch mehr zum Lachen bringt.

»Ich muss nach Hause«, kichert sie, während sie mir einen Blick zuwirft. Benjamins Arme umschlingen ihre Taille.

»Rose«, sage ich und nicke zur großen Uhr vor dem Kino. Es ist bereits fast zehn Uhr. Wir müssen aufbrechen, wenn Vater nicht Verdacht schöpfen soll.

Benjamin vergräbt sein Gesicht in Roses roten Locken, er sieht mich fast verwundert an.

»Das ist meine Schwester Birke«, sagt Rose und nutzt seine kurze Verwirrung aus, um sich aus seinem Griff zu lösen. Dann hakt sie sich bei mir unter und wirft Benjamin noch einen Luftkuss zu.

»Sims mir.«

Endlich machen wir uns auf den langen Weg durch den Wald.

»Er ist also deutlich älter als achtzehn«, bemerke ich.

»Ja, und Malte ist der Sohn einer Polizeibeamtin«, pariert sie, und auch wenn wir wissen, dass das, was wir machen, nicht in Ordnung und gefährlich ist, müssen wir doch beide lachen.

Schwangerschaftsvertretung

Ein paar Tage später duftet das Klassenzimmer mal wieder nach Shampoo und Deo. Die anderen hatten Sport.

»Na, kommt die Tanzprinzessin auch schon?«, ruft Emma mir nach.

Ich stelle meine Tasche ab und setze mich. Ignoriere sie. Doch Emma lässt nicht locker: »Ich hoffe, du hast dir nicht einen deiner kostbaren Füße auf dem Weg die Treppe hoch verstaucht?«, fragt sie spöttisch und verdreht die Augen.

Alles nur, weil ich nicht am Sportunterricht teilnehme. Vater hat für uns eine Befreiung vom Sportunterricht durchgesetzt mit der Begründung, wir dürften uns nicht überanstrengen oder Gefahr laufen, uns zu verletzen, weil wir dann nicht mehr tanzen könnten. Diese Entschuldigung sichert uns den ersten Platz auf der Snobliste, und auch wenn ich es wirklich versuche, gelingt es mir nicht, meine Mitschüler davon zu überzeugen, dass ich nicht so eingebildet bin.

»Hast du nicht gehört, was ich gesagt habe?«, hakt Emma

nach und zwingt mich so, auf sie zu reagieren. Normalerweise herrscht unter uns Einverständnis darüber, dass wir einander einfach ignorieren, deshalb verstehe ich nicht so recht, worauf sie hinauswill.

»Meinen Füßen geht es gut, vielen Dank«, murmle ich also nur.

»Was für ein Glück«, zischt sie und zieht einen Zettel heraus. »Das soll ich dir nämlich von unserer *neuen* Sportlehrerin geben. Sie hat ein ganz besonderes Tanzprogramm aufgestellt und möchte gern, dass du dazukommst, um uns ein paar Tipps zu geben.«

Ich beiße mir auf die Lippe und überfliege das Papier. Die Lehrerin hat Tanzen aufs Programm gesetzt und möchte, dass ich teilnehme und eine kleine Vorführung einstudiere. Wie komme ich da nur raus?

Nach der Deutschstunde ist Mittagspause. Ich hole meinen Proviant heraus. Einen Apfel, eine Karotte und eine Handvoll Nüsse. Momentan habe ich keinen richtigen Hunger, und das, wonach ich wirklich hungere, kann ich nicht kriegen.

»Das ist ja ein süßes kleines Essenspaket, machst du Diät, oder was?«, spottet Emma, und ich bereue, dass ich überhaupt etwas mitgenommen habe.

»Ich bin nicht hungrig«, erkläre ich.

»Du bist ja wohl nicht magersüchtig?« Sie und einige der anderen Mädchen kichern. »Als ob nicht eine Ritzerin in der Klasse reichen würde.« Während wir beide aufstehen, wirft sie Elexa einen giftigen Blick zu.

Ich nehme den Apfel in die Hand, werfe die Jacke über die Schulter und gehe hinaus auf den Hof. Mag einfach nichts mehr hören. Elexa und ich, wir stellen uns unter das Vordach und sehen zu, wie die jüngeren Schüler Schneebälle werfen. Den Apfel lasse ich unbemerkt in den Mülleimer fallen. Jetzt ist mir der Appetit vollkommen vergangen.

»Genau solche Mädchen wie Emma haben mich dazu gebracht, die Schule zu wechseln«, sagt Elexa.

»Die findest du überall«, sage ich.

»Ja, aber eigentlich sollten sie diejenigen sein, die aus der Klasse rausmüssen. Und dann könnte man sie in eine große Bitch-Klasse stecken und zusehen, wie sie sich gegenseitig in Stücke zerreißen.«

Ich lache, werde aber fast von einem Knirps aus der Dritten übertönt, der laut herumjohlt.

»Was ist denn nun eigentlich mit Malte und dir?«, fragt sie dann.

»Was meinst du?«

»Na, sein Blick verfolgt dich, seit wir auf dem Hof sind«, erklärt sie und nickt rüber zur anderen Seite des Schulhofs. Ich entdecke Malte, und als unsere Blicke sich treffen, gerät mein Blut in Wallung. Er lächelt, ich lächle zurück.

»Nun, wir hatten so etwas wie ein Date am Samstag«, erkläre ich.

»Wirklich?« Elexa starrt mich mit offenem Mund an.

Ich nicke.

»Ich weiß nicht, was daraus wird ...«, beeile ich mich hinzuzufügen. Es ist ja nicht so, dass wir darüber geredet haben, ob wir nun ein Paar sind, und ich weiß auch nicht, ob er das überhaupt will. Oder ich.

»Sieh mal einer an«, sagt Elexa grinsend, »flirtet hier mit einem Typen herum. Bald bin ich ja wohl der einzige Freak an der Schule.«

»Glaub mir«, versichere ich ihr, ohne Malte aus den Augen zu lassen. »Ich werde immer ein Freak bleiben.«

Elexa grinst, während Malte auf uns zukommt. Mein Herz hüpft, zerrissen zwischen Freude und Nervosität. Die beiden letzten Male, als wir uns sahen, endeten mit einem Kuss und einer Umarmung, aber das können wir ja wohl hier nicht machen. Ich bin nicht so weit, mich vor allen auf dem Schulhof küssen zu lassen.

»Hi ...« Malte stellt sich neben mich.

»Hi«, sage ich.

»Hallo Malte«, wirft Elexa mit einem deutlich vernehmbaren Kichern in der Stimme ein.

»Es ist ziemlich kalt, nicht wahr?«, sagt er und reibt sich die Hände.

»Mmm.« Schon merkwürdig, einfach so nebeneinanderzustehen nach allem, was in der Schwimmhalle geschehen ist.

Das Schweigen hüllt uns ein. Ich merke, dass ich an der Reihe bin, etwas zu sagen, aber ich weiß nicht was, also sage ich das Erstbeste, was mir einfällt: »Hattest du einen schönen Tag?«

»Geht so. Sport war klasse. Wir wollen in der Oberstufe bald ein neues Tanzprojekt anfangen«, sagt er.

»Ja, das hat Emma schon gesagt«, murmle ich.

»Die Vertretung will, dass Birke als eine Art Trainerin oder so mitmacht«, sagt Elexa.

»Wirklich?«, fragt Malte.

Ich nicke.

»Super«, sagt er. »Wenn du also auch kommst, dann können wir vielleicht ...«

»Ich komme nicht«, unterbreche ich ihn schnell. »Mein Vater will nicht, dass wir unseren Trainingsplan unterbrechen, und schon gar nicht so kurz vor einer Show.«

»Oh«, sagt er. »Alle sagen, dass du eine fantastische Tänzerin bist.« Ich spüre wieder, wie die Hitze meine Wangen rot färbt.

»Ja, es wäre schon toll, wenn du kommst. Du könntest uns zeigen, wie die Schritte gehen«, stimmt Elexa Malte zu. »Ich meine, ich habe deine Show schon mindestens hundertmal gesehen, aber was ich auch tue, ich bekomme meinen Körper einfach nicht dazu, so zu tanzen.«

»Ich glaube nicht, dass mein Vater das für eine gute Idee hält«, wiederhole ich.

Malte nimmt meine Hand in seine. Unsere Finger schieben sich ineinander.

»Man sollte nicht immer auf seine Eltern hören«, sagt er, und ich bin mir sicher, dass wir dabei beide an unsere Zeit in der Schwimmhalle denken, an unser Abenteuer auf dem Dach und unsere Begegnung an der Kletterwand. Es ist merkwürdig, wir begegnen uns immer an einer Grenze. Genau dort, wo wir die Regeln brechen.

Er beugt sich vor und flüstert mir zu: »Ich hoffe, du kommst, und wenn, dann musst du mir einen Tanz versprechen.«

»Malte!« Emma ruft von der anderen Seite des Schulhofs.

Er lässt meine Hand los, tritt einen Schritt zurück.

»Aber wie auch immer, jedenfalls werde ich dich morgen bei der Show sehen«, sagt er.

Emma wirft mir einen giftigen Blick zu.

»Der ist ja total verrückt nach dir«, flüstert Elexa. Mein Magen schlägt Purzelbäume. Malte will, dass ich zum Sport komme. Er will mit mir tanzen. Zuerst schwimmen, jetzt tanzen. Je enger wir uns aneinander binden, umso schwieriger wird das Ganze.

Mein Handy piepst. Eine SMS von Rose. *Mädchentoilette auf dem Hof* steht auf dem Display, und ich gehe dorthin. Normalerweise ist hier niemand. Alle wissen, dass die Toiletten auf dem Hof einfach eklig sind.

Ich schiebe die Tür auf. An der Wand neben den Waschbecken hockt Rose. Ihre Augen sind gerötet, sie zerdrückt eine Rolle Toilettenpapier in der Hand.

»Benjamin hat Schluss gemacht«, schluchzt sie.

Ich hocke mich neben sie und nehme sie in den Arm.

»Er sagt, ich bin zu jung für ihn. Und als ich versucht habe, ihm zu erklären, dass ich eigentlich fünfzehn bin, hat er mir das nicht geglaubt.«

»Das tut mir so leid«, sage ich und streichle ihren Arm.

»Aber du wirst einen finden, der viel besser zu dir passt.«

»Aber ich will keinen anderen. Ich will Benjamin!«

Rose weint, bis keine Tränen mehr kommen und sie nur noch schluchzt. Ich suche nach den richtigen Worten. Worte, die helfen können, aber ich finde keine. Ich bin noch niemals verlassen worden. In erster Linie, weil ich mich noch nie getraut habe, jemandem so nahezukommen. Bis zu der Sache mit Malte.

Malte. Etwas bricht in mir zusammen. Nicht mehr lange, dann bin ich an der Reihe.

Dann hocke ich hier und heule, weil Malte mich verlassen hat. Es stellt sich nicht die Frage, *ob* er das macht, sondern nur *wann*. Niemand kann mit jemandem zusammen sein, der so viele Geheimnisse mit sich trägt.

Den Rest des Tages ist Rose weiterhin außer sich. Ich hatte erwartet, dass sie wütend und empört reagieren würde, wie bei ihr üblich, wenn die Jungs sie nicht wollen, doch dieses Mal ist es nicht so. Sie ist voller Trauer und Schmerz, so habe ich sie noch nie gesehen, und ich weiß einfach nicht, wie ich sie trösten soll. Ich bin es nicht gewohnt, dass der Liebeskummer sie so sehr mitnimmt.

Vater hat sie so auch noch nie erlebt, also ist es Azalea, die geduldig neben Rose sitzt und sie tröstet, während sie wieder in Tränen ausbricht und nur noch ein einziges Wort von sich gibt: Benjamin – Benjamin – Benjamin.

Nicht einmal die Aussicht darauf, dass wir morgen tanzen werden, kann sie aufmuntern.

In tiefem Wasser

Heute Abend sollen wir zum ersten Mal in dem neuen Saal tanzen. Vater ist schon seit Stunden dort beschäftigt, und immer noch ist er dabei, die letzten Hinweisschilder aufzuhängen. »Fotografieren verboten« und »Zu den Toiletten«.

Elexa sitzt hinter der Kasse bereit und hält den Daumen hoch, um mir zu zeigen, dass alles gut läuft.

Sie hat lange, weiße Handschuhe angezogen, was sicher schlau ist, denn so kann niemand ihre Narben sehen.

Hinter der zweiten Kasse sitzt ein Typ, den ich nicht kenne. Das muss Azaleas Bekannter sein, zumindest stehen sie zusammen und unterhalten sich.

Azalea lacht über etwas, das er sagt. Ich schmunzle. Es ist nicht so einfach, Azalea zum Lachen zu bringen.

Sie entdeckt mich und winkt mich zu sich.

»Birke, das ist Thomas«, sagt sie.

Schnell geben wir uns die Hand.

»Viel Glück heute Abend«, sagt er.

»Danke«, antworte ich. Ich spüre das prickelnde, brausende Gefühl im Körper. Heute Abend darf nichts schiefgehen. Wir müssen unbedingt tanzen, bis der Hunger verschwindet.

»Birke und Azalea«, ruft Vater uns, »kommt ihr, macht ihr euch fertig?«

Wir nicken und folgen ihm in den Saal auf die Bühne. Rose ist bereits dort. Sie starrt in die Luft.

Vater erklärt uns alles Mögliche zu dem Licht, wie es funktionieren wird. Ich höre nicht zu. Stehe nur auf der Bühne und schaue auf die Sitzreihen. Ich freue mich auf die vielen Gesichter, die uns anschauen werden, darauf, die Füße über die blank polierte Tanzfläche gleiten zu lassen. Dennoch bin ich ein wenig nervös. Es werden viel mehr Menschen kommen als sonst. Ich schiebe die Bedenken beiseite – wenn wir erst einmal angefangen haben, wird es nur noch eine einzige große Masse sein.

»Wie viele Karten haben wir verkauft?«, fragt Azalea.

»267 im Vorverkauf«, sagt Vater. »Ein toller Empfang.«

Wir nicken alle drei.

»Ich werde in drei Wochen die nächste Vorstellung ankündigen. Ist das in Ordnung für euch?«, fragt er, doch auch wenn er »euch« sagt, so sieht er nur mich an.

Ich nicke. Es hat keine weiteren nächtlichen Wanderungen mehr gegeben, und wenn heute Abend alles gut geht, dann wird es wohl auch so bleiben.

»Und sonst sagt ihr es mir, ja?« Er fängt meinen Blick ein. »Es gibt nichts, was ich nicht für euch täte.«

»Das wissen wir«, sagt Azalea.

»Gut. Dann geht hinunter und zieht euch um. Das Publikum wird bald kommen.«

Im Umkleideraum hockt Rose auf der Bank und sagt nichts. Ihr schönes grünes Satinkleid liegt unberührt neben ihr, und während Azalea und ich uns fertig machen, sitzt Rose nur da.

Ich nehme neben ihr auf der Bank Platz.

»Nun komm schon, Rose«, sage ich, »willst du dich nicht fertig machen?«

Ihr Haar hängt offen herunter, sie hat kein Make-up aufgelegt.

»Ist doch egal«, sagt sie.

»Nein.« Ich nehme ihr Kleid hoch. »Du darfst dir das hier von Benjamin nicht kaputt machen lassen.« Ich ziehe meine Schwester von der Bank. »Jetzt machst du dich fertig, und zwar hübscher als je zuvor, dann wird er bereuen, dass er jemals mit dir Schluss gemacht hat.«

»Kommt er auch?« Ein Funkeln in Roses Augen macht mich nervös.

»Wenn er eine Karte gekauft hat, bin ich sicher, dass er kommen wird«, antworte ich. »Die können ja nicht ohne uns sein.«

Normalerweise hätte die letzte Bemerkung sie zum Lachen gebracht. Rose zum Lachen zu bringen, ist eigentlich kein Problem für mich. Aber heute schon. Langsam steht sie auf.

»Glaubst du, ich kann ihn wieder zurückgewinnen?«, fragt sie mich. Ihre Augen bohren sich in meine, während sie ihr rotes Haar flicht.

»Ich glaube, du kannst alles, was du willst«, erwidere ich. Aber ich sage nicht, dass ich es nicht hoffe. Dass ich glaube, für Rose ist es nur gut, dass Benjamin gegangen ist. Dass diese Beziehung mir von Anfang an Sorgen gemacht hat.

Ich muss an Malte in der Schwimmhalle denken. Seine Hände auf meinem Körper. So nah, wie Malte und ich uns gekommen sind ... Ich mag gar nicht daran denken, wie weit ein älterer Typ gegangen wäre.

Rose nickt ernst und greift nach ihrem Schminkset.

Azalea tritt an meine Seite. Vorsichtig drückt sie meine Schulter.

»Gute Arbeit«, flüstert sie.

»Azalea.« Rose dreht sich mit der Wimperntusche in der Hand um. An einem Auge sind die Wimpern tiefschwarz, am anderen hellbraun. »Wer ist der niedliche Typ an der Kasse?«

Azalea runzelt die Stirn.

»Thomas ist ein guter Freund aus dem Gymnasium.«

»Ein Freund oder *dein* Freund?«, fragt Rose.

»Na, wir sind ja nicht alle so verrückt, dass wir uns verlieben«, erwidert Azalea, und ihre Worte fühlen sich wie ein Schlag in die Magengrube an.

»Dann ist er nicht vergeben?«, fragt Rose.

»Soweit ich weiß, nicht«, antwortet Azalea, wobei ihre Stimme sonderbar spitz klingt.

»Super«, sagt Rose und legt eine dicke Schicht Lidschatten auf. »Er ist perfekt dazu geeignet, Benjamin eifersüchtig zu machen.« Sie spitzt die Lippen zu einem Kussmund.

»Lass Thomas in Ruhe«, sagt Azalea. »Ich gehe hoch und frage Vater, wann wir kommen sollen.«

Als Azalea verschwunden ist, kichert Rose.

»Hast du gesehen, wie Azalea reagiert hat? Ich wette, sie ist ganz scharf auf diesen Thomas!«

»Kann sein«, stimme ich zögernd zu. Es fällt mir schwer, mir vorzustellen, dass Azalea jemals auf irgendjemanden scharf sein könnte.

Die Bühne ist anders als unsere alte, vielleicht liegt es auch an der Beleuchtung, jedenfalls werde ich während unseres Auftritts deutlich die Gesichter im Saal sehen können. Ich entdecke Malte. Unsere Blicke begegnen sich und seiner löst in mir Funken aus. Neben ihm sitzt seine Mutter mit dem Programmheft in der Hand.

Wir drei verneigen uns tief, das Publikum klatscht, und dann setzt die Musik ein. Am liebsten würde ich die Augen schließen, um meinen eigenen Kokon wiederzugewinnen. Doch stattdessen überlasse ich den Füßen die Regie und bald hat die Musik meinen Körper in Besitz genommen.

Es prickelt bis in die Gelenke, und ich tanze wilder und heftiger als je zuvor. Ich spüre, wie der Hunger langsam abnimmt.

Fühle, wie ihre Energie in mich hineinfließt.

Heute stehe ich im Zentrum, bisher war es immer Rose,

die die Führung übernommen hat. Ich breite mich aus, kann mich einfach nicht zurückhalten. Ich will nur tanzen, mit allen Kräften, bis die Musik endet. Bis der Hunger wieder anfängt zu nagen. Und ich wieder den Countdown hinunterzählen muss.

Vater scheint meine Wünsche zu spüren, denn er lässt die Musik immer schneller werden, und ich drehe mich im Kreis, wirble herum, als hätte ich Feuer unter den Füßen.

Ich nähere mich dem Bühnenrand, fühle, wie die Zuschauerblicke an mir haften. Malte sieht verliebter aus als je zuvor, und ich lasse meinen Blick über alle Stühle huschen, über jedes einzelne Gesicht. Bis ich den letzten Stuhl in der letzten Reihe erreiche.

Eine Frau mit schwarzem Haar, in einem strammen Knoten zusammengebunden, erwidert meinen Blick, und ihrer ist nicht begeistert, nicht verzaubert, nur aufmerksam und prüfend.

Ihre Augen löschen mein inneres Feuer, erschrecken mich in einer Art und Weise, die ich nicht verstehe.

Ich weiche vom Bühnenrand zurück. Schnappe in den Augenwinkeln ein Aufblitzen auf. Sofort schaue ich zu der Frau in der hintersten Reihe, aber sie war es nicht. Sie sitzt ruhig da, die Hände im Schoß, und schenkt mir ein kleines Lächeln, als unsere Blicke sich begegnen.

Ich schnappe nach Luft, mein Tanz wird ruhiger, und ich verstecke mich schräg hinter Rose.

Kurz darauf lässt Vater die Musik ausklingen und tosender Applaus überrollt uns.

»Birke«, flüstert Azalea. Sie sucht meine Hand, und ich erinnere mich daran, dass wir uns verbeugen sollen. Ich verneige mich tief. Zwinge meinen Blick hoch und runter, schaue wieder auf die hinterste Reihe, aber jetzt ist der Stuhl leer. War alles nur Einbildung?

»Da hat jemand fotografiert«, sagt Vater, als wir im Umkleideraum sind.

»Ach, das war das?«, fragt Azalea. »Ich habe ein Aufblitzen bemerkt.«

»Ich konnte nicht sehen, wer das war«, sagt Vater und schaut uns besorgt an. »Hoffen wir nur das Beste.«

Ich wische mir das Gesicht mit einem Reinigungstuch ab. Der Alkoholgeruch beißt mir in der Nase, während ich das Make-up entferne. Wische mir immer wieder über die Augen, bis auch die letzten Reste der Schminke verschwunden sind. Das ist wieder mein Gesicht, das mich ansieht. Wenn wir tanzen sollen, legen wir so viel Make-up auf, dass ich mich kaum wiedererkenne. Dann fühle ich mich wie eine Fremde. Ist das der Grund, dass ich heute Abend die Bühne eingenommen habe? Wollte ich deshalb im Zentrum stehen?

Ich seufze. Azalea kommt zu mir geeilt.

»Alles okay?«, fragt sie. »Hat es gereicht für dich?«

Schnell nicke ich. Ich will ihr nicht auch noch Sorgen bereiten, denke an den Tag, als ich in Næstbæk diesen »Anfall« hatte, wo ich überall die Elfe gesehen habe. Dabei war das nur etwas, was ich mir eingebildet hatte. Die Dame vorhin schaute sicher nicht anders aus als alle anderen Zuschauer.

Malte wartet in der Vorhalle.

»Du warst fantastisch«, sagt er. »Ich meine, die anderen hatten mir gesagt, dass du gut bist, aber so gut ... Wow!«

»Danke«, flüstere ich. Ich spüre, dass seine Worte mich nicht so wärmen wie sonst. Denn es ist ja nur Betrug. Er glaubt bloß wegen des Tanzes, dass ich fantastisch bin. Und das ist auch der Grund, warum ich heute Abend im Mittelpunkt stehen musste, weil ich wollte, dass er mich sieht. Mich liebt.

»Und Samstag bist du auch nicht krank?«, flüstert er und drückt meine Hand.

Ich denke an Chlor, Küsse und Körperkleber, nicke aber dennoch, denn ich kann nicht Nein sagen. Ich bin in Maltes Netz gefangen – oder ist er derjenige, der in meinem gefangen ist? Vielleicht sind wir beide in unsere Netze verstrickt? Und keiner von uns versucht auch nur, freizukommen.

Ich kann Maltes Mutter sehen, wie sie uns aus der Ferne betrachtet. Mit wachsamen Augen.

»Birke?«, ruft Vater, doch Malte hält mich fest, bis ich ihm mit einem kaum wahrnehmbaren Nicken antworte.

Die Tage vergehen, der Abgabetermin für das Kunstprojekt rückt näher. Elexa und ich verbringen viele Stunden im Kunstraum, um fertig zu werden.

Obwohl das Projekt schon eine ganze Weile läuft, habe ich doch fast gar keine Fotos gemacht. Aber die wenigen benutze ich dazu, um die Fotos vom leeren Schulhof und der Schule in einer Collage so zusammenzusetzen, dass es fast gespenstisch erscheint. Wenn Anita fragt, werde ich etwas in der Richtung sagen, ich versuchte zu zeigen, dass die Schule nur ein Rahmen ist und es die Schüler sind, die ihr Leben einhauchen.

Ich kann selbst sehen, dass ich ziemlich schlampig arbeite. Normalerweise hätte ich viel mehr daraus gemacht, aber es sind so viele Dinge passiert, ich kann mich einfach nicht konzentrieren.

»Ich werde durchfallen«, flüstert Elexa, während sie auf eine ehrlich gesagt ziemlich verpatzte Zeichnung vom Schulhof schaut.

»Das wird schon klappen. Es liegt nur an der schiefen Perspektive«, sage ich. »Sonst ist es gar nicht so schlecht.« Was nicht ganz stimmt, aber wenn ich jetzt sage, sie müsste das Ganze noch einmal machen, dann bricht sie zusammen.

»Ich kann das nicht«, stöhnt sie und legt den Kopf auf den Tisch.

»Okay, ich helfe dir«, sage ich, »klebst du dafür ein paar meiner Bilder auf?«

»Aber klar«, sagt sie und ist wieder voller Energie.

Ich nehme ein neues Stück Pappe. Hole Kohlestifte und fange von vorn an. Zeichne, so schnell ich kann.

»Bist du dir sicher, dass du dieses Bild auch dabei haben willst?«, fragt Elexa, nachdem wir eine Weile gearbeitet haben. »Das sieht doch eher aus wie etwas, das du für dich behalten willst?«

Sie hält mir ein Foto von Malte hin, das ich auf dem Dach geschossen habe. Ich hatte ganz vergessen, dass es dabei war und einfach alle Fotos ausgedruckt, um etwas für die Collage zu haben.

Vorsichtig nehme ich ihr das Bild aus der Hand. Ich muss lächeln, als ich es ansehe. Malte steht mit ausgestreckten Armen da, als wollte er fliegen. Als wäre er unbesiegbar.

Elexa lacht.

»Was ist?«, frage ich.

»Ach nichts, ich habe dich nur noch nie verliebt gesehen«, sagt sie.

Rose kommt am Samstag mit mir in die Stadt. Sie ist fest entschlossen, einen neuen Versuch zu unternehmen, um Benjamin zurückzugewinnen.

Eigentlich sollte ich ihr das ausreden, aber unser Alibi ist sicherer, wenn wir zusammen aufbrechen. Wir haben Vater gesagt, dass wir wieder ins Kino gehen wollen. Ich denke, bald müssen wir uns eine neue Ausrede einfallen lassen.

Ich komme an der Schwimmhalle an. Kein Malte. Ich schaue auf mein Handy.

War schon früher da. Warte drinnen auf dich. Malte.

Ich gehe hinein, in die Umkleidekabine und ziehe mich aus. Lasse die Hand durchs Haar gleiten. Ziehe die Locken zurecht, dann streiche ich mir mit der Hand über die Beine. Absolut glatt. Meine Rasur war gründlich.

Vorsichtig zupfe ich am Badeanzug. Der Kleber hält. Dieses Mal haben wir ihn extradick aufgetragen. Schnell gehe ich unter die Dusche. Plötzlich bin ich wieder nervös. Ich muss an Rose denken, an ihren Zusammenbruch, als

Benjamin Schluss gemacht hat. Jedes Mal, wenn ich Malte sehe, finde ich ihn anziehender, und allein der Gedanke, er könnte ... Tausend kleine Nadeln stechen mich, aber ich schiebe dieses Gefühl beiseite. Hole tief Luft. Es heißt jetzt alles oder nichts.

Ich gehe in die Schwimmhalle. Er zieht bereits seine Bahnen.

Ich laufe unbemerkt zur Leiter. Klettere langsam in das kalte Wasser hinunter. Warte, dass er das andere Ende erreicht und entdeckt, dass ich da bin.

Ich brauche nicht lange zu warten, dann wendet er und fängt meinen Blick quer durch die Halle auf. Ich kann sehen, wie er strahlt, bevor er zu mir schwimmt.

»Ich freue mich so, dich zu sehen«, sagt er und klingt, als hätte er wirklich Angst gehabt, ich würde nicht kommen.

»Gleichfalls.«

Er lächelt.

»Warte hier.«

Wieder schwimmt er zum anderen Beckenende, holt dort etwas und schwimmt dann wieder zurück.

»Das ist für dich«, sagt er und öffnet die Hand. Es ist eine Silberhalskette, der Anhänger ist die Silhouette eines Herzens.

Ich betrachte die Kette in seiner Hand.

»Die ist schön«, sage ich, wobei meine Stimme zittert – wovon? Ich freue mich, bin aber auch überrascht und vielleicht ... vielleicht geht das Ganze ein wenig zu schnell. Zu ernst und zu ehrlich.

Er hebt die Kette hoch. »Komm, ich lege sie dir um.« Er schwimmt hinter mich. Nur ein schwarzer, schlabbriger Badeanzug und ein Klecks Hautkleber trennen ihn von meinem Geheimnis.

»Oh!« Die Kette rutscht ihm aus den Fingern und fällt ins Wasser. Ich greife danach, aber zu spät. Sie sinkt auf den Grund.

»Ich hole sie«, sage ich schnell und tauche hinunter.

In meinen Ohren ploppt es, sie verschließen sich, trotzdem scheinen alle Geräusche hier unten lauter zu sein.

Ich öffne die Augen unter Wasser und sehe die Halskette auf den Fliesen liegen. Schwimme hinunter und strecke die Hand aus. Schließe die Finger um den Anhänger. Während ich wieder nach oben schwimme, sehe ich Maltes verzerrtes Spiegelbild im Wasser. Selbst in den schrägsten Winkeln ist er noch süß.

Und als ich die Wasseroberfläche durchstoße und nach Luft schnappe, weiß ich: Ich möchte die Kette haben. Auch wenn es eigentlich zu früh und zu ernst ist.

»Gut getaucht«, sagt er. »Soll ich es noch einmal versuchen?«

Ich nicke, während meine Ohren sich wieder öffnen.

Er schwimmt hinter mich, hebt mein Haar an. Ich kann seinen Atem in meinem Nacken spüren, was Gänsehaut hervorruft.

»Warum schenkst du mir die Kette?«, frage ich ihn. »Ich meine, nicht, dass ich mich nicht darüber freue. Es ist nur ...«

»Ich bin verliebt in dich.« Das flüstert er ganz dicht an meinem Ohr, während er die Öse ins Schloss schiebt.

Das Herz hängt auf meiner Brust, über dem Saum des Badeanzugs.

Er dreht mich herum, seine grauen Augen fangen meinen Blick ein.

»Ich kann einfach nicht aufhören, an dich zu denken«, fährt er fort.

Mein Hals wird ganz trocken. Ich sollte das Gleiche sagen. Und das ist ja nicht einmal gelogen. Ich denke die ganze Zeit an ihn. Mein Gehirn ist vom Malte-Virus befallen.

»Ich bin auch verliebt in dich«, sage ich und denke, dass ich, wenn ich sowieso den Sicherheitsgurt gelöst habe, gleich weitermachen kann. Und küsse ihn. Er erwidert den Kuss. Zupft ein wenig an meinen Lippen und zieht mich gleichzeitig weiter hinaus ins Becken.

Während wir uns küssen, schwimmt er mit mir hinüber bis ans andere Ende. Dorthin, wo man nicht mehr stehen kann.

Ich genieße das Gefühl der Schwerelosigkeit. Genieße es, in Malte zu versinken.

Es ist schwer, gleichzeitig zu küssen und zu schwimmen, und ich muss lachen, als ich ihn das dritte Mal trete.

»Immer mit der Ruhe«, sagt er und packt meine Beine, zieht sie um seine Hüften. Er zieht mich so fest an sich, wie man es nur kann.

»So, viel besser«, stellt er zufrieden fest und küsst mich erneut.

Sein Griff am Beckenrand hält uns über Wasser, während seine Küsse immer intensiver werden. Dann öffnet er leicht seine Lippen, seine Zungenspitze gleitet zwischen meine Lippen. Kleine Erdbeben erschüttern meinen Körper.

Ich schaue in seine steingrauen Augen und wünschte, er würde niemals aufhören und mich immer lieben, immer der Meine sein.

Die Luft zwischen uns vibriert, als wäre alles, was kein Kuss ist, vollkommen falsch.

Und aus einem Kuss werden mehrere. Er zieht mich noch enger an sich. Er küsst meinen Hals und ich seine Wange. Der Chlorgeschmack brennt auf der Zunge, aber das stört mich nicht.

Er dreht uns um, sodass mein Rücken den Beckenrand berührt. Dieses Mal küsst er mich heftiger. Fordernder. Seine Hände gleiten über meinen Badeanzug. Sie landen auf meinen Pobacken, und ich spanne meinen Körper an, denn das geht mir jetzt doch zu schnell.

Dann streichen seine Finger über meine Schenkel. Sie folgen dem Saum des Badeanzugs bis hoch zu meiner Achselhöhle.

Er küsst mich den Hals entlang und zwischen den Brüsten, während die Hand versucht, sich an meinem Po unter den Badeanzug zu schleichen. Ich kann seine Lust merken, die gegen meinen Schenkel drückt.

Ich schnappe nach Luft. Bin gespalten zwischen Lust und Nervosität.

»Malte, warte«, flüstere ich und ziehe meine Beine an.

Schaffe Abstand zwischen uns. »Lass es uns langsam angehen.«

»Okay.« Er schwimmt zu mir, fährt mir mit den Fingern durchs Haar. Ich küsse ihn erneut, vorsichtig. Genieße den Druck seiner Lippen auf meinen. Seine Hand rutscht vom Haar auf die Schulter, den Rücken entlang und dann auf die Brüste.

Ich öffne die Augen. Kann spüren, wie sich mein Körper wieder anspannt. Wieder geht es zu schnell. Ich versuche, seinen Blick einzufangen, ihm ohne Worte zu sagen, dass es immer noch zu schnell ist, doch Maltes Blick weicht mir aus. Er ist vollkommen ... weg.

»Malte«, flüstere ich und hebe die Hand. Er ergreift sie, küsst meine Handfläche und dann meinen Arm. Schleicht sich wieder dichter an mich heran.

»Das ist zu heftig für mich«, sage ich und weiche zurück. In Gedanken füge ich hinzu: viel, viel zu heftig. Das ist nicht Malte, wie ich ihn kenne.

»Du darfst nicht gehen.« Er ergreift mein Handgelenk, will mich zurückziehen. »Du bist einfach zu süß.«

Wieder nähert er sich. Die grauen Augen erscheinen größer als sonst und der Blick ... Es scheint, als wäre das Wasser in der Schwimmhalle plötzlich eiskalt geworden. Etwas stimmt nicht an der Art und Weise, wie er mich ansieht. Da ist etwas Fremdes drin.

Er presst die Lippen auf meine und seine Arme umschließen mich. Halten mich fest.

»Du bist einfach wunderbar«, sagt er.

»Ich muss nach Hause«, sage ich schnell.

»Nein, bleib.« Er reibt meine Schultern. So fest, dass es fast wehtut.

»Das geht nicht.« Ich reiße mich los. Schwimme in schnellen Zügen zur Leiter. Plötzlich will ich nur raus hier. Weg.

Sobald meine Füße die Fliesen berühren, eile ich zum Umkleideraum.

»Birke!« Malte ist auch auf dem Weg die Leiter hinauf. Wasser tropft von seinem Körper. Er kommt hinter mir her.

Ich kümmere mich nicht um meine Kleider, laufe einfach davon.

Der Elfenblick

Ich erreiche den Eingang der Schwimmhalle und renne durch die offene Tür hinaus. Hinter mir kann ich Malte hören, ich laufe schneller. Fliehe durch die dunklen Straßen, nur mit einem Badeanzug bekleidet. Der Wind verwandelt die Wassertropfen auf meiner Haut zu Eis.

Ich zittere am ganzen Körper. Irgendetwas stimmt nicht mit Malte.

Erst als ich schon am Wald angekommen bin, wird mir klar, dass er mir gar nicht mehr folgt. Trotzdem muss ich einfach weiterrennen.

Ich erreiche den Bach. An meinen Füßen klebt feuchte Erde und Blut. Das Schluchzen tut bis in den Bauch hinein weh. Meine Lippen schmecken immer noch nach Chlor.

Ich lasse mich auf den Boden fallen. Schluchze. Malte ... Es gab tausend Varianten, wie ich mir den Abend vorgestellt habe, aber nicht so. Niemals so ... Ich reiße die Kette ab und werfe sie weg.

Hinter mir höre ich Wellen im Bach plätschern. Ich hebe den Kopf. Habe Angst, dass er mir bis hier draußen gefolgt sein könnte. Stattdessen sehe ich die bleiche, fast durchsichtige Gestalt des Nöck, der mich ansieht.

Ich zucke vor Schreck zusammen. Ich bin es nicht gewohnt, dass er auftaucht, ohne dass wir ihn rufen.

»Kleines Elfenmädchen, warum weinst du?«

Ich wische mir die Tränen mit einer schmutzigen Hand weg.

»Es ist nichts«, wehre ich ab, doch sein Blick bleibt an mir hängen. Ich drehe ihm den Rücken zu und laufe schnell nach Hause.

Es brennt Licht, als ich ankomme.

»Birke, das ist aber früh. Ist der Film schon ...?« Als Vater sich umdreht und mich sieht, gerät er ins Stocken. »Wie siehst du denn aus? Was ist passiert?«, fragt er.

Wieder fange ich an zu weinen. Dann kommt Azalea ins Wohnzimmer, mit der Zahnbürste in der Hand und im Pyjama.

»Was ist denn hier los?«, fragt sie. Das kommt nur undeutlich heraus, weil sie immer noch den Mund voll mit Zahnpasta hat.

»Malte ...« Mehr bringe ich nicht heraus. Schluchze nur wieder.

»Aber Birke, mein Kleines.« Vater nimmt mich in die Arme. »Du bist ja eiskalt«, stellt er fest. »Azalea, bring mal eine Decke.«

Azalea schluckt und nickt.

»Wo ist Rose?«, fragt Vater. Ich schüttle den Kopf, kann aber sehen, dass er sich Sorgen macht. Er deutet meine Tränen ganz falsch, also muss ich erzählen, wo Rose wirklich ist. Jetzt ist nicht nur meine Lüge geplatzt, sondern auch ihre.

Azalea kommt mit einer Decke zurück, wickelt sie um mich, während ihre Augen tausend Fragen stellen.

Vater hat eine Schüssel mit warmem Wasser geholt. Vorsichtig tupft er mit einem Schwamm Erde und Dreck von meinem Gesicht und den Armen ab.

»Jetzt erzähl uns, was passiert ist, mein Schatz«, flüstert er. Seine Hände zittern, als er das Blut von meinen Füßen abwäscht.

»Malte ...« Wieder schlucken die Tränen meine Worte.

»Malte? Der Junge, mit dem du auf dem Schuldach warst?«, fragt er.

Ich nicke.

Azalea sieht mich fragend an.

Wir werden von einem lauten Klopfen an der Tür unterbrochen.

»Was ist nun los?« Vater ist noch gar nicht auf den Beinen, als ein Ruf zu hören ist.

»Birke!«

Ich zucke zusammen. Es ist Malte.

»Ist er das?«, fragt Vater.

Ich nicke.

»Hat er ... hat er dir etwas angetan?«

Ich schüttle den Kopf. »Nein, aber es ist ... es ist etwas passiert. Wir haben uns geküsst, und ... er wurde so merkwürdig und heftig und ...« Wieder fließen die Tränen.

»Birke!«, ruft Malte wieder. Vater sieht aus, als wollte er Malte auf der Stelle umbringen.

»Er hat sonst nie ... Er war nie so ...«, flüstere ich.

Plötzlich ändert sich Vaters Blick, aus Wut wird etwas, das ich nicht deuten kann. Er seufzt. Dann steht er auf und geht hinaus zu Malte.

»Du musst jetzt gehen«, sagt er.

»Nein. Birke! Ich muss mit Birke reden.« Maltes Stimme klingt ganz verzerrt.

»Sie will dich nicht sehen!«

»Aber ich liebe sie!«, schreit Malte. »Birke!«, ruft er. Und wieder: »Birke!«

Ich begrabe mein Gesicht in den Händen.

»Geh nach Hause«, sagt Vater und wirft die Tür zu.

»Birke!« Malte geht ums Haus herum. Bleibt vor dem Wohnzimmerfenster stehen. Unsere Blicke begegnen sich. Sein Haar ist noch nass, und er ist barfuß, hat sich nur die Jacke über die Badeshorts gezogen. Sein Blick ist merkwürdig, abwesend, und ich muss nur noch mehr weinen.

»Birke!« Er hämmert gegen die Scheibe.

Vater zieht die Gardine vor.

»Kommt«, sagt er zu uns. »Wir müssen miteinander reden. Geht hoch in Birkes Zimmer und wartet dort auf mich.«

Ich habe keine Kraft, um zu protestieren. Lasse mich von Azalea die Treppe hochführen. In meinem Zimmer sinke ich auf dem Bett zusammen, wickle die Bettdecke wie einen

Schutzwall um mich. Meine Augen brennen, ich habe keine Tränen mehr.

»Birke!« Malte schreit immer noch da draußen. Ruft nach mir und ich schluchze. Weine, auch wenn keine Tränen mehr kommen.

Azalea legt den Arm um mich.

»Das wird sich schon wieder richten«, flüstert sie, wobei sie sich gründlich irrt. Nichts wird sich richten. Absolut nichts!

»Es tut mir so leid, Birke«, sagt sie, und meine Augen pressen die letzten Tränen heraus. Wir umarmen uns fest, das hilft ein wenig. Es ist gut, dass sie hier ist.

Ich höre, wie Vater Malte wieder zuruft, er solle nach Hause gehen. Er werde die Polizei anrufen, wenn er nicht verschwinde, aber Malte bleibt trotzdem draußen stehen.

Dann kommt Vater zu uns. Mit schweren Schritten geht er die Treppe hoch.

Er öffnet die Tür, seine Augen strahlen Müdigkeit aus. Schwer lässt er sich aufs Bett fallen.

»Das ist ...« Er schaut zum Fenster. In die Dunkelheit, in der Malte weiterhin ruft. »Das ist nicht normal«, sagt er, und eine grummelnde Unruhe in mir wird bestätigt.

»Malte ist ... Er ist vom Elfenblick getroffen worden«, erklärt Vater dann.

»Was bedeutet das?«, will Azalea wissen. Ich kann meine Gedanken nicht in Worte fassen.

Vater schaut lange auf seine Handflächen.

»Ich wünschte, eure Mutter wäre hier ...« Er stockt, und

die Luft im Raum wird stickig und schwer. Aber ich weiß, es nützt nichts, zu fragen, ich muss warten, bis er bereit ist, zu reden.

»Das ist schwer zu erklären, wenn man es selbst nicht versteht«, sagt Vater. »Aber Viola hat mir einmal davon erzählt. Das ist ... eine Technik, eine Waffe ... die die Elfen benutzen, um Menschen anzulocken. Sie nennen es den Elfenblick.«

Wieder verstummt er. Streicht mir über den Arm.

»Es tut mir leid, dass dir das passieren musste«, flüstert er. »Wenn eine Elfe einem Menschen tief in die Augen blickt und den Elfenblick benutzt, dann ... dann kann sie Menschen verzaubern. Wie auch euer Tanz, aber auf eine andere Art und Weise ... viel intensiver ... Er erweckt eine Lust in dem Betroffenen, eine Begierde. Sodass er im schlimmsten Fall von der Elfe wie besessen ist. Und dann tut er alles, um ihr nah zu sein. Folgt ihr auf allen Wegen.«

Besessen. Wahnsinnig. Das passt nur zu gut zu Maltes Blick in der Schwimmhalle.

»Normalerweise ist es nicht so heftig wie das, was wir hier erleben. Du musst lernen, ihn zu beherrschen. Ihn zu kontrollieren.«

»Wird er wieder normal?«, flüstere ich.

»Das hoffe ich.« Vater steht auf und schaut aus dem Fenster. Es ist eine Weile ruhig gewesen. »Ich denke, er hat sich beruhigt.«

Ich beiße die Zähne zusammen. Dann bin ich es also, die ihm das angetan hat. Ich habe ihn krank gemacht ...

»Warum hast du uns nie davon erzählt?«, flüstere ich.

»Ich habe nicht gewusst, dass ihr diesen Elfenblick beherrscht. Schließlich habt ihr nicht alle Fähigkeiten eurer Mutter geerbt, und ich hatte gehofft …« Wieder bricht er ab. »Außerdem habe ich geglaubt, das Risiko, dass ihr ihn benutzen könntet, wäre geringer, wenn ihr überhaupt nicht wisst, dass es ihn gibt.«

»Aber ich habe es gar nicht versucht …«, werfe ich ein.

»Versuche, dich an alles zu erinnern«, sagt Vater. »Was genau ist passiert?«

Ich lasse den Film in Gedanken zurückspulen. Gehe jede Sekunde an diesem Abend noch einmal durch, der Abend, der einfach nur fantastisch sein sollte, aber dann so schrecklich endete. Ich erinnere mich, wie wir eng umschlungen im Wasser waren. Erinnere mich an den starken Chlorgeruch. Erinnere mich, wie er meine Wange streichelte, und wie sich seine weichen Lippen auf meinen angefühlt haben.

»Ich habe mir gewünscht, dass er mich für alle Zeiten liebt«, flüstere ich. »Und dass er für immer mir allein gehört.«

Vater nimmt meine Hand, drückt sie.

»Du konntest es nicht wissen, Birke. Das war nicht deine Schuld.«

Er lässt meine Hand los.

»Ich werde ihm ein paar Decken bringen, damit er nicht erfriert«, sagt er.

Als Rose nach Hause kommt, steht Malte immer noch vor dem Haus Wache. Fast hindert er sie daran, hereinzukommen. Zunächst scheint sie das lustig zu finden, doch als sie meinen Blick sieht, verschwindet ihr Grinsen. Sie umarmt mich. »Das wird schon wieder werden«, sagt sie. »Vater wird das regeln.«

Ich sehe sie an. Wie sollte Vater das regeln können? Das ist Elfensache, nur Elfen können das regeln.

»Ich liebe dich, Birke!« Malte hat wieder angefangen zu rufen. Seine Stimme ist inzwischen ganz heiser geworden.

»Jedenfalls wird er bald aufhören«, sagt Rose. »Er hat ja fast keine Stimme mehr.«

Ich nicke leicht.

»Tut mir leid, dass ich das von dir und Benjamin erzählt habe«, sage ich.

»Das macht nichts«, sagt Rose und schaut weg. »Das ist sowieso vorbei. Er hat mir deutlich zu verstehen gegeben, dass es aus ist.« Ihre Stimme klingt fest, doch ihre Augen verraten sie. Ich kann die Tränen sehen, die in ihre Augen steigen.

»Birke!« Maltes Stimme ist jetzt ganz schrill.

Rose seufzt. »Wenn Benjamin mich nur halb so sehr lieben würde wie Malte dich.«

Ich runzle die Stirn.

»Das ist keine Liebe, Rose«, sage ich. »Er ist verrückt geworden ... besessen!«, sage ich.

Vater öffnet die Zimmertür.

»Ich habe die Polizei angerufen«, sagt er. »Sie sind auf dem Weg.«

Ich vergrabe mein Gesicht im Kissen.

»Darüber wird sich Maltes Mutter sicher nicht freuen«, sagt Rose.

Ich seufze. Nein, das wird sie nicht. Und es ist alles meine Schuld. Ich habe Maltes Leben noch mehr durcheinandergebracht, als es vorher schon war.

Vater befiehlt mir, die nächsten Tage zu Hause zu bleiben. Mein Handy bleibt stumm. Malte taucht einige Male auf, aber jetzt ruft er nicht mehr, und er geht, wenn Vater ihn darum bittet. Rose bleibt bei mir zu Hause. Sie versucht, mich mit Spielen abzulenken, was aber nichts nützt.

Vater spricht davon, die Schule zu wechseln, doch das will ich nicht. Das wird sich schon regeln. Wieder normal werden. Immer wieder frage ich Vater nach dem Blick. Aber er weiß nicht mehr darüber.

Er erfordert Augenkontakt und einen Wunsch von mir, das ist alles, was er weiß. Wenn ich ihm also nie wieder in die Augen sehe? Das erscheint trotz allem als eine sehr schwache, brüchige Hoffnung, dennoch klammere ich mich an sie.

»Was für ein Gefühl war das?«, fragt Rose.

»Was?«

»Den Blick anzuwenden, wie hat sich das angefühlt?«

»Schön ... Das heißt, es war schön, bis es merkwürdig wurde.«

»Das ist wirklich cool. Also, nicht, dass er so durchgeknallt ist, aber dass wir eine Kraft haben ... die Fähigkeit, sie dazu zu bringen, das zu tun, was wir wollen.«

»Das ist nicht cool«, widerspreche ich, fast schreie ich sie an. »Und ich wünschte nur, ich würde diese Fähigkeiten nicht besitzen. Das ist doch alles nur beschissen. Elfenblick, Loch im Rücken, dass wir jeden Monat tanzen müssen. Ich hasse es ... Ich hasse es!«, rufe ich.

Noch eine Chance

Drei Tage später will ich endlich wieder in die Schule gehen. Rose hat dafür gesorgt, dass alle seine SMS und Anrufe auf meiner Mailbox gelöscht sind. Ich weiß nicht, wie viele es waren, aber mehr als hundert, hat sie gesagt. Gestern kam nur eine. *Entschuldigung*, stand dort.

Vater sagt, das sei ein gutes Zeichen. Dass Malte dabei ist, »kuriert« zu werden. Kuriert von mir. Ich sollte diejenige sein, die »Entschuldigung« schreibt. Ich bin es doch, die ihn krank gemacht und ihm fast den Verstand geraubt hat.

Rose geht mit mir in die Schule, und als wir ankommen, ist Malte nirgends zu sehen. Er ist nicht da. Vielleicht bin ich nicht die Einzige, die überlegt, ob sie die Schule wechseln soll. Schließlich ist er neu hier. Ob er überhaupt hierbleiben will, nach allem, was geschehen ist?

Elexa entdeckt mich und kommt mir entgegen. Rose geht zu ihrer Klasse.

»Schick 'ne SMS, wenn etwas ist«, sagt sie und ich nicke.

»Alles wieder in Ordnung?«, fragt Elexa. »Hier laufen ja die heißesten Gerüchte über Malte und dich.«

»Alles in Ordnung, da ist nichts dran«, sage ich schnell.

»Nichts dran?« Sie klingt skeptisch. »Was ist los mit dir, Birke? Bis vor Kurzem warst du niemals krank und jetzt fehlst du andauernd.«

Ich beiße die Zähne zusammen. Schüttle nur den Kopf. Ich will nicht darüber reden. Dass bereits Gerüchte kursieren, ist schlimm genug. Ich werde nicht noch mehr in die Welt setzen. Das würde mir und Malte nur schaden.

»Nun komm schon, Birke«, sagt sie. »Du kannst mir doch vertrauen.«

Ich sehe sie lange an, und ich weiß, sie hat recht. Aber entweder müsste ich lügen oder ihr Geheimnisse verraten, die nicht nur meine sind, sondern auch Roses und Azaleas.

»Ich möchte nicht darüber reden«, sage ich nur.

Elexas Blick verändert sich. »Du erzählst mir überhaupt nichts mehr«, sagt sie und klingt enttäuscht und verletzt.

Sie trottet davon und lässt mich allein zurück. Die Schulglocke klingelt und ein ganzer Pulk Schüler bewegt sich auf die Treppe zu. Auch ich gehe dorthin. Alles wird bald wieder normal werden, Hauptsache, ich wirke normal. Verhalte mich normal.

Elexa ist bereits im Klassenzimmer verschwunden. Ich hätte mit ihr reden sollen. Aber das ist so schwer, weil ich nicht weiß, was ich sagen soll.

Ich schaue auf und sehe ihn. Malte. Er bahnt sich den Weg auf der Treppe zu mir. Shit.

Alles in mir gerät in Panik, ich fliehe in Richtung Fahrstuhl, der eigentlich nur den Sonderklassen und faulen Lehrern vorbehalten ist.

»Ey, Birke!« Ich kann Maltes Ruf hinter mir hören, verschwinde aber schnell im Fahrstuhl. Die Türen gleiten zu, während ich seine dunklen Locken näher kommen sehe.

»Birke!« Er schiebt eine Hand zwischen die Türen, sie öffnen sich wieder.

Er tritt ein und versperrt den Eingang, sodass ich nicht fliehen kann. Die Türen gleiten hinter ihm zu und schließen uns hier drinnen ein.

»Ich will doch nur mit dir reden«, sagt er und hebt abwehrend die Hände, während der Fahrstuhl sich stotternd in Bewegung setzt.

Ich erwidere nichts. Halte meinen Blick auf meine Stiefel gerichtet, sehe, wie die Schneekristalle langsam schmelzen und sich das braune Wildleder fast schwarz färbt.

»Das am Samstag ... Es tut mir leid ...«, setzt er an.

»Ist schon okay«, sage ich. Drehe mich zur Tür, ohne ihn anzusehen. Ich will nur raus, sobald sich die Fahrstuhltüren öffnen.

»Jetzt hör mir doch zu«, bittet er mit vorsichtiger Stimme.

»Es ist schon gut, Malte. Ich muss jetzt raus«, sage ich und versuche, mich an ihm vorbeizuzwängen.

Und da tut er etwas, das ich nie erwartet hätte. Er hämmert mit der Faust auf den Nothalteknopf, sodass der Fahrstuhl mit einem jähen Ruck stehen bleibt.

»Was machst du?«, frage ich und weiche erschrocken

einen Schritt zurück. Ist er doch noch nicht ganz kuriert? Ein heulender Alarmton setzt augenblicklich ein. Ich halte mir die Ohren zu.

»Wir müssen miteinander reden«, ruft er, um die Sirene zu übertönen. Unsere Blicke streifen sich. Die grauen Augen bitten um Entschuldigung, sie sind voller Scham.

»Es tut mir wirklich leid, wenn ich dich erschreckt habe. Das habe ich nicht gewollt«, sagt er und zwingt mich, ihn anzusehen. »Ich weiß nicht, was mit mir los war, aber eines musst du mir glauben: Ich habe nie gewollt, dass ...« Er beißt sich auf die Lippe und schlägt den Blick nieder. »Ich habe dich niemals erschrecken wollen, oder verletzen oder unter Druck setzen ... Ich ...« Er beißt sich wieder auf die Lippe. »Ich bin nur einfach verrückt nach dir!«

Das Alarmsignal erlischt, seine Worte hallen in der Stille nach.

Jemand klopft von außen an die Fahrstuhltür.

»Alles in Ordnung da drinnen?«, fragt eine Stimme, sie klingt wie die des Hausmeisters.

»Ja, alles gut«, antworte ich schnell, ohne Malte aus den Augen zu lassen.

»Wir holen euch da schon raus«, sagt der Hausmeister.

»Danke«, antworte ich, muss dann wieder Malte ansehen.

»Gib mir noch eine Chance«, bittet er.

Ich zögere. Weiß zu gut, dass es nur eine Antwort gibt. Nur eine Möglichkeit, ihn und mich zu schützen.

»Ich verspreche dir«, sagt er, »dass wir es ganz ruhig und still angehen, genau wie du willst.«

Ich sage nichts. Denn darum geht es ja gar nicht. Ich bin es, die zu gefährlich ist. Ich bin es, die ihm schaden kann. Ich bin es, die sich nicht unter Kontrolle halten kann. Meine Kräfte ...

»Komm schon«, flüstert er. »Ich tue, was du willst ...«

Es tut physisch weh, ihn so betteln zu sehen. Die schwache Hoffnung in seinem Blick zerschmettere ich mit meinem Zögern.

»Na gut, dann treffen wir uns nach der Schule«, sage ich. »Wir gehen in ein Café und reden darüber. Aber nur reden«, sage ich.

Seine Augen leuchten auf.

»Das würde ich wirklich gern«, sagt er. »Aber ich kann nicht. Ich muss nach der Schule direkt nach Hause gehen. Meine Mutter ... Sie hat das am Samstag nicht so leicht geschluckt. Wenn ich mich jetzt nicht an die Abmachung halte, dann schickt sie mich weg.«

»Weg?«

»Sie glaubt, ich nehme Drogen«, sagt er. »Sie hat ein Internat rausgesucht, das darauf spezialisiert ist.«

»Drogen?«, frage ich. »Wieso ...?«

»Na, nach dem letzten Samstag ... kannst du es ihr da verdenken?«, sagt er. »Das war doch total crazy ... Außerdem ...« Er schaut weg. »Nun ja, ich habe ... ich habe so etwas schon mal ausprobiert.«

»Was?!«

»So, jetzt holen wir euch jeden Moment da raus«, unterbricht die Stimme des Hausmeisters unser Gespräch.

»In der großen Pause«, schlägt Malte vor. »Wir können ein Stück gehen ... Ich kann dir alles erzählen.«

Ich zögere. Drogen ... Ich hätte nie gedacht ... Alles in mir drängt mich, Nein zu sagen. Als ob es nicht so schon schwer genug wäre. Aber ein Junkie. Die haben immer auf Roses und meiner No-go-Liste gestanden. Die Liste mit den Dingen, die einfach nicht in Ordnung sind und die den tollsten Typen zum Tabu werden lassen. Zumindest haben wir das gesagt, als wir noch jünger waren.

»Bitte, Birke«, bettelt Malte. »Gib mir eine Chance.«

Der Fahrstuhl fängt an zu knarren und fährt nach unten. Ich habe ungefähr noch 30 Sekunden, um mich zu entscheiden.

Ich denke an die Schwimmhalle, bevor er Amok lief und sagte, er sei in mich verliebt.

»Okay«, flüstere ich. »Ich höre mir an, was du zu sagen hast, aber ich verspreche nichts.«

»Danke«, sagt er. Und sieht dabei aus, als wünschte er sich nichts sehnlicher, als mich hier und jetzt zu küssen, doch er hält sich zurück.

Die Türen gehen auf, der Hausmeister sieht uns mit müdem Blick an.

»Was macht ihr überhaupt im Fahrstuhl?«, fragt er. Und für einen kurzen Moment fürchten wir, dass es wieder eines dieser peinlichen Schulleitergespräche geben wird, doch glücklicherweise seufzt er nur tief.

»Seht zu, dass ihr in den Unterricht kommt.«

Ich laufe die Treppe hinauf. Der Flur ist menschenleer. Aus dem Klassenraum kann ich Stimmen hören. Ich hasse es, zu spät zu kommen. Und das erst recht, nachdem ich drei Tage am Stück gefehlt habe.

Ich drücke die Tür auf. Lennard sieht mich an.

»Sieben Minuten zu spät, Birke, ich hoffe, das kommt nicht wieder vor.«

»Nein«, murmle ich, während ich auf meinen Platz husche. Elexa schaut mich an, senkt aber schnell ihren Blick.

In der kleinen Pause bleibe ich in der Klasse. Ich kritzle auf meinem Block herum, während mein Gehirn versucht, das einzuordnen, was Malte gesagt hat. Drogen. Der süße Malte hat Drogen genommen. Jetzt brauche ich nicht mehr weiter darüber zu spekulieren, warum er von seiner alten Schule geflogen ist. Aber ... Drogen, das macht einfach keinen Sinn. Das passt nicht zu Malte.

»Ich habe gehört, dass die Polizei ihn abholen musste«, kichert Sofia.

»Er ist total neben der Spur«, sagt Emma und wirft ihr Haar nach hinten. »Das ist auch der Grund, wieso er so scharf auf die da ist.« Sie nickt leicht mit dem Kopf in meine Richtung.

»Ich dachte, du findest ihn so toll«, sagt Lola.

»Ich?!« Emma schnaubt. »Natürlich nicht. Ich habe sofort gemerkt, dass mit ihm etwas nicht stimmt. Ich wollte nur nett zu ihm sein, schließlich war er neu und so.«

Ich bohre die Kugelschreiberspitze ins Papier. Ein Loch

entsteht, und ich male einen kleinen, blauen Fleck auf das helle Holz.

Die nächsten beiden Stunden vergehen wie im Dämmerschlaf, bis es endlich läutet.

Ich laufe die Treppe hinunter. Durch das Schultor hinaus. Atme die Luft tief ein. Es regnet. Die Tropfen fühlen sich wie zarte feuchte Küsse auf den Wangen an.

Einige aus der 10. Klasse gehen an mir vorbei, sie sind auf dem Weg zur Pizzeria, um sich ihr Mittagessen zu holen. Hinter mir füllt sich langsam der Schulhof. Alle aus den unteren Klassen müssen in den Pausen raus, ganz gleich bei welchem Wetter. Das ist eine Art missverstandener Gesundheitspolitik.

Die Mädchen drängen sich unter dem Vordach, stehen dicht gedrängter als Hühner in Legebatterien, während sie miteinander flüstern oder ihre SMS checken.

Malte kommt mir entgegen, in der Hand eine Plastiktüte. Die Regentropfen lassen sein Haar glitzern, bis er sich die Kapuze überzieht. Alles um mich verstummt. Es scheint, als ruhten alle Augen auf uns. Tratsch verbreitet sich schnell in Tørveby, und jetzt wollen alle wissen, wie das nächste Kapitel in der Birke-und-Malte-Geschichte aussehen wird.

»Komm mit«, sagt er, und wir gehen die Straße hinunter, während der Lärm vom Schulhof abebbt.

Der Regen wird stärker, die Tropfen größer.

Die ersten hundert Meter sagen wir gar nichts. Unsere Schuhe spritzen durch die Wasserpfützen.

Dann reicht Malte mir die Tüte.

»Das sind deine Sachen«, sagt er. »Die du in der Schwimmhalle zurückgelassen hast.«

»Danke«, murmle ich und schaue in die Tüte.

Wieder gehen wir eine Weile schweigend nebeneinander.

»Das hat angefangen, als mein Vater gestorben ist«, beginnt er dann. »Ich wollte nur eines, weg von allem.«

Ich sage nichts. Verstehe ihn und verstehe ihn doch nicht. Das Gefühl kenne ich. Den Wunsch, wegzukommen. Seinen Körper - sein Leben - zu verlassen, und wenn es nur für ein paar Tage ist. Aber auch wenn ich das Gefühl sehr gut kenne, würde ich mich niemals für Drogen entscheiden.

Seine grauen Augen suchen meine. Er will, dass ich es verstehe. Ihm verzeihe.

»Ich hätte es nie tun sollen, aber nur so konnte ich die Gedanken ausschalten. Denn die Erinnerungen ... Es war die einzige Möglichkeit, es auszuhalten, das habe ich jedenfalls geglaubt«, sagt er.

»Was hat dich dazu gebracht, aufzuhören?«, frage ich.

»Meine Mutter hat es gemerkt«, sagt er. »Ich war so dumm, zu glauben, dass ich es vor ihr verbergen könnte. Schließlich ist es ja ihr Job, so etwas zu bemerken. Sie hätte es bestimmt schon viel früher entdeckt, wenn sie nicht selbst vollkommen fertig gewesen wäre, weil mein Vater nicht mehr da war.«

Ein Stück weiter die Straße hinauf hupt ein Auto. Irgendwie bin ich enttäuscht. Ich hätte mir gewünscht, er selbst hätte eingesehen, dass er aufhören müsse. Dass er zur Vernunft gekommen wäre und die Kraft dafür gehabt hätte.

Stattdessen war es seine Mutter, die ihn gerettet und ihn aus dem Sumpf herausgeholt hatte.

»Meine Mutter hat auch beschlossen, dass wir umziehen. Weg von allem. Ich glaube, sie hat sich für Tørveby entschieden, weil es so verdammt klein ist. Sie kann eigentlich die ganze Stadt im Blick behalten.«

»Bist du immer noch süchtig?«, frage ich.

»Nein«, antwortet er. »Nicht mehr. Es hat ja nichts genützt, sobald der Rausch vorbei war ... Ja, dann hat der ganze Scheiß wieder auf mich gewartet.«

Wir sind stehen geblieben. Der Regen tropft von seiner Kapuze.

»Ich habe ein paarmal mit einem Psychologen geredet. Das hat mir ein bisschen geholfen«, fährt er fort.

Er ergreift meine Hände. »Ich verspreche dir, Birke, es ist vorbei. Ich werde niemals wieder etwas nehmen. Das Ganze war ein dummer Fehler.«

Ich weiche seinem Blick aus. Seine Augen sind wie Treibsand, in dem ich zu versinken drohe.

Mein Körper würde ihn am liebsten dicht an sich ziehen. Ihn küssen und ihm sagen, dass ich es verstehe, dass es okay ist. Alle haben ja wohl das Recht, einen Fehler im Leben zu machen.

»Ich schwöre dir, ich habe am Samstag nichts genommen. Ich weiß nicht, was da passiert ist, aber auf jeden Fall waren da keine Drogen im Spiel! Du kannst meine Mutter fragen, sie hat eine Urinprobe eingeschickt.«

»Ich glaube dir«, sage ich. Schließlich bin ich ja wohl die

Einzige in der ganzen Stadt, die genau weiß, dass Drogen nicht der Grund sind. Sondern ich.

»Danke«, sagt er. Die Trauer verschwindet aus seinem Gesicht. Stattdessen beugt er sich vor, um mich zu küssen, hält aber kurz davor inne, nur zwei Millimeter von meinem Mund entfernt. Er sieht mich ganz ernst an.

»Darf ich dich küssen?«, fragt er dann.

Vor meinen Augen blitzt es rot und schwarz auf. Ich würde nichts lieber tun, als Ja zu sagen, aber hier geht es nicht um Drogen. Es geht um letzten Samstag und dass ich nie wieder ihn oder mich in Gefahr bringen darf.

Meine Zunge ist wie gelähmt, aber ich zwinge mich zu der einzigen Antwort, die richtig ist:

»Nein.«

Der Rest des Tages versinkt in einem Malte-Nebel. Die Vernunft sendet immer wieder Warnsignale. Sagt mir, dass es richtig war, mit Malte Schluss zu machen – wenn es das überhaupt war, was ich gemacht habe. Wir waren ja nie offiziell ein Paar, aber trotzdem fühlt es sich so an. Als hätten wir Schluss gemacht. Als hätte ich alles zerstört, was es zwischen uns gab. Und schon jetzt vermisse ich ihn. Ich kann den Gedanken einfach nicht ertragen, dass es heute das letzte Mal gewesen sein soll, dass wir zusammen waren.

»Birke Bisgård?«, fragt eine Frauenstimme, als ich nach dem Unterricht über den Schulhof gehe.

Ich drehe mich um. Stehe direkt vor … Es durchzuckt

mich. Das ist die Frau aus der Show, die mich so merkwürdig angestarrt hat. Also war das doch keine Halluzination.

»Darla«, sagt sie und streckt mir die Hand entgegen. Sie ist ganz in Schwarz gekleidet. Von den Lederstiefeln über den Rock, bis zur Bluse und dem Blazer. Das schwarze Haar ist in einem Knoten zusammengefasst. Sie sieht gleichzeitig jung und alt aus.

Die Hand hängt vor mir in der Luft, und ich zwinge mich, sie zu ergreifen, auch wenn alle Alarmglocken in meinem Körper aufschrillen. Ich erwidere ihren Händedruck nur sehr schwach.

»Ich bin die neue Sportlehrerin hier an der Schule«, sagt sie und ich werde noch verwirrter. Sie sieht überhaupt nicht aus wie eine Sportlehrerin. Dazu ist sie viel zu sehr durchgestylt.

»Hast du meine Nachricht bekommen?«, fragt sie, während der Wind eine Haarlocke aus ihrem Knoten zerrt. Die schwarze Locke tanzt vor ihrem Gesicht.

Schließlich fällt mir der Zettel ein, das Tanzprojekt.

»Ja, Entschuldigung«, sage ich, »aber ich kann leider nicht daran teilnehmen.«

»Warum nicht?«

»Mein Vater hat Nein gesagt«, erkläre ich. Ich bin es nicht gewohnt, mich den Lehrern gegenüber zu rechtfertigen. Vater hat vor vielen Jahren mit der Schulleitung gesprochen und eine Sonderregelung für uns durchgesetzt. Und seitdem haben die Lehrer diese immer akzeptiert, ohne nachzufragen.

Ihr Blick bohrt sich in meinen, ich bin gezwungen, mein Nein zu erklären.

»Ich ... äh ... ich mache ein spezielles Trainingsprogramm und da darf ich nicht nebenbei woanders tanzen.«

»Das ist aber wirklich schade. Ich hatte gehofft, dass du in den Unterricht kommen und uns ein bisschen erzählen könntest, wie man tanzt, und uns ein paar Tipps gibst.«

»Das geht leider nicht«, erkläre ich.

»Wie ärgerlich«, sagt sie, klingt aber, als ob ihr das gar nicht leidtut. Sie wirkt eher ... Ja, wie eigentlich? Ich weiß es nicht. Weiß nur, dass die Alarmglocken in mir schrillen.

Ihr Blick brennt sich mir ein.

»Ich werde die Schulleiterin bitten, deinen Vater anzurufen«, sagt sie dann. »Ich möchte wirklich gern, dass Rose und du mitmacht. Vielleicht können wir uns alle mal zusammensetzen und gemeinsam überlegen, wie wir das einrichten können.«

»Vielleicht«, nicke ich.

»Ach übrigens – ich habe eure Show am Donnerstag gesehen«, sagt sie.

»Ach ja?«, sage ich und tue so, als hätte ich sie gar nicht erkannt.

»Die war ziemlich beeindruckend«, fährt sie fort und da ist es wieder. Dieses merkwürdig stechende *Etwas* in ihren Worten, das mich nervös macht. *Ziemlich beeindruckend.* Die Art, wie sie das sagt. Sie klingt nicht so ... fasziniert wie die anderen.

»Danke«, sage ich.

»Aber etwas wundert mich«, fügt sie hinzu. »Ich dachte, ihr seid vier Schwestern.«

»Vier?« Mir stockt der Atem. »Nein, wir sind nur drei.«

»Hm.« Ihre Lippen ziehen sich zusammen. »Dann muss ich irgendetwas falsch verstanden haben«, sagt sie nur.

Die langen schwarzen Nägel streichen über den Blazer.

»Es war nett, dich kennenzulernen, Birke«, sagt sie und geht. Nein, sie geht nicht einfach. Sie ... *gleitet* über den Hof.

Es war nett, dich kennenzulernen. Nett wäre wohl das letzte Wort, was ich bezüglich unseres Gesprächs benutzen würde.

Mir ist so kalt, als wären meine Adern mit winzigen Eiskristallen statt mit Blut gefüllt.

Aspirin

Ich gehe durch den Wald nach Hause. Es regnet nicht mehr. Stattdessen ist der Frost zurückgekehrt. Ich laufe über den Schnee, er ist fest und knirscht.

In den letzten Tagen hat es abwechselnd gefroren und getaut. Das hat die Schneeklumpen steinhart werden lassen.

Ich schaue zur Sonne hinter den Wolken auf. Habe das Gefühl, der Winter dauert schon eine Ewigkeit.

»Birke?« Jemand ruft hinter mir.

Ich sehe Rose, die ihre Jacke bis zum Mund hochgezogen hat.

»Schläfst du?«, fragt sie. »Ich habe mindestens hundertmal nach dir gerufen.«

»Entschuldige.« Ja, ich schlafe. Oder nein, ich bin nur in eine Welt voller Sorgen versunken. Malte. Elexa, die enttäuscht ist. Darla. Diese merkwürdige, komische Darla.

»Deinetwegen habe ich rennen müssen«, erklärt Rose, während sie etwas Schnee von den Stiefelspitzen abklopft.

»Entschuldige«, wiederhole ich nur, dann gehen wir gemeinsam weiter durch den Wald.

»Ich habe heute die neue Sportlehrerin kennengelernt«, erzähle ich, nachdem wir eine Weile gelaufen sind.

»Ja, ich auch.« Rose nickt. »Sie scheint richtig nett zu sein.«

»Nett?«, frage ich nach.

»Ja, sie fand unsere Show ganz toll, und sie wollte gern wissen, wo wir tanzen gelernt haben. Ich musste ihr natürlich ziemlich was vorlügen, aber sie war wirklich sympathisch.«

Ich starre Rose an. Haben wir die gleiche Darla getroffen?

»Sie will die Schulleiterin dazu bringen, Vater anzurufen«, erzähle ich. »Sie glaubt, sie kann ihn überreden.«

»Na, dann viel Glück«, grinst Rose. »Und wie war dein Tag sonst? Ich habe keine SOS-Nachricht erhalten.«

»Ich habe mit Malte gesprochen«, berichte ich. »Das Ganze tut ihm wirklich leid, und er kann einfach nicht verstehen, wie das passieren konnte. Er glaubt, das sei alles seine Schuld.«

»Hast du mal dran gedacht, ihm die Wahrheit zu sagen?«, fragt Rose.

Ihre Worte lassen mich abrupt stehen bleiben. Hat sie jetzt total den Verstand verloren?

»Ich habe doch nicht gesagt, dass du das tun sollst. Ich habe nur gefragt, ob du nicht schon mal am liebsten alles erzählt hättest«, erklärt sie und schüttelt sich vor Kälte.

»Natürlich, aber ich würde es niemals tun.« Ich lege die

Betonung auf *niemals*. Es kann schon sein, dass Rose und ich in der letzten Zeit ... nun ja, dass wir beide eine ganze Menge Regeln gebrochen haben und unvorsichtig gewesen sind, aber diese Regel ... das ist die Regel, die über allen anderen steht. Sie ist in unsere DNA eingemeiselt. Wir dürfen niemals, nie im Leben jemandem etwas davon erzählen.

»Natürlich nicht«, beschwichtigt sie mich. »Aber als ich mit Benjamin zusammen war, da habe ich schon daran gedacht. Wenn ich ihm nur alles erzählen könnte, dann ...«

»Das wird niemals möglich sein«, sage ich.

»Nein, das weiß ich auch. Aber deshalb kann man es ja wohl trotzdem wollen ... und sich in der Fantasie ausdenken, was passieren würde, wenn er es wüsste. Ob er das verstehen würde. Aber selbstverständlich sage ich ihm nichts. Ich bin ja nicht vollkommen verrückt.«

Wir gehen weiter. Ein Vogel krächzt oben in den kahlen Baumkronen. Der Wald hat sich in verschiedene Nuancen von Schwarz, Weiß und Braun verwandelt. Roses rotes Haar ist der einzige Farbtupfer.

Wieder bleiben wir stehen. Nur wenige Meter von uns entfernt knabbert ein Hirsch an einem Baum die Rinde ab. Wir sehen, wie er ganze Streifen abzieht. Sein helles Fell hat fast die gleiche Farbe wie mein Haar.

Der Hirsch dreht den Kopf und entdeckt uns. Seine schwarzen Augen betrachten uns wachsam.

Ich halte den Atem an, möchte so gern, dass er nicht wegläuft. Auch wenn ich schon tausendmal Hirsche gesehen habe, sie faszinieren mich immer wieder. Das ist so ein kleiner magischer Augenblick. Fast wie der Anblick einer Sternschnuppe: Man muss ihn genießen, solange er anhält, denn wenn man blinzelt, ist er weg.

Kaum habe ich den Gedanken zu Ende geführt, da springt der Hirsch schon davon, und nur die Abdrücke seiner Hufe bleiben im Schnee zurück als Beweis, dass er hier gewesen ist.

»Ich möchte dich etwas fragen«, sagt Rose, während wir dem Hirsch hinterhersehen.

»Ja?«, frage ich. Wir gehen weiter.

»Es ist nur so ... heute habe ich ein bisschen mit William aus meiner Klasse geflirtet. Einfach um zu sehen, ob ich über Benjamin hinwegkomme ...«

Ich verdrehe die Augen. Typisch Rose, zu glauben, dass Flirten der einzige Weg ist, Liebeskummer zu überwinden.

»Nun ja, wie auch immer«, spricht sie weiter, »plötzlich habe ich mir Megasorgen wegen dieses Elfenblicks gemacht. Also, dass ich ihn vielleicht einmal benutze, ohne es zu wissen.«

Ich nicke, kann sie problemlos verstehen.

»Und dann habe ich mir gedacht, ob du mir etwas mehr darüber sagen könntest, wie es passiert ist, zum Beispiel«, fährt sie fort. »Nur damit ich weiß, was ich vermeiden muss.«

Zuerst zögere ich, ich habe einfach keine Lust, mich wieder an die Situation zu erinnern. Ich will mir nicht noch einmal vor Augen führen, wie bedrohlich Malte plötzlich wurde.

Mein Kopf hat mich die letzten Tage genug mit diesen

Bildern gequält. Was wäre passiert, wenn es mir nicht gelungen wäre, zu fliehen?

»Das ist schwer zu erklären«, sage ich. Streiche mit den Handschuhen über einige der rauen Baumstämme.

Ich sollte es ihr erklären. Rose muss es wissen, damit nichts schiefgeht, damit sie nicht das durchmachen muss, was ich durchgemacht habe.

Langsam erzähle ich es ihr. Gemeinsam durchforsten wir meine Erinnerung. Ich berichte ihr von jedem einzelnen Gedanken, jeder Berührung, jedem Gefühl.

Rose sieht mich nachdenklich an. Und ich kann sie gut verstehen. Das war nicht nur eine einzelne Sache. Nichts, was man mit einem Knopfdruck ein- oder ausschalten kann. Das war ein Netz aus Ereignissen, Gedanken und Gefühlen.

»Ich glaube, der Moment war entscheidend, in dem ich mir wirklich gewünscht habe, er möge mich für immer lieben, immer mir gehören«, sage ich zum Schluss. »Das war kein kleiner, hingeworfener Wunsch. Das war ein brennendes Gefühl, als würde ich sterben, wenn das nicht geschieht.«

Wir sind am Haus angekommen und sehen Azalea durch die großen Fensterscheiben im Wohnzimmer. Sie sitzt auf dem Sofa. Ein Buch liegt auf dem Tisch vor ihr, aber sie liest nicht, starrt nur vor sich hin, als würde sie die Bedeutung der Schatten an den Wänden deuten wollen.

»Ich glaube, ich verstehe«, sagt Rose.

Ich zucke leicht mit den Schultern. Weiß nicht so recht, ob es möglich ist, dass sie es versteht, wenn ich es selbst nicht einmal kapiere.

Wir gehen ins Wohnzimmer zu Azalea. Sie wirkt bleicher als sonst, als hätte die Winterkälte die letzte Farbe aus ihren Wangen gezogen.

Ich entdecke eine Schachtel auf dem Tisch neben dem Buch. Aspirin. »Ist Vater zu Hause?«, frage ich.

Sie schüttelt den Kopf.

Ich setze mich neben sie.

»Hast du davon was genommen?«, frage ich und nehme die Schachtel in die Hand. Sie ist geöffnet. Ich kann deutlich sehen, dass zwei Tabletten fehlen.

»Kopfschmerzen«, murmelt sie. »Aber die helfen nicht.«

Wir sehen einander an. Wir haben nie Kopfschmerzen, nehmen nie Medikamente.

Azalea hält ihren Blick auf das Buch gerichtet.

»Ich hatte wieder eine Erscheinung«, sagt sie, ohne den Blick zu heben.

Rose und ich zucken zusammen.

»Alles in Ordnung mit dir?«, frage ich und lege eine Hand auf ihren Arm. Obwohl sie einen Pullover trägt, ist sie ganz kalt.

»Ja, mit mir ist alles in Ordnung, Birke«, sagt sie.

»Was hast du gesehen?«, fragt Rose.

»Das ... das Gleiche wie beim letzten Mal«, sagt sie und ihre Worte ziehen die Finsternis ins Haus.

Sie hat sich selbst sterben sehen. Wieder. All die anderen Sorgen haben Azaleas Erscheinungen fast aus meinem Bewusstsein verdrängt, aber jetzt sind sie wieder da und die Angst mit ihnen.

»Aber dieses Mal habe ich noch etwas anderes gesehen«, fährt sie fort.

»Was?«, fragt Rose, während es mir in den Ohren rauscht. Ich bin mir nicht sicher, ob ich es überhaupt hören will. Ich kann Azalea schon jetzt ansehen, dass es nichts Gutes ist.

»Ein Mann ist im Bach ertrunken«, sagt sie.

»Ein Mann?«, frage ich.

»Ich habe sein Gesicht nicht gesehen«, sagt sie. »Aber er ist im Bach ertrunken, und dann ... dann kamen diese dunklen Schatten. Sie haben etwas mit mir gemacht, sodass ich krank geworden bin, und dann ...« Ihre Augen werden feucht.

»Wann ist das passiert?«, frage ich.

»Vor einer Stunde«, sagt sie und ihre Stimme zittert. »Ich bin da umgefallen.« Sie zeigt zum Wohnzimmerboden, auf Mutters Todesfleck. Und auch wenn sie es nicht sagt, so weiß ich doch, dass es genau dort passiert ist. Dort ist sie umgefallen.

Wenn nichts mehr einen Sinn macht

Schon wieder schlechte Neuigkeiten für Vater. Er schimpft mit uns, weil wir ihn nicht sofort angerufen haben. Er ist wütend, dass wir gewartet haben, bis er nach Hause kam, und ihm erst dann von Azaleas Visionen erzählt haben.

Er hält uns eine Standpauke, erklärt uns, wie leid er es ist, dass wir es ihm so schwer machen, uns zu beschützen. Dass wir zu viel vor ihm verbergen und uns nicht an seine Regeln halten.

Es endet mit einem Riesendonnerwetter für mich und Rose, weil wir uns mit Malte und Benjamin verabredet haben. Und dieses Donnerwetter ist – wenn ich ganz ehrlich bin – mehr als gerechtfertigt. Eigentlich habe ich die ganze Zeit darauf gewartet. Gedacht, dass er es wohl aufschiebt, weil ich ihm nach allem, was mit Malte passiert ist, leidgetan habe. Nachdem er mit uns eine gefühlte Stunde geschimpft hat, verlässt er das Haus mit dem Hinweis, er müsse mit dem Nöck reden.

»Das war nicht ganz fair«, sagt Rose. Sie zittert ein wenig. Wir sind es nicht gewohnt, dass Vater so mit uns redet. »Ich meine, was für einen Unterschied macht es, ob er von deinen Erscheinungen jetzt erfährt oder in dem Moment, als es passiert ist. Für die Sache selbst können wir ja nun wirklich nichts, oder?«

»Na, genau darum handelt es sich wohl«, sagt Azalea. »Er fühlt sich machtlos.«

Roses Augen verengen sich. Sie kann es offenbar nicht schlucken, dass Azalea Vaters Standpauke, die wir gerade über uns haben ergehen lassen müssen, auch noch verteidigt.

»Sicher, aber wir fühlen uns wohl alle ... machtlos«, sage ich.

Das Wort liegt mir seltsam fremd auf der Zunge, als ob es nicht zu mir passt, und dem ist wohl auch so. Ich würde wahrscheinlich eher ängstlich, panisch oder vielleicht *wütend* sagen. Weil mein Leben von Unfällen vergiftet wird. Weil all diese Dinge meine Welt langsam, aber sicher schwarz färben.

»Ja«, sagt Azalea. »Aber für Vater muss es besonders hart sein. Es ist das erste Mal, dass es etwas gibt, vor dem er uns nicht beschützen kann.«

Ich beiße mir auf die Lippe. Vielleicht hat sie recht. Vater kann uns nicht mehr beschützen. Er kann Azaleas Erscheinungen nicht leugnen. Er kann nichts daran ändern, dass ich den Elfenblick benutzt habe.

Der Abend wird sehr still. Nachdem Vater vom Nöck zurückgekommen ist, schweigt er, und ich will ihn nicht fragen. Ich will gar nicht wissen, worum er den Wassergeist gebeten hat. Ich denke an den Mann in Azaleas Vision. Ob das auch ein Elf war? Noch einer, der uns aufsucht. Und wenn dem so ist und er ertränkt wurde, warum stirbt Azalea dann weiterhin in ihrer Vision?

Das Telefon klingelt, Vater springt auf. Er geht in sein Arbeitszimmer und nimmt dort das Gespräch an.

»Hier ist Daniel Bisgård, hallo?«, meldet er sich, bevor er die Tür schließt.

Meine Gedanken wandern in die Ferne. Obwohl meine Augen offen sind, sehe ich nichts. Ich bin nur ... weg. Und das ist schön. Es scheint, als hätte mich ein schwarzes Loch aufgesogen. Eine schöne Dunkelheit ohne Angst und Sorgen.

»Das war eure Schulleiterin.« Vaters Stimme zwingt mich zurück in die Wirklichkeit.

»Ach ja, ich habe vergessen, dir zu sagen, dass sie anrufen wollte«, murmle ich.

»Sie hat gesagt, dass eure neue Sportlehrerin möchte, dass ihr in zwei Wochen den anderen Schülern Tanzschritte zeigt.«

»Und du hast ihr ja wohl gesagt, dass das nicht möglich ist«, sagt Rose. Sie liegt auf dem Sofa, die Beine auf meinem Schoss, die Füße ruhen auf der Armlehne. Sie bewegt die Zehen in den Wollsocken, die Großmutter ihr noch gestrickt hat.

»Nein«, erwidert Vater und wir starren ihn alle drei an. »Ich habe versprochen, dass ich am Montag in der Schule vorbeischaue und mit ihr darüber reden werde, was sich machen lässt.«

»Was?«, frage ich ungläubig.

Vater reibt sich das Gesicht.

»Ihr sollt nur etwas darüber erzählen, was es bedeutet, Tänzerin zu sein«, sagt er müde. »Ich habe gesagt, dass ihr nicht tanzt.«

»Aber ...«, setze ich an. Am liebsten würde ich ihm sagen, dass ich Angst habe, Darla könnte uns zu mehr zwingen.

»Jetzt Schluss damit«, sagt Vater. »Für heute reicht es an Diskussionen.« Er lässt sich aufs Sofa fallen, sieht vollkommen erschöpft aus. Ist das der Grund, dass er sich auf die Schulleiterin eingelassen hat? Normalerweise würde er doch immer zu solch einem Vorschlag Nein sagen, aber wahrscheinlich ist er einfach zu müde. Zu erschöpft von all den Problemen mit Azalea und mir.

Die Tage vergehen. Die Schule ist einfach schrecklich. Elexa weicht mir aus und Malte beobachtet mich die ganze Zeit. In den Pausen merke ich immer wieder, dass er mich ansieht, und wenn ich mich umdrehe, steht er da. Er versucht es nicht einmal zu verbergen, sieht mich direkt mit seinem verletzten Blick an. Und er muss mich ja auch für eine schreckliche Person halten, nachdem ich ihn habe fallen lassen für etwas, was er getan hat, bevor ich ihn überhaupt kannte.

Daheim ist die Stimmung gedrückt, und auch wenn niemand etwas sagt, so können wir es alle sehen. Azalea. Ihre Haut wird immer grauer, und mehrere Male sehe ich, dass sie Aspirin nimmt, auch wenn sie selbst behauptet hat, es nütze nichts.

»Geht es dir schlecht?«, frage ich eines Abends, als sie sich ein Glas Wasser einschenkt.

Sie nickt. »Die Kopfschmerzen sind die ganze Zeit da«, sagt sie und zeigt auf ihre Schläfen. »Sie wollen einfach nicht verschwinden.«

Vater versucht es mit Kräutertee. Er war schon immer der Meinung, dass Kräuter für uns besser seien als Medizin, aber hier scheinen sie nichts zu nützen, und die Ränder unter Azaleas Augen sagen mir, dass sie nicht schlafen kann.

Doch sie will nicht darüber reden, und Vater sagt, wir sollten sie in Ruhe lassen. Aber wie kann ich sie in Ruhe lassen, wenn ich sehe, wie schlecht es ihr geht? Sehe, dass die Erscheinungen sie kaputt machen?

Nach dem Abendessen gehe ich hoch in mein Zimmer. Die Sorgen lassen mich nicht zur Ruhe kommen. Ich stehe wieder aus dem Bett auf. Gehe zu Azaleas Tür. Ich drücke das Ohr gegen das Holz und lausche. Ich kann ihrem Atem anhören, dass sie wach ist. Die letzte Zeit hat sie tagsüber mehr geschlafen als nachts, als ob sie dann besser schlafen kann.

Ich denke an den nächsten Tag. Die Schule ist kaum noch zu ertragen, und der Gedanke, dass ich vor der ersten Stunde Darla treffen soll, macht mich unruhig.

Ich gehe hinunter zu Roses Zimmer, denn ich finde, wir sollten uns lieber einen Plan zurechtlegen, damit wir wissen, was wir Darla sagen wollen. Ich klopfe kurz an und öffne die Tür. Rose zuckt zusammen und dreht sich um. Sie steht in Jacke und Stiefeln im Raum. Will gerade den Reißverschluss der Jacke zuziehen.

»Was machst du da?«, frage ich.

»Psst …« Sie legt den Finger auf den Mund.

»Was machst du da?«, frage ich noch einmal. Dieses Mal leiser.

»Benjamin hat mir geschrieben«, sagt sie und zieht sich das Haar aus der Jacke.

»Du willst ihn doch wohl jetzt nicht treffen?«, frage ich. Vater hat uns sehr deutlich zu verstehen gegeben, dass Schluss ist mit Jungs und irgendwelchen Dates.

»Es ist nicht so, wie du denkst«, sagt sie und sieht mich an. Sie hat Make-up aufgelegt. Die Wimpern sind schwarz, der Eyeliner zeichnet den Augenrand nach. »Ich will nur meine Sachen bei ihm abholen.«

»Rose, dafür hast du dich so herausgeputzt?«

Sie seufzt.

»Was ist daran verkehrt, dass ich gut aussehen will?«, fragt sie und zieht sich die Lippen mit Lipgloss nach. »Schließlich ist es das letzte Mal, dass ich ihn sehe.«

»Glaubst du nicht, es wäre besser, wenn du zu Hause bliebest?«, bohre ich weiter. Die Wut ist mir anzuhören. Wie kann sie jetzt an Benjamin denken? Trotz allem, was gerade passiert. Mit Azalea, die jeden Tag mehr verwelkt …

wenn man dieses Wort auch für einen Menschen benutzen kann.

»Birke, ich will ihm eine CD bringen und einen Film abholen. Ich bin in höchstens einer Stunde wieder zurück«, sagt sie.

»Aber wir müssen unbedingt über das Treffen mit Darla morgen reden.«

»Jaja, das machen wir, wenn ich wieder zurück bin.«

Ich öffne den Mund, um zu protestieren, aber sie wirft nur schnell einen letzten Blick in den Spiegel und öffnet dann das Fenster.

»Tu mir einen Gefallen und sage Vater nichts«, bittet sie mich und klettert hinaus. Die hochhackigen Stiefel landen auf der Erde. »Und lass das Fenster offen.«

Ich starre ihr wortlos nach. Ich kann sie einfach nicht verstehen. Oder vielleicht doch? Ist das ihre Art und Weise, mit der Situation umzugehen? Ihre Art zu fliehen? Ist Benjamin ihr Rausch, mit dem sie die Probleme beiseiteschieben kann?

Ich sehe Rose zwischen den Bäumen verschwinden, dann gehe ich wieder hoch und klopfe bei Azalea an.

»Komm rein«, sagt sie.

Ich schiebe die Tür auf und zwinkere ein paarmal verblüfft. Azalea sitzt auf ihrem Bett. Um sie herum liegen Formelsammlungen und Mathematikbücher, auf ihrem Schoß ein Heft. Sie macht ihre Mathehausaufgaben.

»Wie kannst du jetzt nur Hausaufgaben machen?«, frage ich.

»Na, das Leben hört ja nicht auf«, sagt sie. »Und solange wir nichts Genaueres wissen, nichts machen können ...« Azalea tippt etwas in ihren Taschenrechner und runzelt die Stirn, es scheint, als wäre sie alles andere als zufrieden mit dem Resultat, das der Taschenrechner ihr zeigt.

»Ja, aber trotzdem ... Hausaufgaben?« Ich starre sie an. Ich hatte mir eher überlegt, ob wir nicht einfach abhauen sollten. Auf eine Safari in Kenia oder etwas in der Art. Nur für eine Weile verschwinden.

»Ich muss einfach glauben, dass sich das Ganze schon lösen wird«, sagt sie. »Und wenn es so weit ist, dann will ich meinen Notendurchschnitt nicht total versaut haben.«

Ich seufze. Sie hat ja recht. Natürlich hat sie recht. Ich habe lange Listen mit Hausaufgaben, Texten und Abgabeterminen, die ich in letzter Zeit versäumt habe. Außerdem ist es schön, zu sehen, wie sie so ihre Sorgen für einen Moment vergessen kann.

»Was macht der Kopf?«, frage ich.

»Immer das Gleiche«, antwortet sie. »Aber vielleicht muss ich mich einfach daran gewöhnen, wie andere Leute an Tinnitus oder so etwas.«

Ich stehe immer noch in der Tür, weiß nicht so recht, ob ich bleiben oder gehen soll.

»Hast du keine Hausaufgaben?«, fragt Azalea mich.

»Doch«, murmle ich.

»Dann hol sie, wir können uns ja zusammen ins Wohnzimmer zu Vater setzen.«

Ich nicke schließlich, fühle mich durch die neue, optimistischere Azalea beflügelt. Ich hole meinen Laptop und das Aufsatzheft. Setze mich neben Azalea aufs Sofa. Ihr Kritzeln auf dem Papier hat etwas Beruhigendes an sich.

Ich öffne eine Datei. Sie ist leer. Alle Möglichkeiten stehen mir offen.

Vater kommt herein. Er setzt sich ans Klavier und fängt an zu spielen. Ich habe das Lied nie zuvor gehört, es dringt sofort tief in mein Herz. Es ist traurig und froh zugleich.

Die Töne schweben durch den Raum, und ich sehe Vater an, während er spielt. Ich sehe, wie seine langen Finger über die Tasten tanzen.

Als er endet, tut es fast weh. Als wäre das Lied viel zu schön, um aufzuhören.

»Fantastisch«, sagt Azalea. »Das habe ich noch nie gehört.«

Vater schaut auf. Etwas Unglückliches ist in seinem Blick. »Das habe ich für eure Mutter geschrieben«, sagt er.

Die Worte bleiben in der Luft hängen. Ich sage nichts. Stehe nur auf, ziehe mir die Stiefel an und gehe hinaus. Die Dunkelheit hüllt mich ein, aber die Augen gewöhnen sich schnell an sie. Ich schleiche mich zu dem Grabhügel. Strecke meine Hände nach ihm aus.

Ich versuche, unter den Schnee zu sehen, unter das darauf wachsende Gras. Versuche, ins Dunkel der Anhöhe zu schauen. Sehnsucht. Es lag Sehnsucht in seiner Melodie. Eine Sehnsucht, die mich an ein Paar graue Augen erinnert, die um eine neue Chance bitten.

Der Wind heult um mich herum.

»Mutter?«, flüstere ich.

Der Wind wirft mein Haar in die Höhe. Er streicht mir über die Wangen, und ich merke, dass ich weine.

Ziellos gehe ich durch den Wald, sehe die vielen Bäume, die bereits vor meiner Geburt hier standen. Zuerst waren wir vier. Rose, Azalea, Erle und ich. Vaters Büro hatte Erles Zimmer werden sollen. Er hat es uns nie erzählt, aber es ist von der Konstruktion her logisch. Zwei Kinderzimmer im ersten Stock und zwei im Erdgeschoss. Vielleicht hatte Mutter das Haus ja ganz anders einrichten wollen. Ich glaube, sie hätte auf jeden Fall mehr Farbe hineingebracht. Es ist merkwürdig, sich solche Gedanken zu machen, schließlich habe ich sie nie kennengelernt.

Vater hat nie viel über Mutter gesprochen. Aber eines der wenigen Dinge, die er uns erzählt hat, war, wie wir unsere Namen bekommen haben.

Mutter wusste, dass wir vier würden. Sie wusste auch, dass es Mädchen werden. Das konnte sie spüren. Sie wollte uns so gern alle vier nach Bäumen benennen, doch Vater meinte, Blumennamen wären besser. Also beschlossen sie, dass es halb und halb sein sollte. Die Erste, die geboren wurde, sollte Azalea heißen, die zweite Birke, dann Rose und zum Schluss ... Erle.

Wenn ich die Augen schließe, kann ich mir ihre Diskussion lebhaft vorstellen. Ich kann Mutter vor mir sehen. Eine ältere Ausgabe von Azalea, die mit ernster Miene die Vereinbarung bespricht. Zuerst ein Blumenname, dann ein Baumname und so weiter.

Ich kann mich erinnern, dass ich froh war, einen Baumnamen bekommen zu haben, als Vater uns zum ersten Mal diese Geschichte erzählte. Also hatte Mutter den Namen für mich ausgesucht. Das war eine kleine, vollkommen lächerliche Sache, aber sie gab mir das Gefühl, ihr näher zu sein. Dass uns ein spezielles Band verknüpfte, auch wenn sie nicht hier war.

Ich bin jetzt am Bach angekommen. Ich suche die Erde mit meinen Blicken ab, suche nach Maltes Halskette, auch wenn ich mir selbst nicht so recht eingestehen will, dass es genau das ist, was ich tue. Aber wenn ich ihn nie wiedersehen soll, dann möchte ich zumindest die Kette haben. Eine Erinnerung daran, wie es war, bevor es so schrecklich schiefging.

Es ist mehrere Tage her, seit ich sie weggeworfen habe, und ich kann hier nur Schnee und Erde sehen.

»Was suchst du, kleines Elfenmädchen?« Das bleiche Gesicht des Nöcks betrachtet mich.

»Gar nichts«, antworte ich.

Er grinst, zeigt ein paar braune, spitze Zähne.

»Doch nicht zufällig das hier?« Sein runzliger bleicher Arm kommt an die Oberfläche, und in seinen knöchernen Fingern hängt sie. Maltes Halskette.

Ich strecke die Hand nach ihr aus, doch er zieht sie zu sich heran.

»Was in den Bach fällt ...«, sagt er, und meine Gedanken vervollständigen den Satz. Was in den Bach fällt, gehört dem Nöck.

Ich sehe, wie die Kette wieder unter der Wasseroberfläche verschwindet.

»Wie wichtig ist sie dir, mein Elfenmädchen?«, fragt er. »Bist du bereit, mir etwas zum Tausch zu geben?« Seine grünen Augen bekommen einen gierigen Schimmer. Und ich weiß, dass dieses Mal ein Paar Ohrringe nicht genug sein werden.

Mein Handy vibriert in der Tasche. Es reißt mich aus den Gedanken. Sicher ist es Vater, der hören will, wo ich abgeblieben bin.

Doch es ist nicht Vater. Es ist Rose.

»Hallo?«, melde ich mich.

»Hör auf, bitte, hör auf!« Roses Stimme klingt ganz verzerrt. Voller Tränen und Angst.

»Rose!«, rufe ich, aber es erklingt nur ein kurzes Klicken, dann ist nichts als Stille zu hören.

Was der Bach nimmt …

Meine Finger zittern, doch dann fällt mir die GPS-App ein. Es braucht einige Sekunden, sie zu finden, aber dann … da … gleich am Waldrand. Nicht weit vom Bach entfernt, von meinem Standpunkt aus. Ich rufe sofort Vater an.

»Hallo?«

»Rose steckt in Schwierigkeiten!«, rufe ich. »Sie ist am Waldrand.«

Ich warte gar nicht erst eine Antwort ab. Laufe los. Zwischen den Bäumen hindurch.

»Lauf, kleines Elfenmädchen!«, ruft der Nöck mir hinterher. »Lauf!«

Meine Füße schweben fast über dem Waldboden, die Bäume werden zu einem riesigen Labyrinth. Mein Blick sucht jeden Zentimeter ab. Der GPS-Sender ist nicht genau genug, ich muss sie selbst finden.

Die Vögel krächzen und fliegen erschrocken auf, als ich angelaufen komme.

Dann höre ich etwas. Einen leisen Ruf.

»Nein, nein, hör auf ...« Es ist Roses Stimme. Weit entfernt, dennoch deutlich.

Ich laufe noch schneller. Mein Atem malt einen weißen Nebel vor mir, das Herz hämmert in meiner Brust. *Rose, Rose, wo bist du?*

Am Rande meines Blickfelds kann ich eine Bewegung entdecken, ich wende mich dorthin.

Kann einen Kampf hören. Schläge. Und jetzt sehe ich sie. Er drückt sie zu Boden. Sie windet sich in seinem Griff, jammert dabei. Er hat Roses Kleid hochgeschoben und ihre Strumpfhose zerrissen. Ein Knie hat er zwischen ihre Beine geschoben.

»Lass sie los!«, rufe ich.

Er schaut auf. Es ist Benjamin. Sein Blick ist nicht so liebevoll wie beim letzten Mal. Er ist wild ... auf eine Art wild, wie ich es bisher nur ein einziges Mal gesehen habe.

Er ignoriert mich, beugt sich tiefer über Rose. Blut fließt von ihren Lippen den Hals hinunter.

»Du gehörst mir«, flüstert er.

Ich hebe einen Stein auf.

»Lass sie los!« Ich werfe den Stein nach ihm. Treffe ihn an der Schulter, aber er beachtet mich gar nicht. Ist dabei, seinen Gürtel zu öffnen.

Ich werfe mich über ihn. Das fühlt sich an, als würde ich direkt gegen einen Fels laufen, er reagiert kaum. Lässt Rose nur kurz mit einem Arm los und boxt mir mit der Faust direkt in den Bauch.

Ich bekomme keine Luft mehr und lande neben Rose auf der Erde.

»Birke, hau ab«, flüstert Rose.

Ihr Gesicht zeigt Spuren von Schlägen. Es gibt blaue Flecken um ihr Auge, das Kleid hat tiefe Risse.

»Du gehörst mir«, wiederholt Benjamin und zieht sich die Hose herunter.

Ich werfe mich wieder auf ihn. Zerkratze ihm das Gesicht. Ziele auf die Augen. Er lässt Rose los. Packt meine Arme mit beiden Händen.

»Lauf!«, schreie ich, und Rose kommt frei.

Benjamin sieht, wie Rose auf die Füße springt, und wirft mich von sich.

Mit dem Hinterkopf lande ich auf einem Holzstamm. Der Schmerz schießt mir durch den ganzen Rücken.

Schwankend richte ich mich auf. Benjamins Blick ist dunkel und wild. Er sieht mich auf eine Art und Weise an, die mich innerlich zerreißt.

Er will mich umbringen.

Der Schmerz hämmert im Hinterkopf, aber ich muss weg. Sehe Rose auf unsicheren Beinen flüchten.

Benjamin schlägt nach mir, doch ich kann ihm ausweichen. Laufe. Hole Rose ein und ziehe sie mit mir.

»Komm zurück!«, ruft Benjamin.

Er läuft uns nach und holt uns bald ein. Ich spüre, wie seine Finger versuchen, nach meinem Rücken zu greifen.

»Schneller!«, rufe ich und schaue zu Rose. Der untere Teil ihres Kleids ist fast vollkommen abgerissen.

Ich renne zum Bach.

Benjamin erwischt Roses Kleid. Mit einem Ratsch reißt der Unterrock ganz ab, sie läuft in Unterhose und den kaputten Strümpfen weiter.

Wütend wirft Benjamin die Kleiderreste von sich und nimmt die Verfolgung wieder auf.

Der Bach gluckst vor uns.

»Nöck!«, rufe ich. Ich weiß, dass das, was ich jetzt tun werde, schrecklich ist, unverzeihlich.

»Nöck!«, schreie ich noch einmal. Wir sind nur noch wenige Schritte vom Bach entfernt.

Das Wasser spritzt hoch über unsere Beine, während wir den Bach durchqueren.

Benjamin ist direkt hinter uns, doch sobald er einen Fuß in den Bach setzt, schießen weiß-grüne Arme hoch. Sie schließen sich um seinen Körper und ziehen ihn tief nach unten.

Das Wasser wirbelt hoch auf, während Benjamin kämpft. Der knochige Brustkorb des Wassergeists presst ihn abermals nach unten. Drückt sein Gesicht unter Wasser. Zieht es über den Grund.

Mörderin

Das Blubbern und Rauschen ist fürchterlich. Rose weint, und ich ziehe sie dicht an mich, verberge ihr Gesicht in meinen Armen, versuche dabei, nichts zu hören. Versuche, nichts zu sehen.

»Birke! Rose!« Vaters Ruf ist voller Angst. Als er bei uns ankommt, liegt Benjamins Körper ganz still da. Der Nöck fängt meinen Blick auf, nickt mir leicht zu und verschwindet dann wieder unten im Bach.

Benjamins Körper schwimmt auf der Wasseroberfläche, mit dem Gesicht nach unten.

Vater nimmt Rose in die Arme.

»Das ist meine Schuld«, schluchzt sie. »Ich wollte doch so gern, dass er mich wieder liebt.«

Das Weinen lässt ihren ganzen Körper erzittern.

»Ich ... ich habe geglaubt, wenn ich den Elfenblick benutze ...« Ihre Worte sprudeln nur so heraus, und mir wird klar, dass sie nicht aus Neugier so oft nach dem Elfenblick gefragt hat. Sie hat die ganze Zeit überlegt, wie sie Benjamin zurückgewinnen könnte.

»Ich hätte nie geglaubt ... und jetzt ist er tot ... tot.«

Rose weint in einem fort, Vater muss sie nach Hause tragen, ich laufe nebenher. Mir fehlen die Worte. Es gibt nur noch ein Wort, das meine Gedanken beherrscht.

Mörderin. Ich habe ihn ermordet.

Vater begräbt Benjamin auf der Anhöhe. Alles wird immer verrückter. Zuerst die Elfe und jetzt Benjamin. Das ist nicht mehr eine Familiengrabstätte. Das ist gar keine Grabstätte mehr, sondern ein Tatort.

Anschließend sitzen wir lange vor dem Kamin. Ich sehe zu, wie ein Holzscheit nach dem anderen von den Flammen verzehrt wird, während die Stille uns zu zerbrechen droht.

Auch Rose starrt nur vor sich hin. Die ersten Stunden hat sie ununterbrochen geweint. Ich nehme an, dass sie keine Tränen mehr hat, also starrt sie nur ins Leere.

Die Nacht kommt angekrochen, wir gehen ins Bett. Nicht um zu schlafen, sondern weil man das macht, wenn es Nacht wird. Man legt sich in sein Bett.

Die Schatten malen Bilder in die Dunkelheit. Sie zwingen mich, Dinge immer wieder zu sehen, die ich nicht ertragen kann. Mein Atem geht schnell und flach. Der Körper befindet sich immer noch im Zustand der Panik. Alle Muskeln sind angespannt, als könnte Benjamin immer noch angelaufen kommen, jede Sekunde.

Den ganzen Abend über hatte ich einen Eisbeutel auf

dem Hinterkopf. Jetzt pocht es nicht mehr so stark, und es gibt keine offene Wunde, erklärte Vater, nachdem er ihn sorgfältig untersucht hat. Er hat mir auch in die Augen geleuchtet, um festzustellen, ob vielleicht die Pupillen nicht gleich groß sind, was hieße, dass ich innere Blutungen im Kopf hätte. Aber meine Pupillen waren gleich groß, also ist in dieser Hinsicht wohl alles in Ordnung.

Auch wenn ich ganz sicher bin, dass ich nicht schlafen kann, schließe ich irgendwann die Augen, doch kaum sind die Lider zu, stürmen schon die Albträume heran. Wieder und wieder sehe ich Benjamin und wie er von dem Nöck ins Wasser hinuntergezogen wird. Im Traum verwandelt er sich in Malte. Mit den gleichen heftigen Bildern. Schreiend und weinend wache ich auf.

Jetzt habe ich die Antwort auf die unausgesprochene Frage bekommen, was hätte passieren können, wäre ich nicht rechtzeitig von Malte fortgelaufen. Jetzt habe ich deutlich gesehen, zu welchem Monster er hätte werden können.

Es klopft an der Tür.

»Komm rein«, flüstere ich.

Es ist Rose. Sie kriecht zu mir unter die Decke. Ihr Gesicht ist von den Schlägen immer noch geschwollen. Die blauen Flecken bilden ein Muster auf ihren Armen.

»Entschuldige, Birke«, sagt sie und wir nehmen uns ganz fest in die Arme.

»Das war meine Schuld«, flüstert sie. »Und jetzt ist er tot und es ist meine Schuld.«

Ich streiche ihr über das Haar. Nein, das ist nicht ihre

Schuld, zumindest nicht nur. Schließlich war ich es, die den Nöck gerufen hat. Ich war es, die das als die einzige Möglichkeit gesehen hat ...

Wieder fängt Rose an zu weinen

»Und das Schlimmste ist«, schluchzt sie, »dass ich ihn trotz allem, was er gemacht hat, und trotz allem, was er zu tun versucht hat, immer noch liebe.«

Wieder übermannen sie die Tränen.

Rose hat die Tür offen stehen lassen. Ich schaue auf den Flur, zu der Tür von Azaleas Zimmer. Sie ist geschlossen, aber ich glaube nicht, dass sie schläft.

Ein Mann, der im Bach ertrunken ist. Sie hatte es vorhergesehen, und sie wusste, was passieren würde.

Am nächsten Morgen wird meine Furcht bestätigt. Azalea ist nicht aufgestanden, und als ich in ihr Zimmer gehe, liegt sie ganz verschwitzt im Bett. Ihre Augen sind trüb, und als ich sie berühre, habe ich das Gefühl, ihre Haut würde brennen.

»Fieber«, sagt Vater, als ich ihn hole. »Das ist nur Fieber.«

Ich drücke Azaleas heiße Hand. Zuerst Kopfschmerzen und jetzt ... Fieber. Wir werden nicht krank. Wir werden nie krank.

»Ich werde bei ihr bleiben«, sagt Vater.

»Ich auch«, sage ich.

»Nein«, widerspricht er. »Du gehst in die Schule.«

»Was?« Ich starre ihn an. Will er tatsächlich, dass ich nach allem, was passiert ist, in die Schule gehe? Als es Malte getroffen hat, bin ich drei Tage zu Hause geblieben. Jetzt hatte ich mindestens mit der gleichen Zeitspanne gerechnet, wenn nicht noch länger, nachdem Rose doch fast ... Ich bringe es nicht über mich, das Wort auch nur zu denken. Und dazu ist Azalea auch noch krank ... Ich kann sie doch nicht einfach allein lassen?!

»Du musst in die Schule gehen«, sagt Vater. »Bald werden sie feststellen, dass Benjamin verschwunden ist. Es werden Fragen gestellt werden, und wenn ihr zu Hause bleibt, dann wird der Verdacht bald auf euch fallen. Rose kann nicht gehen, nicht mit ihren Blessuren. Die würden zu viel Aufmerksamkeit wecken. Aber du, Birke, du musst gehen.«

»Aber Azalea ...«

»Rose und ich, wir bleiben bei ihr«, sagt Vater. »Ich habe einige Kräuter, die helfen können, aber du musst los.«

Ich öffne den Mund, doch es kommt kein Wort heraus. Ich will nicht fort. Ich will bei Azalea und Rose bleiben. Ich bin einfach nicht bereit, in die Schule zu gehen und dann noch Darla ganz allein gegenüberzutreten, aber ich habe keine andere Wahl.

Das Torgitter ist ein Stück zur Seite geschoben, sodass man hindurchgehen kann. Der Hausmeister muss es für Darla geöffnet haben. Mich überfällt ein Schaudern, während ich durch den engen Spalt laufe. Ich würde mich sehr viel sicherer fühlen, wenn Rose oder Vater an meiner Seite gewesen wären. Darla ... Ich habe das Gefühl, dass sie mich zu allen möglichen Sachen zwingen will.

Der Schulhof ist leer, mit schnellem Schritt überquere ich ihn und öffne den Eingang zum Umkleideraum für die

Turnhalle. Ich bin noch nie hier drinnen gewesen, habe nur gesehen, wie die anderen Mädchen herauskamen.

Der Umkleideraum erinnert mich an den aus der Schwimmhalle. Lässt mich an Malte denken. Ich ziehe die Stiefel aus. Schaue hinunter auf meine Strumpfhose. Ich habe absichtlich meine Tanzschuhe nicht mitgenommen, denn ich werde nicht tanzen. Deshalb behalte ich auch Jeans und Bluse an. Das ist keine Tanzkleidung.

Ich schaue zur Treppe hinauf in den Gymnastikraum. Da oben sieht es ganz dunkel aus, aber sie hat mich dorthin bestellt.

Ich schleiche die Treppe hinauf. Wieder spüre ich die Nervosität in meinem Körper. Ich glaube nicht an den siebten Sinn oder übersinnliche Kräfte oder so, aber eines ist ganz deutlich: Hier stimmt etwas nicht.

Ich denke an den Hirsch mit seinen schwarzen Augen, der Rose und mich mit seinem wachsamen Blick ansah. Der war die ganze Zeit bereit zur Flucht.

Oben am Treppenabsatz befindet sich ein Riesennetz mit Bällen, daneben Hockeyschläger. Ich gehe daran vorbei, in die Turnhalle. Hier ist es so dunkel, dass ich kaum die Sprossenwände erkennen kann. Sie erscheinen mir wie die Gitter einer Gefängniszelle.

»Hallo?«, rufe ich ins Dunkel.

Keine Antwort, und obwohl niemand hier ist, riecht es immer noch leicht nach Schweiß und Stinkesocken. Als wäre der Geruch tief in die Wände eingedrungen. Ich sehe all die Spuren auf dem Boden. Schließlich gehe ich bis zur

Mittellinie und schaue hoch zum Basketballkorb, der am Ende des Raums hängt.

»Darla?«, rufe ich. Aber es kommt keine Antwort. Ich drehe mich um, will wieder gehen. Ich habe ihr eine Chance gegeben, aber sie war nicht hier, und alles in mir strebt nur danach, von hier zu verschwinden.

Plötzlich geht das Licht an. Es flackert einige Male, ich entdecke eine Gestalt auf dem Treppenabsatz.

»Schön, dich zu sehen, Birke ...« Die Stimme klingt sanft. Sie tritt aus dem Schatten heraus, das Licht stabilisiert sich.

»Wo ist Rose?«, fragt sie. Wieder trägt sie den schwarzen Blazer und den schwarzen Rock, als hätte sie sich gar nicht umgezogen, seit wir uns das letzte Mal gesehen haben.

»Sie ist krank«, antworte ich. »Deshalb bin nur ich hierhergekommen.«

Sie zieht die Augenbrauen zusammen, der Boden knarrt leise, während sie näher kommt. Sie trägt Stiefel.

Ich starre Darlas Schuhe an, dachte, es sei ein heiliges Gesetz beim Sport, dass man hier drinnen niemals etwas anderes als Turnschuhe trägt.

»Wie ärgerlich«, sagt sie.

Wieder betrachte ich ihre Kleidung. So kann sie sicher nicht tanzen. Aber möglicherweise will sie das ja auch gar nicht.

»Vielleicht können wir das Gespräch auf einen anderen Tag verschieben?«, frage ich. Wittere eine Chance, wegzukommen.

»Nein«, wehrt sie ab und ihre blauen Augen bohren sich

in meine. »Ich bin mir nicht sicher, ob ich dich ein zweites Mal herlocken kann.«

Ihre Worte wickeln mich ein. Was meint sie?

»Okay«, murmle ich. »Aber worum geht es hier eigentlich wirklich?«

»Allen zu zeigen, was du kannst.«

»Aber wir sollten doch nicht tanzen, nur darüber reden. So war das mit meinem Vater abgesprochen«, sage ich.

Ihr Blick funkelt sonderbar.

»Ja«, nickt sie. »Denn du darfst nicht tanzen, nicht wahr, Birke? Das wäre zu gefährlich.«

Ihre Worte treffen mich wie ein Schlag.

»Was meinen Sie damit?«

Sie geht um mich herum, erscheint mir wie eine riesige Spinne, die mich langsam in ihre Fäden einspinnt.

»Versuche es«, sagt sie und packt mich bei den Armen. »Versuche zu tanzen, Birke. Ich verspreche dir, ich kann das gut aushalten.«

»Nein«, stammle ich.

»Nein?« Sie öffnet ihren Blazer, lässt ihn über die Schultern heruntergleiten. Ein Paar weiße Arme kommen zum Vorschein.

»Ich weiß, was du bist«, sagt sie.

Ich trete hastig einen Schritt zurück, es fühlt sich an, als wäre meine Lunge punktiert. Als würde die Luft aus ihr entweichen.

»Ich muss gehen«, sage ich mit sehr leiser Stimme. Drehe mich um, doch als ich weglaufen will, steht sie vor mir.

»Du brauchst keine Angst zu haben … Birke«, sagt sie, aber ihre Worte haben genau den entgegengesetzten Effekt.

Ich weiche vor ihr zurück. Doch sie versperrt mir den Weg zur Treppe.

»Wer sind Sie?«, frage ich.

»Meinst du nicht eher, *was* ich bin?«, erwidert sie. Sie wirft den Blazer auf den Boden.

Ich suche nach einem Fluchtweg, aber sie blockiert den Ausgang, und hier in der Schule gibt es niemanden außer ihr und mir. Vielleicht noch den Hausmeister, doch der ist unten auf dem Hof und würde es nie schaffen, herzukommen, bevor …

»Du weiß doch schon, was ich bin«, sagt sie und dreht sich um. Zieht die Bluse aus und hebt ihr Haar.

Ich stehe wie angewurzelt da, kann mich nicht bewegen, während sie ihr schwarzes Haar hebt und …

Ich schnappe nach Luft. Ich kann durch sie hindurchsehen. Sehe die Sprossenwand auf der anderen Seite.

Sie ist eine Elfe, genau wie ich, und sie ist gekommen, um mich zu töten.

Das Fieber

»Dann haben wir das geklärt«, sagt sie und hebt ihre Bluse wieder auf.

Ich starre sie wortlos an, während sie die Bluse anzieht. Alles in mir schreit nur *Fliehen*, aber ich kann mich nicht bewegen.

»Und jetzt verrate mir, wo deine Schwester in Wirklichkeit ist«, sagt sie.

Ich öffne den Mund, doch es kommt kein Wort heraus. Es scheint, als wäre die ganze Welt zerbrochen. Nein, nicht die Welt. Die Wirklichkeit. Als gäbe es einen großen schwarzen Riss in der Wirklichkeit.

»Wo ist Rose?«, wiederholt sie und legt mir die Hände auf die Schultern.

Ihre Augen sind ganz nah. So intensiv, als versuchte sie, durch mich hindurchzuschauen. Hinter meine Lügen zu kommen.

»Sie ist krank«, flüstere ich.

»Wir werden nicht krank«, erwidert sie. »Nur wenn wir sterben müssen, werden wir krank.«

Ihre Worte versetzen mir einen Stoß. Nur wenn wir sterben müssen, werden wir krank. Ich denke an Azalea. An die tiefen Ränder unter ihren Augen und die Kopfschmerzen, die einfach nicht verschwinden wollen.

»Was willst du von Rose?«, flüstere ich.

»Mit ihr sprechen. Ich will mit euch allen zusammen sprechen«, sagt sie.

»Dann komm mit mir in unser Haus«, flüstere ich. »Rose ist zu Hause.«

Die Stille knistert zwischen uns. Ich kann kaum selbst glauben, was ich tun will.

Ihr Blick verengt sich. »Mit dir zum Bach, meinst du?«

Ich beiße mir auf die Lippe. Sie hat mich durchschaut.

»Willst du, dass der Nöck mich ertränkt, Birke, genau wie er den Jungen ertränkt hat?«

Ich schnappe nach Luft.

»Ja, ich bekomme so einiges mit«, stellt sie fest.

»Was willst du von uns?«, wiederhole ich.

»Nur reden«, sagt sie. »Ich kann euch helfen. Euer Vater hat euch viel zu lange angelogen.«

»Wenn du wirklich nur reden willst, dann lass mich gehen«, flüstere ich. Ich zittere am ganzen Körper. Einen Moment lang hält sie meinen Blick ganz fest, dann lässt sie los. Tritt einen Schritt zurück.

»Okay«, sagt sie. »Sage deinem Vater, dass Dahlia mit euch allen gemeinsam reden will.«

»Dahlia?«

»Das ist mein Name. Er weiß, wer ich bin. Beeil dich, nach Hause zu kommen, und erzähle ihm das.«

Ich zögere, weiß nicht so recht, ob das nicht eine Falle ist, dann gehe ich vorsichtig zum Ausgang. Achte darauf, so weit wie möglich von ihr Abstand zu halten. Mache einen Schritt nach dem anderen, verlasse rückwärts den Raum, weil ich mich nicht traue, ihr den Rücken zuzuwenden.

Ich erreiche den oberen Treppenabsatz. Klammere mich ans Geländer.

»Ich kenne Azaleas Visionen«, sagt sie da. »Und ich bin die Einzige, die verhindern kann, dass sie Wirklichkeit werden.«

Ich schüttle den Kopf.

»Du willst uns umbringen«, sage ich.

»Nein Birke, ich will euch retten. Euch alle vier will ich retten.«

Ich drehe mich um und laufe die Treppe hinunter. Zwänge eilig die Füße in die Stiefel und schnappe mir meine Jacke, um so schnell wie möglich wegzukommen. Die ersten Schüler trudeln bereits ein, ich laufe geradewegs an ihnen vorbei, durch das Schultor, drehe mich zur Seite – und stoße direkt auf Malte.

»Birke?«

Ich zittere immer noch am ganzen Körper und schiebe ihn wortlos weg.

»Birke!«, ruft er.

Doch ich laufe nur weiter.

»Was ist los, Birke?« Rose starrt mich an. Sie trägt immer noch ihren Pyjama. Die Schwellung um ihr Auge ist ein wenig abgeklungen. Gestern war es noch ganz dick und fast schwarz. Heute ist es eher gelb und grün.

»Darla ist ... eine Elfe.«

»Was?«

Wir gehen hoch in Azaleas Zimmer, wo Vater bei ihr sitzt. Er hat Azalea ein feuchtes Tuch auf die Stirn gelegt. Sie sieht mich mit trübem Blick an, es scheint ihr noch schlechter als heute Morgen zu gehen.

»Birke.« Ihre Stimme ist rau und brüchig.

Vater dreht sich um, sieht Rose und mich an.

»Birke, was machst du so früh zu Hause?«

»Es ist ... es ist etwas passiert.«

»Was?«

»Darla ... sie ist eine Elfe. Sie heißt Dahlia, und sie sagt ... sie sagt, dass sie Azalea helfen kann.«

Azaleas Atem geht schwer, röchelnd, das ist das einzige Geräusch im Raum. Vater ballt die Fäuste, dann steht er auf.

»Wir müssen fort.« Er fährt sich mit der Hand durchs Haar. »Packt eure Sachen.«

»Sie hat gesagt, dass sie helfen kann«, sage ich.

»Sie lügt ...«, erwidert Vater und ein Hauch von Panik klingt in seiner Stimme. »Man kann denen nicht vertrauen. Sie ... sie verblenden alle.«

Ich beiße mir auf die Zunge. Spüre den Blutgeschmack. Verblenden? Genau wie ich und Rose Malte und Benjamin verblendet haben?

»Packt eure Sachen, wir fahren morgen weg. Ich habe einen alten Freund, der Kräuterexperte ist. Er wird Azalea helfen können.«

Azalea versucht, sich aufzusetzen, sinkt aber gleich wieder zusammen.

»Sie hat gesagt, sie sei die Einzige, die helfen kann.« Meine Worte lassen ihn innehalten.

»Genau das sollst du glauben, so will sie es«, sagt Vater dann. »Albert ist Experte in Kräutern. Er findet bestimmt heraus ...«

Ich vermeide seinen Blick, sehe nur Azalea an, die erneut versucht, sich aufzusetzen, es aber wieder aufgeben muss und zurück in die Kissen sinkt.

»Ich gebe Birke recht. Wenn Dahlia Azalea helfen kann, dann ...«, sagt Rose. Seit das mit Benjamin passiert ist, hat sie nicht viel gesprochen, aber jetzt kann ich wieder etwas von der Willensstärke spüren, die sie sonst immer gezeigt hat.

»Könnt ihr das denn nicht begreifen?«, fragt Vater und breitet die Arme aus. »Sie lügt euch an.«

Ich schlucke. Kann es nicht vermeiden, muss denken, dass sie ihm genau das Gleiche vorgeworfen hat.

»Und was ist, wenn sie nun nicht lügt?«, frage ich. »Was ist, wenn sie die Einzige ist, die Azalea retten kann? Dann können wir doch nicht einfach wegfahren.«

»Azalea wird schon wieder gesund«, sagt Vater.

»Sie hat sich selbst sterben sehen«, flüstert Rose. »Genau wie sie gesehen hat, wie Benjamin im Bach ertrunken ist.«

»Ich kann Dahlia nicht vertrauen. Sie war diejenige, die damals eure Mutter davon abhalten wollte, wegzugehen.«

»Was?«, ruft Rose. Vaters Blick flackert. Ich beiße mir auf die Lippe. Dahlia hat gesagt, dass Vater sie kenne, aber sie hat nicht erzählt, woher.

»Was ist damals passiert?«, frage ich.

»Wir haben jetzt keine Zeit für Fragen«, erklärt Vater. »Packt eure Sachen.«

»Aber was ist, wenn Albert nicht helfen kann? Wir können doch nicht einfach abhauen. Und Dahlia ...«

»Kein Wort mehr über Dahlia!«, ruft Vater. »Macht euch fertig, damit wir losfahren können.«

Ich öffne den Mund für einen weiteren Protest. Azalea ist so schwach. Sie ist einfach nicht stark genug für eine Reise ...

»Ich ...« Azaleas Stimme ist wie ein Windhauch. »Ich bin einer Meinung mit ...« Ihre Augen fallen fast zu, als sie das letzte Wort flüstert: »Vater.«

Und damit ist die Sache entschieden.

Der Abschied

Ich gehe in mein Zimmer. Tausend Fragen wirbeln in meinem Kopf herum, während ich den Koffer hervorhole. Er ist ganz oben auf dem Schrank versteckt, hinter alten Schulsachen. Wir sind nie viel verreist. Einmal war ich mit Großmutter auf einem Bauernhof und das war es wohl schon.

Ich öffne den Koffer. Schaue in sein dunkles Innenleben und sehe mich dann im Zimmer um. Ich weiß gar nicht, wo ich anfangen soll. Mein ganzes Leben lang habe ich hier gewohnt.

In Azaleas Zimmer kann ich Vater rumoren hören. Er packt ihre Sachen. Sie ist zu schwach dafür.

Ich balle die Fäuste. Das Fieber hat ihr alle Lebenskraft ausgesogen. Ich denke an ihre Visionen. Wie viele Tage bleiben ihr noch?

Ich hasse die Vorstellung, wegzufahren. Was, wenn Dahlia die Wahrheit gesagt hat? Was, wenn sie die Einzige ist, die helfen kann? Aber es ist Azaleas Wunsch.

Ich öffne die Türen meines Kleiderschranks, schaue meine Wäsche an, die dort gestapelt liegt. Ich kann unmöglich alles mitnehmen. Und ich kann mich nicht entscheiden, was ich auswählen soll.

Sämtliche Gehirnzellen sagen mir, dass das nicht richtig ist. Es hat keinen Sinn, zu fliehen.

Ich sehe Dahlia vor mir. Warum hat sie mich nicht umgebracht? Wir waren doch ganz allein ... Es wäre ein Leichtes für sie gewesen.

Sommer hüpft von einer Stange zur anderen. Meine Unruhe hat sich auf ihn übertragen. Der arme Vogel, denke ich. Er ist zu alt, um woandershin zu ziehen. Er hat lange gebraucht, sich daran zu gewöhnen, bei mir zu wohnen, nachdem Großmutter gestorben war.

Mein Handy piepst. Ich suche es aus der Tasche hervor.

Zwei Nachrichten. Die eine ist von Malte; sie ist heute Morgen eingegangen.

Was ist los? Du sahst ganz verzweifelt aus.

Ich klicke weiter zur nächsten Nachricht. Auch sie kommt von Malte, vor einer Minute abgeschickt.

Stehe vor deinem Haus. Willst du nicht rauskommen?

Ich starre auf die Worte. Es ist, als würden sie überhaupt keinen Sinn ergeben, als wären sie zu Hieroglyphen oder so geworden.

Ich gehe ans Fenster. Ziehe die Gardine auf.

Es wird bereits dunkel, obwohl es noch nicht einmal vier Uhr ist. Ich schaue hinaus. Kann Bäume erkennen, viele Bäume und da ... ein Stück vom Haus entfernt. Fast hinter der Anhöhe versteckt, steht er. Sein Blick ist auf die Tür gerichtet. Er wartet.

Meine Füße bewegen sich von allein. Die Vernunft lasse ich im Zimmer zurück, während ich durch die Tür hinaushusche.

Der Schnee knirscht unter meinen Füßen. Ich habe den Mantel nicht zugeknöpft, der Wind fährt mir eiskalt darunter.

»Birke.« Er tritt einen Schritt vor. Die Fragen liegen deutlich auf seinen Lippen, aber ich bin nicht gekommen, um zu antworten.

Wortlos nehme ich ihn in den Arm. Ziehe ihn an mich, küsse ihn. Seine Arme schieben sich unter meine offene Jacke, legen sich um meine Taille, und er erwidert meinen Kuss.

Dann streichelt er meine Wange, die schattengrauen Augen fangen meinen Blick ein.

»Birke, was ...?«

Doch ich presse nur erneut meine Lippen auf seine. Ich kann nichts erklären, seine Fragen nicht beantworten, aber ich kann ihn auch nicht loslassen. Heute Abend ist das letzte Mal, dass ich ihn jemals sehen werde.

Es ist, als würde jeder Kuss ein kleines bisschen mehr wehtun. Als machte er die Wunde in mir nur tiefer und tiefer. Doch ich kann nicht anders.

»Birke?« Ich höre Rose rufen, will sie aber gar nicht wahrhaben. Ich möchte für alle Zeiten in meiner Malte-Blase bleiben.

»Birke?« Jetzt erklingt ihre Stimme direkt hinter mir und ich muss aufhören, Malte zu küssen.

Wir drehen uns beide zu ihr um. Roses Gesicht sieht hier im Schatten noch schlimmer aus. Ich kann das Mitgefühl in ihren Augen erkennen. Sie weiß genau, wie schwer das jetzt für mich ist.

»Was ist mit dir passiert?« Malte macht einen Schritt auf sie zu. »Wer hat dir das angetan?«

Rose nimmt meine Hand und will mich zum Haus zurückziehen.

»Vater sagt, du sollst fertig packen«, sagt sie und ignoriert Maltes Frage.

»Packen?« Maltes Blick huscht zwischen Rose und mir hin und her, aber ich schüttle nur den Kopf und wir lassen Malte mit einem verwirrten und besorgten Blick zurück.

Zu schwach

Am nächsten Morgen wache ich von dem Geräusch von jemandem auf, der sich übergibt. Sofort springe ich aus dem Bett. Da ist wieder das Geräusch. Es kommt aus Azaleas Zimmer.

Schnell laufe ich zu ihr.

Azalea liegt im Bett, den Oberkörper hinausgebeugt. Auf dem Boden davor liegt eine dunkle, fast schwarze Masse. Blut. Blut, vermischt mit den Resten des gestrigen Essens.

Sie schaut zu mir auf. An ihren Lippen hängt ein Blutstropfen.

»Vater!«, rufe ich, während ich zu ihr laufe, von ihrem Kopfkissen den Bezug herunterzerre und ihr damit den Mund abwische.

Ein Beben durchfährt ihren Körper, sie spuckt noch mehr Blut aus.

Es landet auf dem Laken, meinen Händen und meinem Pyjama.

Ich höre Schritte auf der Treppe, die Tür geht auf, Vater und Rose stehen in der Türöffnung.

Vater schnappt nach Luft.

»Leg sie auf die Seite«, sagt Vater zu mir, als ein neuer Krampf Azaleas Körper durchfährt.

Ich stütze sie und lege sie auf die Seite, den Kopf aufs Kissen.

Sie ringt nach Luft.

»Rose, nimm die Autoschlüssel vom Küchentisch und bring schon mal die Taschen ins Auto«, gibt Vater Anweisungen, während er Azaleas Hand nimmt. Er drückt zwei Finger auf ihr Handgelenk, versucht, ihren Puls zu finden.

»Rose, schnell!«, ruft er. »Wir müssen los!«

Rose geht langsam aus dem Raum, läuft dann die Treppe hinunter.

»Birke, leg ihr noch ein Kissen unter den Kopf«, sagt Vater. »Und hole Wasser.«

Ich nicke, schiebe vorsichtig ein Kissen unter ihren Kopf und laufe dann nach unten. Reiße die Schranktür auf, hinterlasse einen blutigen Abdruck auf dem Schrank.

Ich starre meine Hände an. Drehe den Wasserhahn auf und spüle das Blut ab, fülle dann ein Glas mit Wasser. Meine Hand zittert, sodass ich auf dem Weg nach oben Wasser verschütte. Blut zu spucken, das kann nicht gut sein.

Ich beeile mich, zu Azalea zurückzukommen. Sie liegt ganz still da. Ich bringe ihr das Glas.

Vater stützt ihren Kopf, damit es mir gelingt, etwas Wasser zwischen ihre Lippen zu bekommen. Sie sieht mich aus zwei schmalen, kleinen Augenschlitzen an.

»Birke«, sagt Vater. »Nimm deine und Roses Bettdecke, und bereite einen Platz im Auto vor, auf dem Azalea bequem liegen kann. Wir nehmen den Kastenwagen. Rose und du, ihr könnt hinten bei ihr sitzen.«

Ich nicke, hole meine Bettdecke, gehe dann hinunter ins Erdgeschoss.

Die Taschen stehen noch neben der Tür.

»Rose?«, rufe ich.

Bekomme jedoch keine Antwort. Ich schaue in die Küche. Die Autoschlüssel liegen noch auf dem Küchentisch.

Ich nehme sie an mich.

Draußen kann ich im Schnee Fußspuren sehen. Sie führen weg, Richtung Stadt.

Was machst du, Rose!

Ich schließe den Kastenwagen auf. Auf der Rückbank ist es schmutzig, trotzdem lege ich die Decke dorthin. Dann hole ich auch noch Roses Bettdecke und unsere Kopfkissen.

Mein Herz hämmert. Ich wage es nicht, nach oben zu gehen, habe Angst, was ich dort sehen werde. Lieber schleppe ich das Gepäck hinaus. Es sind viel zu viele Koffer und zu wenig Platz.

Ich höre Schritte hinter mir und sehe Vater, er trägt Azalea in den Armen. Sie sieht ein klein wenig besser aus, aber nicht viel, und bei Weitem nicht so, als ob es eine gute Idee wäre, mit ihr Auto zu fahren. Ich muss an Dahlia denken.

Ich öffne die Heckklappe und Vater legt sie hinein.

»Das hast du schön gemacht«, sagt er mit mechanischer Stimme und legt Azalea zurecht. Dann stopft er die Decken um sie herum fest. Daneben stellt er vier Gefäße mit Wasser und Küchenpapier und eine kleine Schüssel.

Er schaut auf das Gepäck, das noch im Schnee steht.

»Trag es wieder ins Haus rein«, sagt er. »Das müssen wir später holen.«

Ich tue, was er sagt, bringe die Koffer wieder hinein. Sommer piepst oben in meinem Zimmer. Auch ihn müssen wir später nachholen. Eine kranke Azalea kann sicher keinen piepsenden Wellensittich im Auto vertragen.

»Wo ist Rose?«, fragt Vater.

»Ich weiß es nicht«, antworte ich.

»Ruf sie auf dem Handy an. Wir müssen los.«

Ich nicke, hole mein Handy heraus.

Es klingelt dreimal, bevor sie abnimmt.

»Wo bist du?«, frage ich.

»Komm zu mir zum Bach«, sagt sie nur. Ihre Stimme klingt sonderbar.

Ich berichte Vater.

Er seufzt.

»Na gut«, sagt er. »Setz dich in den Wagen.«

Er schaut sich ein letztes Mal um. »Was wir noch brauchen, werden wir später holen«, wiederholt er.

Ich klettere neben Azalea. Sie greift nach meiner Hand. Drückt sie. Ihre Haut brennt.

»Du brauchst keine Angst zu haben, Birke«, flüstert sie. »Ich schaffe das schon.«

Vater macht die Türen zu. Der Wagen startet.

Azalea drückt meine Hand noch fester, als der Wagen über den unebenen Waldboden holpert. Ich halte mich an der Wagenseite fest. Hinter den Vordersitzen befindet sich ein Gitter. Im Rückspiegel kann ich Vaters Blick erhaschen. Er scheint genauso besorgt zu sein wie ich.

Wir nähern uns dem Bach und Vater hält an. Er steigt aus. »Rose, komm sofort hier herüber!«, ruft er und öffnet die Heckklappe, damit sie sich zu Azalea und mir setzen kann.

»Nein«, erwidert Rose. »Dahlia sagt, sie ist die Einzige, die Azalea helfen kann.«

»Wir haben für so etwas keine Zeit!«, ruft Vater. »Komm jetzt her!«

»Hast du keine Zeit, das Leben deiner eigenen Tochter zu retten?«

Die Stimme klingt, als käme sie von weit her.

Vater und ich zucken zusammen. Das ist nicht Rose, die da spricht. Das ist Dahlia.

Ich klettere aus dem Wagen.

»Warte«, flüstert Azalea, und ich verstehe. Sie will mit nach draußen, will nicht außen vor bleiben, nur weil sie krank ist. Das hätte ich auch nicht gewollt.

Also lege ich ihren Arm um meine Schulter und stütze sie. Langsam gehen wir auf die Seite des Wagens. Stellen uns neben Vater.

Der Bach windet sich zwischen uns auf der einen Seite und Rose und Dahlia auf der anderen. Dahlias Blick ruht auf Azalea.

»Sie ist kränker, als ich befürchtet hatte«, sagt Dahlia. »Wir haben nicht viel Zeit, darum werde ich es für dich einfach machen, Daniel. Wenn du die Mädchen mit mir gehen lässt, dann werde ich dich verschonen und leben lassen.«

Die Wahrheit

Vater sagt nichts. Ich kann eine Ader an seiner Schläfe pochen sehen.

»Warum bist du gekommen?«, fragt er.

»Flora hatte eine Erscheinung.« Dahlia lässt die Finger durch ihr schwarzes Haar gleiten. »Sie hat Azaleas Krankheit gesehen, und uns war klar, dass wir sie unbedingt finden mussten, also hat Flora sich auf den Weg gemacht ...«

»Wer ist Flora?«, frage ich flüsternd Vater. Er öffnet den Mund, doch Dahlia ist schneller.

»Flora war meine Schwester, eure Tante«, sagt sie.

Ich schnappe vor Überraschung nach Luft und spüre, wie Azaleas Fingernägel sich in meinen Arm bohren. Wenn Flora unsere Tante war, dann muss Dahlia auch unsere Tante sein ...

Dahlia sieht wieder Vater an. Der Wind zerrt an den Ästen der Bäume, erzeugt ein leises Heulen in den blattlosen Baumkronen. Eisige Kälte umhüllt mein Herz, während ich versuche zu verstehen, was gerade gesagt worden ist. Dahlia ist meine Tante. Die Schwester meiner Mutter.

»Flora ist nie zurückgekehrt«, fährt Dahlia fort. »Und jetzt weiß ich, warum. Du hast sie ermorden lassen. Das Monster dazu gebracht, sie zu ertränken, nicht wahr?«

»Er-ermordet?«, stottert Rose, doch ich verstehe. Flora ist gekommen, um nach uns zu suchen. Sie hat den Bach überquert und ...

»Ich habe euch schon vor langer Zeit gesagt, dass ihr euch von meiner Familie fernhalten sollt«, sagt Vater. »Der Nöck hat mir geholfen, sie zu beschützen.«

»Deine Familie?« Dahlias Worte zittern. »Schau auf ihre Rücken, Daniel! Deine Mädchen haben nie zu dir gehört. Es ist Violas Blut, das durch ihre Adern fließt!«

»Ich lasse es nicht zu, dass du mir meine Töchter wegnimmst!«, ruft Vater.

Das Glucksen des Baches klingt lauter als sonst. Ich kann die verschiedenen Aussagen nicht zusammenbringen. Vater hat immer gesagt, dass wir getötet werden, sollten wir jemals von anderen Elfen gefunden werden. Dagegen spricht Dahlia davon, uns zu retten.

Azalea durchläuft ein Schaudern, fast zieht sie uns mit sich zu Boden, als sie wieder Blut erbricht.

Auch Dahlia zuckt zusammen.

»Die Zeit läuft, Daniel«, sagt sie. »Du musst zulassen, dass ich sie rette.«

Vater schaut Azalea an, die das letzte Blut ausspuckt. Sie versucht, sich wieder aufzurichten, schwankt jedoch, und ich muss alle meine Kräfte anwenden, um sie aufrecht zu halten.

»Okay.« Vaters Stimme zittert. »Dann nimm Azalea, aber Rose und Birke bleiben hier.«

Dahlia schüttelt den Kopf.

»Ich nehme alle drei Mädchen mit. Das ist meine Bedingung.«

»Nein«, widerspricht Vater. »Und wenn du tatsächlich Azalea retten willst, dann musst du das akzeptieren.«

Dahlia bebt vor Empörung. Ihre Augen brennen vor Wut.

»Sie gehören zu uns, Daniel«, sagt sie. »Ist es nicht genug, dass du Viola getötet hast? Willst du auch noch deine Töchter opfern? Sie können nicht in deiner Welt überleben und das ist dir nur allzu klar.«

Vater sagt darauf nichts. Er steht nur unerschütterlich da, aber ich kann nicht länger warten. Ich spüre, wie Azalea die Kräfte verlassen. »Okay«, sage ich und trete einen Schritt vor. »Ich werde mitgehen, wenn du nur Azalea rettest.«

Ich fange Roses Blick ein. Weiß, dass sie die gleiche Wahl getroffen hat.

Vater packt mich am Arm.

»Das verstehst du nicht, Birke. Sie werden es nicht zulassen, dass ich euch jemals wiedersehe.«

»Stimmt das?«, frage ich.

»Ihr gehört nicht hierher«, sagt Dahlia. »Ihr habt noch nie hierhergehört.«

»Warum willst du uns helfen?«, frage ich. »Vater sagt, dass ihr uns hasst, weil wir nicht ... weil wir nur Halbelfen sind.«

Dahlias Blick wird schmal, sie sieht Vater an.

»Hast du ihnen das eingeredet?«

Vater schaut weg und etwas in mir stürzt zusammen. Er kann es nicht länger leugnen. Ich kann die Lüge in seinem Blick sehen.

»Das stimmt nicht, Birke«, sagt Dahlia. »Fast alle Elfen sind Halbelfen. Wir haben so wenige Männer in unserem Volk, dass wir von den Menschen abhängig sind. Dafür haben wir den Elfenblick. Wir kommen hervor, locken einen Mann heran, und wenn wir von ihm schwanger sind, verlassen wir ihn. Aber eure Mutter ... sie hat sich verliebt. Damit hat sie sich gegen ihre Natur vergangen und ist mit eurem Vater zusammengeblieben.«

Ich schaue Vater an. Mich durchläuft ein Erdbeben. Ich denke an seine Erklärung, als er erzählt hat, warum die Elfen uns töten wollen. Jetzt kann ich sehen, wie brüchig sie war, und ich verstehe nicht, dass mir das vorher nicht aufgefallen ist.

»Stimmt das?« Roses Stimme bebt.

Vater zittert am ganzen Körper.

»Stimmt das?«, wiederholt sie.

»Ja«, sagt er dann. »Das stimmt.«

»Warum hast du dann gelogen?«, rufe ich.

»Er hatte Angst, dass ihr ihn verlassen könntet«, antwortet Dahlia an seiner statt. »Und wer könnte ihm daraus einen Vorwurf machen, wenn ihr erfahren hättet, was wir euch bieten können? Seit eurer Geburt hat er nichts anderes getan, als euch vor uns versteckt zu halten.«

Ich sehe die ganze Zeit unverwandt Vater an. Es scheint, als würde jede einzelne Falte in seinem Gesicht mit jeder Sekunde tiefer werden.

»Ich habe meine Kinder beschützt«, erklärt Vater. »Ihr wolltet sie mir wegnehmen, das konnte ich nicht zulassen.«

»Natürlich wollten wir sie dir wegnehmen!«, ruft Dahlia. »Wie solltest du denn Elfenkinder großziehen können? Du bist doch nur ein Mensch.«

Ich balle die Fäuste. Es gefällt mir nicht, dass sie so mit meinem Vater spricht.

»Jetzt hast du die Wahrheit gesagt«, erwidert Vater. »Also lass die Mädchen selbst entscheiden, was sie wollen.«

»Die Wahrheit?«, fragt Dahlia höhnisch. »Hast du da nicht etwas vergessen?«

»Wovon spricht sie?«, fragt Rose.

Mein Körper zittert. Ich ertrage nicht noch mehr Lügen.

Alle Geräusche im Wald scheinen zu verschwinden, während ich sehe, wie sich Vaters Gesichtszüge immer weiter zusammenziehen. Dann schüttelt er den Kopf, doch Dahlia lässt nicht locker.

»Wo ist deine vierte Tochter, Daniel?«, fragt sie.

»Erle ist bei der Geburt zusammen mit ihrer Mutter gestorben«, sagt Vater. Es gluckst laut im Bach, ich weiß, der Nöck hört zu.

»Du lügst«, sagt Dahlia. »Vier gesunde Mädchen wurden geboren. Ich habe sie in einer Erscheinung gesehen.«

»Deine Erscheinung hat sich geirrt«, widerspricht Vater. »Erle ist tot.«

»Nein«, beharrt sie. »Erle ist von meinem Blut. Wir sind miteinander verbunden. Ich hätte es gemerkt, wenn sie tot wäre. Genau wie ich es gespürt habe, als Viola und Flora starben.«

Vaters Schweigen ist wie ein Netz, das sich zusammenzieht.

»Vater?« Es ist Azalea, die fragt.

Ihm treten Tränen in die Augen, er schaut ... zum Bach hin.

Es ist nur ein kurzer Blick, doch er genügt, um das Blut in meinen Adern gefrieren zu lassen.

Dahlia sieht es auch. Sie steht mit halb geöffneten Augen da und starrt vor sich hin.

Ich denke an die Worte des Nöck: *Alles hat seinen Preis.*

Der Nöck hat uns all die Jahre beschützt. Vater ist *sehr, sehr freundlich* gewesen, hat er gesagt.

»Sag, dass das nicht stimmt!«, flüstert Dahlia. »Sag, nicht, dass du deine Tochter diesem Monster gegeben hast.«

»Vater?« Ich starre ihn an.

Er fängt an zu weinen.

»Nein!«, schreit Rose.

»Das war die einzige Möglichkeit«, sagt er. »Sie wollten mir euch alle wegnehmen und ich hatte doch gerade erst eure Mutter verloren. Ich hätte es nicht ertragen, euch auch noch zu verlieren.«

Auf Dahlias Wangen sind Tränen.

»Du wirst für deine Gräueltat bezahlen!«, sagt sie. »Aber jetzt werde ich die Mädchen mitnehmen.«

Ich starre in den Bach. Weiß, dass der Nöck dort unten wartet. Denke an die grüne, schleimige Gestalt. Hat Vater ihm wirklich Erle gegeben? Ist Erle ... noch am Leben? Da unten, zusammen mit diesem Monster?

»Du bekommst Azalea«, sagt Vater. »Birke und Rose entscheiden selbst.«

Dahlia schnaubt.

»Glaubst du tatsächlich, dass die beiden noch bei dir bleiben wollen, jetzt, nachdem sie die Wahrheit kennen?«

Vater erwidert nichts, Azalea schwankt an meiner Seite. Vater wirft Dahlia einen flehenden Blick zu.

»Gut«, willigt sie ein. »Birke und Rose entscheiden selbst, aber dann gib mir Azalea.«

Vater nickt und kommt zu mir. Er nimmt Azalea in seine Arme und drückt sie fest an sich.

»Leg sie in den Wagen und fahr mit ihr rüber zu mir«, befiehlt Dahlia, und Vater tut, was sie ihm sagt.

Vorsichtig legt er Azalea hinten in den Wagen, dann fährt er mit ihr auf die andere Bachseite.

Er umklammert fest das Lenkrad, bevor er den Wagen anhält und aussteigt.

Mit flehendem Blick sieht er Rose an, doch die schaut nur weg.

Dahlia öffnet die Heckklappe, schaut zu Azalea hinein.

»Du ähnelst deiner Mutter«, flüstert sie und streicht Azalea übers Gesicht. »Ich verspreche dir, ich werde dich schnell wieder gesund machen.«

Azalea schaut zu Vater hoch, er kommt zu ihr.

Sie streckt die Hand aus, die er ergreift, sie drückt, und ihren Handrücken küsst.

»Lebe wohl, mein Schatz. Ich werde immer an dich denken.« Vaters Stimme klingt falsch, Tränen laufen ihm über die Wangen.

»Kann sie wirklich niemals wieder zurückkommen?«, frage ich.

Dahlia schüttelt den Kopf.

»Sie gehört zu uns. Wir können sie nicht zurückreisen lassen.«

Lebe wohl. Vaters Worte hallen in meinen Gedanken wider und ich laufe durch den Bach. Das Wasser spritzt an meinen Beinen hoch, ich erreiche den Wagen. Azaleas blasses Gesicht schaut zu mir auf, ich drücke sie ganz fest.

»Es wird alles gut«, flüstert sie, aber ich muss dennoch weinen.

»Wir müssen los«, sagt Dahlia. »Birke, Rose, kommt ihr mit?«

Vater wirft mir einen verzweifelten Blick zu, der mir bis in die Seele wehtut.

Alles in mir ist in Aufregung. Wie soll ich mich zwischen meiner Schwester und meinem Vater entscheiden? Zwischen der Welt, die ich kenne, und einer, die ich nie kennengelernt habe? Und wenn ich gehe ... Malte taucht in meinen Gedanken auf. Und obwohl ich weiß, dass wir nie eine gemeinsame Zukunft haben werden, bin ich doch nicht bereit, mich zu verabschieden.

»Ich komme mit«, sagt Rose.

»Nein«, flüstere ich, während Rose zum Auto geht.

»Nein«, wiederhole ich und nehme Rose in die Arme.

Rose löst sich aus meinem Griff.

»Warum willst du bleiben ... bei ... *ihm*?« Sie sagt *ihm* mit einem so tiefen Ausdruck der Verachtung, wie ich ihn noch nie gehört habe.

»Er ist unser Vater«, flüstere ich.

»Er hat uns unser ganzes Leben lang angelogen«, erwidert sie. »Er hat Erle dem Nöck gegeben. Hätte er ... hätte er die Wahrheit gesagt, hätten wir andere Elfen getroffen, dann ... dann hätte Benjamin niemals sterben müssen, dann hätte ich gewusst ...« Ihre Stimme überschlägt sich.

»Aber er ist immer noch unser Vater«, sage ich.

»Nein«, widerspricht Rose mit einem Schluchzen. »Nicht mehr.«

Wieder schwappen die Wellen im Bach hoch. Ich schaue auf die dunkle Wasseroberfläche, dann zu Dahlia.

»Erle«, frage ich. »Kannst du sie ... kannst du sie zurückholen?«

Dahlia schüttelt den Kopf.

»Was der Bach nimmt ...«, sagt sie und der Wind vollendet den Satz.

Erle ist für alle Zeit fort. Wenn ich mitgehe, lasse ich eine Schwester hier zurück. Wieder schaue ich auf den Bach. Ich kann es immer noch nicht verstehen. Dass sie hier ist, die ganze Zeit so nahe.

»Komm mit uns«, sagt Rose, doch ich schüttle den Kopf. Weiß nicht, ob es an Vater oder an Malte liegt oder ob ich mich nur weigere, die Menschenwelt zu verlassen. Aber ich kann es nicht, kann mich nicht innerhalb einer Sekunde von allem verabschieden, was ich kenne, was mir vertraut ist.

»Bitte bleib, Rose«, sage ich, »mir zuliebe.« Ich drücke ihre Hand.

Unsere Finger verschränken sich ineinander. Wir waren noch niemals voneinander getrennt, und jetzt sollen wir einander verlassen ... vielleicht für immer. Rose dreht sich zu Dahlia um.

»Können wir später kommen?«, fragt sie.

»Später?« Dahlias Stimme bebt.

»Oder heißt es: Jetzt oder nie?«, fragt Rose nach. »Könnten wir vielleicht nach ein paar Jahren ...«

»Unsere Welt wird immer offen sein für euch«, sagt Dahlia. »Ihr gehört zu uns.«

Rose schluckt.

»Dann bleibe ich«, sagt sie und stellt sich neben mich. »Ich bleibe, bis Birke bereit ist, mitzugehen.

»Dann verabschiedet euch von Azalea«, sagt Dahlia. »Ihr werdet sie erst wiedersehen, wenn ihr erkannt habt, wohin ihr gehört.«

Rose umarmt Azalea, ich gehe zu den beiden. Wir nehmen uns fest in die Arme. Ich weiß, diesen Augenblick werde ich immer im Gedächtnis behalten. Mich an den Moment erinnern, an dem wir drei das letzte Mal zusammen waren.

»Passt gegenseitig auf euch auf«, sagt Azalea. »Ich werde jeden Tag an euch denken.« Ihre Tränen machen meine Wangen nass.

»Und wir werden an dich denken. Versprich mir, dass du gesund wirst«, sage ich, dann lassen wir uns los. Dahlia schließt die Heckklappe und setzt sich auf den Fahrersitz.

»Ihr gehört nicht hierher«, sagt sie, sieht dabei aber nur mich an. »Und je länger ihr bleibt, umso mehr Schaden fügt ihr ihnen zu und sie euch.«

Dann startet sie den Motor, der Wagen fährt davon.

Vater kommt zu uns, legt uns seine Hände auf die Schultern.

»Danke«, flüstert er.

Rose schlägt seine Hand weg.

»Ich mache das Birke zuliebe, nicht für dich.«

Am gleichen Abend tragen Rose und ich unsere Taschen durch den Wald.

Rose will nicht mehr im gleichen Haus wie Vater leben, deshalb haben wir die Schlüssel für unser altes Tanzstudio bekommen. Es ist bisher nicht verkauft worden, also können wir zunächst einmal dort wohnen.

Zunächst einmal. Das sind die Worte, die Rose die ganze Zeit benutzt, als wäre sie bereits mit Dahlia fortgegangen.

Wir liegen auf unserer Isomatte in Schlafsäcken im Umkleideraum. Sommer spielt mit der Glocke in seinem Käfig. Ich habe ihn mitgenommen, weil ich etwas brauchte, das mich an zu Hause erinnert.

Lange Zeit liegen wir schweigend da. Meine Gedanken versuchen zu begreifen, was geschehen ist. Zu verstehen, was wir erfahren haben. Aber das scheint unmöglich zu sein. Es wird Tage dauern, bis ich das verdaut habe.

Ich starre an die Decke, schaue die Risse im Putz an. Wie sieht meine Zukunft aus?

»Wie es wohl bei den Elfen ist?«, fragt Rose.

»Das weiß ich nicht«, erwidere ich, aber ich weiß, dass sie es nie zulassen werden, dass wir von ihnen wieder weggehen. Wenn – nein, falls – wir diesen Entschluss fassen, dann ist das eine Entscheidung für immer.

»Was meinst du, ob Azalea wieder gesund ist?«, frage ich.

Rose nickt.

»Dahlia hat versprochen, sie schnell wieder gesund zu machen.«

Ich schaue zu Rose hinüber. Sie starrt in die Luft. Sie wäre gern mitgegangen. Nur meinetwegen ist sie hiergeblieben.

Ich drehe mich im Schlafsack hin und her. Schließlich hole ich mein Handy heraus.

Bist du okay?, schreibe ich und schicke die Nachricht an Azalea, doch gleich kommt eine Fehlermeldung zurück. *Empfänger nicht erreichbar.*

Ich krieche tiefer in den Schlafsack. Azalea ist fort. Unsere Familie ist getrennt. Und nichts wird jemals wieder so sein wie früher.

**Wie geht es mit Birke, Rose und Azalea weiter?
Band 2 von *Töchter der Elfe* erscheint im
Frühjahr 2016 ...**

Leseprobe

Vier Tage ist es her, dass Azalea mit Dahlia fortgefahren ist. Vier Tage, seit Rose und ich in die alte Tanzschule gezogen sind und ich das letzte Mal mit Vater gesprochen habe. Es kommt mir viel länger vor. Als würde jede Sekunde in die Länge gezogen.

Rose schläft an meiner Seite. Ihre leichten Atemzüge sind das einzige Geräusch im Raum.

Wieder schaue ich auf mein Handy. In drei Minuten wird es klingeln.

Heute ist Montag. Ich muss in die Schule. Obwohl mir das wie die unwichtigste Sache auf der Welt erscheint, muss ich hingehen, um Fragen zu vermeiden. Und heute kommt Rose mit. Die blauen Flecken in ihrem Gesicht sind nur noch schwache Schatten, die sie problemlos mit Make-up überdecken kann.

Das Handy vibriert laut auf den Fliesen, und Rose schnarcht ein letztes Mal, dann setzt sie sich abrupt auf. Das rote Haar fällt nach vorn und verdeckt ihr Gesicht, sie lässt ein unzufriedenes Brummen hören.

Während Rose sich die Zähne putzt, suche ich in der Sporttasche nach sauberer Wäsche. Langsam habe ich keine mehr. Ich kann es nicht mehr länger hinauszögern. Ich muss nach Hause und frische Wäsche holen.

Eine Stunde später gehen wir Richtung Schule. Weiter hinten im Wald kann ich einen Lastwagen hören. Wir wissen beide: Das ist Vater und augenblicklich wird Rose schneller. Sie ist diejenige, die entschieden hat, dass wir nicht mehr mit ihm reden. Das ist ihre Regel, ich richte mich nur danach.

Unser Atem malt Wolken in die Luft, während wir in dem Schweigen, das sich zwischen uns eingerichtet hat, nebeneinanderher gehen. Als wir die Stadt erreichen, bleibt Rose abrupt stehen. Ich folge ihrem Blick, entdecke das Plakat, das an einem Laternenpfahl hängt.

Gesucht: Benjamin Skjoldbæk

Das Foto ist von einer Party. Benjamin lächelt, hat ein Bier in der Hand.

»Komm«, sage ich vorsichtig und ziehe Rose mit mir. Sie zittert am ganzen Körper, die Tränen laufen ihr die Wangen herunter. Ich nehme sie fest in den Arm, sodass niemand sonst es sehen kann.

»Ist schon in Ordnung«, flüstert Rose kurz darauf und ich lasse sie los. Ihre Hände zittern leicht, sie sucht in der Tasche nach einem Spiegel und richtet ihr Make-up. Als sie den Spiegel wieder zusammenklappt, ist ihr Gesicht ganz ruhig. Ausdruckslos wie das eines Mannequins.

»Ich habe mein Englischbuch vergessen«, sagt sie und dreht sich um. »Geh du schon mal vor. Ich komme nach.«

Ich lasse sie gehen, sehe, wie sie zwischen den Bäumen verschwindet, ohne sicher zu sein, dass sie wirklich nachkommen wird. Aber ich zwinge mich selbst, weiterzugehen.

Als ich auf dem Schulhof ankomme, wartet Malte an dem Tisch unter dem Vordach auf mich. Mein Herz schlägt sofort schneller. Seine grauen Augen suchen meinen Blick, und ich eile zur Mädchentoilette, doch er versperrt mir den Weg. Er nimmt mich in die Arme und hält mich fest.

»Birke, wir müssen miteinander reden.«

»Jetzt nicht. Ich muss ...«

»Komm mit.« Er nimmt meine Hand und zieht mich in die hinterste Ecke des Hofes.

»Was ist mit Rose passiert?«, flüstert er.

»Ich weiß nicht, wovon du redest«, sage ich und schaue in alle möglichen Richtungen, nur nicht in seine Augen.

»Hör auf zu lügen«, sagt er und packt mich fester am Arm. »Ich habe an dem Abend vor eurem Haus die blauen Flecken gesehen. Und sie kannte diesen Benjamin, der jetzt verschwunden ist. Was verschweigst du mir?«

Ich kann seinem Blick nicht mehr ausweichen. Die steingrauen Augen, die sich in meine bohren und eine Antwort fordern. Mein Magen zieht sich zusammen, ich muss daran denken, dass seine Mutter Polizistin ist. Dass sie diejenige ist, die die Suche leitet. Sie hat dafür gesorgt, dass Plakate aufgehängt wurden. Und wenn sie entdeckt, was wir getan haben, dann ist es aus mit uns ...